LE MEC DU CHALET

Ce livre est une fiction. Les noms, caractères, professions, lieux, événements ou incidents sont les produits de l'imagination de l'auteur utilisés de manière fictive. Toute ressemblance avec des personnages réels, vivants ou morts, serait totalement fortuite.

Collection Hugo Poche dirigée par Arthur de Saint Vincent
Ouvrage dirigé par Alice Serverin
Couverture : Ariane Galateau

34-36, rue La Pérouse
75116 Paris
www.hugopublishing.fr

ISBN : 9782755664690
Dépôt légal : octobre 2023
Imprimé en Espagne par Liberdúplex

EMILY JURIUS

LE MEC DU CHALET

Hugo Poche

NEW ROMANCE®

À toutes les mamans,
qui ont bien besoin d'une thalasso cette année,
je ne suis pas assez riche pour vous l'offrir,
mais je vous laisse profiter de ces deux-là.
Joyeux Noël les filles !

CHAPITRE 1

CLARA

– Mamaaan !!!

J'inspire par le nez et j'expire lentement par la bouche en comptant jusqu'à quatre. C'est une question de survie. Je suis en mode pilotage automatique et je ne gère plus rien.

Il est dix-neuf heures et si je fais un rapide bilan, je peux affirmer que cette journée avait pourtant bien commencé. J'avais eu le temps de me doucher, de me faire couler un café, d'enfiler mon tailleur sans renverser une goutte de ma boisson dessus. Je m'étais même brossé les dents avant de partir au travail au lieu de devoir le faire dans les toilettes de la boîte, comme la plupart des matins. Et j'avais interdit aux garçons de m'approcher tant qu'ils n'avaient pas terminé leur petit déjeuner et fait un tour dans la salle de bains. Les traces de chocolat au niveau du téton, c'est du vécu et c'est un grand non de mon côté.

Vraiment, cette journée était bien partie. Je me sentais comme toutes ces super mamans qui sont adeptes du *miracle morning*. Elles se lèvent une heure avant tout le monde et elles arrivent à soulever des montagnes avant sept heures du matin. Moi, je suis fatiguée depuis 2011 alors, pour une fois que j'ai mis un pied au sol avant que mon réveil ne sonne, j'ai bêtement cru que j'allais révolutionner ma journée.

Cela dit… en un sens, ç'a été le cas. Mais pas de la façon dont je l'espérais.

Adaptation, organisation, anticipation…

Les trois mots préférés de mon boss, pas les miens, hein !

Je me suis adaptée quand il a fallu retirer une céréale coincée dans le nez d'Andréas qui se demandait si, à force de se curer le nez, il allait élargir sa narine. Visiblement pas assez, puisqu'il a fallu sacrifier ma pince à épiler favorite pour enfin déloger ledit petit déjeuner. Je n'ai même pas crié et ça relève de la performance. À ce stade, je me suis félicitée pour mon self-control et j'ai même envisagé de reproduire cette idée de *miracle morning* qui, visiblement, a aussi une incidence sur ma patience.

Puis, il y a eu la galère avec la flaque devant l'école. Mon fils aîné, Lucas, a bien failli se noyer en sortant de la voiture. La pluie qui tombe depuis six jours a engorgé tous les égouts de la ville.

J'aurais dû me douter que cette journée allait empirer. Mais comme je suis une maman tout-terrain, j'ai dégainé les bottes de pluie qui traînent dans le coffre de la voiture depuis le printemps dernier et me voilà en route pour le bureau. Avec même pas quinze minutes de retard. Un exploit.

La suite est allée très vite, une réunion, un brainstorming, un déjeuner de travail avec mon patron qui m'a ensevelie sous une tonne de boulot et, enfin, l'appel de mon ex, le père de mes deux adorables garçons. Tout ça pour m'annoncer que, finalement, ça ne l'arrangeait pas de prendre les enfants pour la première semaine des vacances de Noël.

Là, je sais ce que toutes les mamans du monde se disent. Oh mais c'est trop bien, elle va avoir ses enfants pour fêter Noël en famille. Mais non ! D'abord parce que je n'ai plus vraiment de famille en dehors de mes deux garçons adorés, et aussi parce que j'ai la garde de mes enfants trois cent vingt-cinq jours par an, hein ! Si, si, j'ai compté. Et bien que je les aime plus que tout, si je fais un rapide bilan de mon investissement versus celui de leur père, lui faisant grâce des neuf mois de grossesse chacun, ben il me doit déjà six années complètes.

Je ne demande pas ça. J'adore mes garçons. Mais… comment dire ? En ce moment, âgés de dix et huit ans, ils sont carrément… chiants !

Connerie sur connerie, inépuisables, une langue bien acérée, surtout avec moi, et une énergie que je peine à suivre.

Alors cette année, les choses étaient simples, je devais les confier à leur papa chéri (ben oui, lui, il les voit tellement peu qu'il est toujours gentil, vous devinez pourquoi ?) et j'avais décidé de m'offrir une super thalasso. Je potasse le sujet depuis le début de l'année et j'ai économisé chaque centime pour m'offrir ce luxueux hôtel au pied des Alpes, afin de profiter de l'air de la montagne et du calme qui y règne. Tout cela dans le but de me récompenser pour les bons et loyaux services que je me rends à moi-même. Un véritable rêve, une formule tout compris avec massages, sauna, hammam, SPA, enveloppement à la boue, jets massants, bains à remous. Tout ça avec le menu gastronomique. Pas question de me coller une diète la seule semaine de ma vie où je vais pouvoir lire et dormir sans jamais être dérangée.

Tous mes beaux projets tombent à l'eau.

Cet appel a réussi à anéantir des mois d'organisation en une seule petite minute. Il n'a même pas pris le temps d'avoir l'air désolé, il s'est contenté de dire qu'il avait mieux à faire. Surtout, je vais devoir me charger de briser le cœur de mes fils, avant même de penser au mien qui s'était sacrément projeté sur ce séjour tout compris. Adieu mes jolies vacances.

Je ne sais même pas pourquoi j'ai cru que je pouvais encore lui faire confiance : il n'a été que déception depuis que les enfants sont venus au monde. Il m'a considérée comme acquise, n'a jamais pris la peine de m'épauler ou de me soutenir et s'est tiré à la première occasion de retrouver cette liberté si chère à son esprit égocentré. Quand j'y repense, bon vent l'ami ! Il a oublié en partant qu'il était censé rester un parent et donc se soucier un minimum de ses fils. La charge mentale, quand tu la divises en deux, c'est 95 % pour moi et 5 % pour lui.

En attendant, il me laisse dans une sacrée merde, dont je vais devoir me tirer toute seule.

Mais grâce à mon boss démoniaque, j'ai acquis une adaptabilité à toute épreuve. Comme quoi, la tyrannie, ça forge le caractère. Je décide solennellement que je vais tenter l'impossible pour que cette semaine de rêve ne parte pas en fumée.

J'abandonne donc lâchement mes fils aux mains de ma meilleure amie, la télévision, et j'ouvre mon ordinateur. Ils la connaissent bien, ma copine la télé, car ils passent pas mal de moments seuls avec elle. Je pourrais d'ailleurs culpabiliser mais malheureusement, je n'en ai ni le temps ni la force. Je travaille comme une folle pour leur offrir le meilleur et pour les rendre fiers. De la même manière, je sais qu'ils n'en sont pas à une boîte de conserve près et que, tant qu'ils ont de quoi grignoter dans leur bol chaque soir, ils sont heureux. Mes talents de cuisinière se limitant à des valeurs sûres comme les pâtes bolognaises, le riz cantonais, un bon chocolat chaud et quelques essais qui ne se sont pas révélés concluants, mes fils mangent de tout et sans jamais se plaindre. Je vous ai dit à quel point je les adore ?

Mon véritable ennemi, c'est le temps. La plupart de mes soirées sont rythmées par les devoirs, la préparation du repas et le récit de leurs journées absolument trépidantes.

Exit mes jolies bottines. En collant, un plaid sur les cuisses, je ne perds pas une minute avant d'entamer mes recherches. S'il existe une solution, je saurai la trouver.

Évidemment, pas de garderie dans les thalassos de luxe, j'aurais pu le prévoir, pas de mini-club non plus. Pas de centre aéré. Mais je suis une féroce acharnée et surtout prête à tout. Alors je creuse, je fouille, je passe des coups de fil et, enfin, je découvre, à trois kilomètres de mon havre de paix, une colonie de ski. En plus, c'est parfait, comme ça, l'année prochaine, on pourra se faire un week-end de ski tous les trois. Ils vont prendre l'air, apprendre les bases du ski et moi, je vais me faire dorloter. Je tape le numéro de téléphone de l'établissement et je patiente.

Aucune réponse.

Je laisse un message sur le répondeur, suppliant les gens de me recontacter, et je prie tous les dieux auxquels je ne crois pas de me venir en aide.

Une heure après, je n'ai toujours pas de réponse. Je patiente devant mon téléphone resté sans vie, tout en réchauffant des nuggets de poulet et en remuant une purée Mousline. Dites ce que vous voulez, c'est une valeur sûre.

Le dîner traîne en longueur puisque Lucas a décidé de planquer la télécommande de la télé, qu'Andréas le traite de crotte de nez périmée et que je suis à deux doigts de craquer.

Quand enfin je dépose un dernier baiser sur leurs fronts propres et que je vois leurs petits yeux se fermer, toute énergie me quitte. Me séparer d'eux, même pour les quelques heures de sommeil que j'ai bien méritées, est un crève-cœur. Alors, décider de prendre une semaine de vacances pour moi, ce n'était pas gagné. Je ne les ai pas quittés depuis leur naissance et je suis rongée par la culpabilité à l'idée de ressentir une aussi grande lassitude face à leurs jolis minois. Ils savent me rendre folle de rage juste avant de me faire craquer devant leurs bouilles d'amour. Je n'ai rien de plus précieux que ces deux petites têtes de cochons.

Revenue dans le salon, je décide de retenter un appel à la colonie de vacances, sans grand espoir et sans véritable conviction. Si ça se trouve, les encadrants sont occupés en début de soirée avec les animaux (puisqu'ils parlent de chiens de traîneau sur l'annonce) et ne répondent que tard le soir. Ça ne me coûte rien d'essayer. Et puis, si personne ne répond, je prendrai ça pour un signe du destin et garderai précieusement mes deux garçons avec moi. Cette thalasso n'était peut-être pas si géniale que ça ?

Ça sonne...

– Oui ?

Un homme à la voix rocailleuse me répond. Je devine qu'il n'est pas très heureux de recevoir mon appel rien qu'au ton employé.

– Bonsoir Monsieur, je suis Clara Rebel, je vous ai laissé un message un peu plus tôt.

– Et vous n'avez pas pu patienter jusqu'à ce qu'on vous rappelle ?

Pas très aimable. Mais il n'a pas tort et je ne suis pas susceptible.

– En effet. C'est que les vacances sont dans dix jours et que j'aurais besoin de deux places pour mes garçons.

– Ben tiens, et on s'y prend au dernier moment !

Il fait peur, lui, avec sa grosse voix et ses reparties peu aimables. Ce n'est pas une impression, il est carrément désagréable.

– Un imprévu, la situation avec leur père est…

– Pas la peine de me raconter votre vie. Je vous rappelle si j'ai deux places. Sinon, allez voir ailleurs !

Bilan : après m'avoir très mal accueillie, il me coupe la parole et enfin me raccroche au nez.

Et là, j'avoue que j'ai beau respirer par le nez, c'est une vraie journée de merde !

Ah ! Noël !

CHAPITRE 2

JOSH

– T'es d'une humeur de chien ce soir, mon Jojo !

Et comment me mettre encore plus en rogne qu'en me faisant assurer la permanence téléphonique et en m'appelant par ce surnom que je déteste au plus haut point ?

Je grogne pour seule réponse et Anna m'observe du coin de l'œil. Elle est en train de faire la comptabilité de la journée et on ne peut pas dire que ce soit l'opulence. Notre principale activité consiste dans l'élevage de chiens et les sorties en traîneau. Pour parfaire notre offre touristique, nous y avons associé l'hébergement et la formation de jeunes skieurs, mais les vacanciers n'arrivent que dans quelques jours. Je ne suis pas vraiment inquiet à ce sujet puisque la saison débute à peine. Mais visiblement, ça stresse ma sœur. C'est la troisième fois qu'elle vérifie le montant. Je m'approche à pas feutrés pour lorgner par-dessus son épaule et surtout pour lui refiler cette saloperie de téléphone dont j'ai une sainte horreur.

Évidemment, quand je le lui balance sur le bureau, elle sursaute.

– Putain, tu m'as fait peur !

– Tu pensais que c'était qui ? L'abominable homme des neiges ? Il n'y a qu'Otis, toi et moi ici.

Elle pose sa main sur son cœur et regarde au loin un instant. Je sais très bien à qui elle pense quand j'évoque notre solitude et justement, ce n'est pas très malin de ma part. Ça me fout encore plus les boules, parce que je ne peux rien faire pour apaiser sa peine. Je la subis moi aussi. Elle se retourne vers moi, me sourit et me tend la recette.

– Tu passeras à la banque pour la peine. Et si tu pouvais essayer d'être plus sympa avec les clients, ça nous aiderait bien. Je ne te demande pas d'être comme papa mais si tu pouvais au moins ne pas les faire fuir, ça serait parfait.

Très drôle. Mon père était naturellement gentil et agréable. Moi, je suis un écorché, un abîmé et je n'aime pas les gens. Ils me gavent tous. Avec leur bonne humeur, leurs yeux émerveillés et, pire encore, leurs rejetons qui viennent foutre le bordel dans mon monde quatre mois par an. Et même souvent plus puisqu'ils reviennent parfois au printemps pour dévaler quelques pistes encore enneigées et poser des questions sur la vie dans la montagne. Tu parles d'un réchauffement climatique ! Mon cul, oui !

– À ce propos, des gens ont appelé pour les stages des sales mioches. Je t'ai noté les numéros.

Anna semble se réjouir et ne même pas tenir compte de ma réflexion sur ces insupportables envahisseurs.

– Tu sais que c'est toi qui vas devoir leur apprendre les règles de vie ici, hein ? me rappelle ma sœur.

– Justement, les parents, c'est ton affaire. Moi, je vais déjà supporter les mômes pendant des jours entiers, tu peux au moins te démerder avec leurs géniteurs.

Elle rit et pose la main sur son ventre rebondi.

– Bientôt, il y en aura un ici à l'année. Pourvu que tu ne le détestes pas, s'amuse-t-elle, comme si c'était un sujet de rigolade.

Ma sœur cache son angoisse derrière un faux sourire. Je déteste quand elle fait ça. Ça me fait culpabiliser d'être qui je suis.

– Avec un peu de chance, il me ressemblera. Ton mec était carrément chiant, mais toi, t'as des gènes en commun avec moi, alors si ça se trouve, ce bébé sera cool !

Elle se lève, enfile péniblement son manteau et ouvre la porte.

– On verra Jojo, on verra.

La porte claque dans une rafale avant que je ne puisse lui répondre d'arrêter de m'appeler comme ça. Je déteste ce diminutif qui me donne un air con.

Mon portable vibre dans la poche arrière de mon jean. Je range l'argent que je dois déposer avant demain sur le compte bancaire de la société et je le déverrouille.

Anna : J'ai oublié la liste des parents.
Je suis trop crevée pour revenir la
chercher. Il y a combien d'enfants ?

Je suis certain qu'elle l'a fait exprès pour que je m'y colle. Comme quand on était gosses et que je devais m'entraîner à lui faire la lecture, juste pour arrêter de bégayer. Ce handicap a été un vrai cheval de bataille pour toute ma famille, et ma sœur ne ratait jamais une occasion de m'obliger à travailler ma diction. Si je râlais, j'ai vite compris que tous ses efforts m'aidaient à me sentir confiant et facilitaient ma guérison. Aujourd'hui, elle fait exactement la même chose en me forçant à m'intéresser à notre stage.

Josh : Aucune idée, pourquoi ?

Anna : Parce qu'on a besoin
de cet argent, alors rappelle-les
et valide les séjours.

Grrrrr. Je n'ai pas envie. Déjà qu'elle ne bouge quasiment plus de l'accueil, si en plus je dois me taper son boulot, je ne donne pas cher de ma peau à la fin de la saison. J'en ai marre et ça n'a pas encore vraiment commencé.

Josh : Tu ne peux pas t'en occuper demain ?

Anna : Non, fais-le s'il te plaît.

Je grimace. Elle sait très bien que je ne la laisserai pas tomber et elle en profite. Va falloir qu'on mette les choses au point avant qu'elle ne me plante pour aller pondre sa progéniture. Ah, je sens que cet hiver va être un enfer.

Josh : Feignasse.

Anna : Yéti.

Elle ne croit pas si bien dire. Lui au moins, il est tranquille dans sa montagne et son unique job est de faire fuir les touristes. Si je le pouvais, je serais un yéti, aucun doute là-dessus.

En attendant, me voici à présent seul dans notre chalet d'accueil, tout est calme dehors et la neige a enfin cessé de tomber. Tout est blanc, c'est magnifique. Même si les mauvais souvenirs se mélangent à mon quotidien, je n'oublie pas que cette saison était autrefois ma préférée. Parce que même si je ne suis pas un abominable homme des neiges, je suis quand même un mec qui vit seul dans son chalet au milieu de la montagne et qui ne changerait ça pour rien au monde.

CHAPITRE 3

CLARA

J'en suis à mon troisième verre de vin et je commence à ne plus avoir les idées claires. Il faut dire que j'ai de grands verres et que la bouteille est vide. Comme quoi, notre vision des choses change bien la réalité. Parce que j'ai le verre à moitié plein mais la bouteille est vide, elle. C'est drôle quand on y pense, non ? Le verre à moitié plein, alors que je suis en train de craquer nerveusement. Cela dit, ce nectar divin a quand même réussi à me détendre.

C'est un peu l'histoire de ma vie, ça.

Mes enfants, je les ai et c'est bien ce que j'ai fait de mieux depuis le début de ma vie. Mais d'un autre côté, je rêve d'un moment seule, d'un peu de repos. Quand j'entends les autres femmes de mon bureau qui se plaignent parce que leurs parents ne peuvent plus récupérer leurs enfants le mercredi après les entraînements de tennis car ils partent en vacances avec leurs amis, mon cœur se serre.

Moi, je donnerais tout pour que mes parents soient disponibles, au moins de temps en temps. Ce soir, ç'aurait été chouette de rentrer, de ne boire qu'un seul verre de vin et de leur téléphoner pour leur dire que mon ex a encore une fois décidé de ne pas honorer son rôle de père. J'aurais rappelé que c'est la troisième fois depuis que le divorce a été prononcé qu'il refuse de prendre ses propres fils en vacances alors que j'ai la garde exclusive tout le reste de l'année. Qu'il ne s'est jamais demandé si ça leur ferait plaisir de passer plus de temps avec lui, s'ils en ressentent le besoin. Ou même si je ne suis pas totalement épuisée de jongler en permanence avec leurs emplois du temps. Mes parents auraient ri, pas parce que c'est drôle mais parce que c'est la seule façon de prendre les choses de la vie. Ils ont toujours été de bons vivants. C'est dommage que je ne puisse pas les joindre plus souvent, parce qu'ils sont toujours d'un grand réconfort. Mais quand on voyage en permanence sur des bateaux de croisière, il est difficile de capter le réseau mobile. Depuis qu'ils ont décidé de prendre leur retraite anticipée et de profiter de la vie, ils sont aux abonnés absents et je ne peux pas le leur reprocher. Cela ne servirait à rien, ils ont bien mérité leur tranquillité. De toute façon, j'ai trop peu de moments avec eux pour perdre du temps à leur faire des reproches.

Tout ça pour dire que ça fait longtemps que je me suis fait une raison de ce côté-là. C'est leur choix et je ne peux que l'accepter. Mais ce soir, ça serait cool que le vieux barbu me file un petit coup de pouce. À défaut de pouvoir compter sur mes parents, je m'en remets directement au Père Noël.

Mon portable vibre.

– Merde, il est où ?

J'ai passé trois heures à le surveiller et au moment où il sonne, je ne le retrouve pas. Trois verres, c'est beaucoup trop. D'ailleurs, il est où lui aussi ?

– Ah tiens, te voilà !

Le téléphone est juste à côté du verre que j'avais abandonné sur le rebord de la fenêtre du salon à laquelle je me suis accoudée pour fumer une cigarette. Oui, je sais, c'est mal de fumer et de boire. Mais au cas où vous ne l'auriez pas bien compris, je viens de voir partir en fumée une semaine de thalasso de rêve. J'ai tellement les boules que même la bouteille de pinot noir n'arrive pas à faire passer la pilule.

– Bonsoir…

Non mais c'est quoi, cette voix de téléphone rose ?

– Oui, bon, vos enfants, ils ont quel âge ?

Euh… J'éloigne le téléphone, je vérifie le numéro que je ne connais pas et je m'aperçois que c'est le dernier que j'ai composé. Ah oui, la colo de ski.

– Andréas a huit ans et Lucas, dix.

– Quel niveau de ski ou de surf ?

Ouh, ça va vite ! Visiblement, il est plus sobre que moi.

J'ai envie de rire. Je viens de me rendre compte que mon collant était troué et que mon gros orteil ressemble à une mini-Knacki qu'on aurait peinturlurée de gris. Genre, le doigt de pied qui a été trop près de la cheminée. C'est drôle. Hilarant même. Mais pas très cohérent et l'homme de l'autre côté de la ligne semble s'impatienter.

– Aucun niveau.

Il faut que je me passe un peu d'eau sur le visage. J'ai chaud tout à coup.

– Vous préférez la formule chiens de traîneau ?

Oh oui, j'adooore.

– C'est super ça !

– Je ne vous demande pas si vous trouvez ça super, mais ce que vous voulez pour vos enfants.

Il est désagréable ou je rêve ? Oui, c'est le même que tout à l'heure. Il n'a pas dû avoir droit à un petit verre de pinot noir, lui.

– Ah oui, pardon. Un peu des deux, c'est possible ? Genre ski le matin et toutou l'après-midi ?

– Toutou ? Vous êtes sérieuse ?

Quoi ? Faut se détendre à la fin, il est vingt-deux heures trente. Et je suis certaine que ses chiens sont adorables.

– Oui, très sérieuse !

– Mes chiens sont sauvages. Ce ne sont pas des toutous. Ils sont capables de tirer des centaines de kilos durant des heures. Mais peu importe. On a une offre avec un mix un jour sur deux. Ça vous va ?

Il est en train de me dire que ses chiens sont effrayants ? Est-ce que j'ai envie d'envoyer mes enfants passer une semaine avec ce type et ses chiens bouffeurs de gosses ?

La thalasso, Clara, la thalasso...

– Oui, ça sera parfait.

Allez-y, jugez-moi, rien à faire. Je n'ai pas pris de vraies vacances depuis 2016 !

– Je vous envoie un devis, donnez-moi votre adresse e-mail.

Le mec ne s'encombre pas de formules de politesse. Finalement, il devrait bien s'entendre avec mes fils.

– mamandebordee@hiha.fr.

– Vous vous foutez de moi ?

– Pas du tout pourquoi ?

– C'est quoi cette adresse e-mail ?

– La mienne.

Il est bizarre quand même.

– OK, dites-moi si vous l'avez reçu.

J'ouvre mon ordinateur qui affiche un nouveau courriel, je l'ouvre.

Deux mille cinq cents balles pour la semaine. Chéros quand même. Cela dit, vu le programme, ça les vaut. Et puis je ne vais pas faire la fine bouche, je n'ai pas d'autre option. Et je suis bourrée alors… rien n'est grave à cette heure.

– Reçu. Comment je fais, pour régler l'acompte ?

– C'est écrit dessus.

Il me fatigue.

– C’est que vous êtes vraiment charmant vous, répliqué-je avec ironie.

Là, j’ai clairement entendu un grognement. Il ronronne ou c’est moi ?

– Paypal, virement, chèque, tous les moyens habituels.

– Vous ne voulez pas un troc en bouteilles de pinot ? Vous avez l’air tendu !

– Pardon ?

J’en ai une pleine cave, je suis partageuse moi !

– Je plaisantais. OK, je viens de faire le paiement par Paypal.

Me demandez pas comment, j’ai cliqué et ça a fonctionné. Un miracle. Papa Noël, si tu me regardes, merci !

– Parfait. On vous rappelle pour les détails du départ.

– J’ai hâte !

Il a déjà raccroché. Et je devrais m’inquiéter parce qu’il est clairement super bizarre, ce mec. Mais il ne connaît pas mes enfants. Ils sont tout-terrain, les petits Rebel ! Eh oui, j’ai obtenu de haute lutte de leur donner mon nom de famille. Mais après tout, qui les a portés pendant neuf mois ?

Je m’enroule dans le plaid qui traîne encore sur mon canapé et je me berce en regardant la brochure de thalasso que je feuillette, soudain très satisfaite de la situation.

CHAPITRE 4

JOSH

– Bonjour, l'abominable homme des neiges !

Ma sœur dépose une bise sur ma joue, enfin, sur la couche de neige qui la recouvre. J'ai fait ma première tournée du matin et ça tombait sévère. Je suis passé dans les enclos de mes chiens, je les ai répertoriés en vérifiant qu'ils étaient tous en bonne forme, j'ai pris le temps de les caresser et surtout, je les ai nourris. Résultat, la journée commence à peine et je suis déjà trempé.

– Salut, ça va ce matin ?

Je me force un peu pour être aimable. Ce n'est pas que je ne l'aime pas, bien au contraire. Ma sœur, c'est ma famille, le sang, la veine, la raison de ma présence ici. C'est juste que je ne suis pas démonstratif. En même temps, quand je me suis forcé, la seule et unique fois où je me suis forcé, on ne peut pas dire que ça se soit bien passé. Jouer au joli cœur avec mon ex, pour ensuite passer pour un idiot et me prendre la pire humiliation de ma vie m'a servi de leçon. Je ne veux plus me forcer. Si j'ai envie de râler, je râle. Point barre.

– Rassure-moi, tu ne vas pas rester comme ça pour accueillir les clients ?

Je ne vois pas où est le problème. S'ils s'attendent à trouver un mec en jupe de paille avec un collier de fleurs autour du cou, ils se sont plantés de destination. Que je sois recouvert de neige en pleines Alpes valaisannes n'a rien de surprenant à mon sens. Ici, le pic le plus haut dépasse les quatre mille mètres et les glaciers couvrent une grande partie de nos sommets.

Je m'époussette un peu sur le tapis prévu à cet effet, situé juste devant la porte de l'entrée de notre chalet d'accueil. Anna grimace en retirant son énorme manteau qui ne ferme plus depuis quelques semaines. Il faut dire qu'elle a beau m'affirmer qu'il n'y a qu'un seul être vivant à l'intérieur de son ventre, plus les jours passent et plus j'en doute sérieusement. Je crois même que je vais me pointer à la prochaine échographie et que je vais filmer l'écran. On ne sait jamais. Les surprises, on a donné, le compte est bon.

– C'est mieux comme ça ?

– Pas vraiment, d'ailleurs, tu pourrais te raser la barbe avant l'arrivée des premiers groupes d'enfants, tu as un si beau visage, si fin.

Rien en moi n'est fin, ni même beau. Je suis un montagnard pure souche, un rustre aux mains calleuses et à la carrure d'ours des montagnes ; et je le vis très bien. Mes yeux sont clairs, ma peau tout autant mais je suis robuste et c'est exactement ce qu'il faut dans le coin. Un mec qui taille du bois, qui le transporte, qui fait des dizaines de kilomètres dans la neige sans broncher et qui se couche mort de fatigue tous les soirs ; être propre sur moi, je n'en ai rien à faire. Moi, ce que j'aime, c'est vivre au grand air et profiter de ma montagne. Vivre seul me convient très bien. Je ne dis pas qu'il ne manque pas une présence en soirée. Mais je me suis fait une raison. Ma dernière expérience a été calamiteuse à plus d'un égard et la solitude est mon choix. Par défaut mais c'est un choix quand même.

– Non, riposté-je bourru

– Jojo !

– Écoute Anna, je me suis collé tes clients et leurs parents à la con une bonne partie de la semaine au téléphone. À mon avis, il y en a une, elle est soit alcoolique, soit sous cachetons, je crains pour les gosses. Alors fous-moi la paix avec ma barbe. Elle est très bien comme ça.

Je jette un coup d'œil dans la fenêtre qui est tellement gelée qu'on se voit dedans comme dans un miroir de glace. Et je reconnais que mon léger duvet hirsute a laissé place à une barbe foisonnante, anarchique et assez impressionnante. Ma sœur n'a pas complètement tort.

– Bon, je vais peut-être la tailler. Mais j'ai encore du temps, ils n'arrivent pas avant samedi.

En attendant, affiche ton plus joli sourire, la famille Pète-Rouleau arrive.

Ce couple de jeunes parents, avec leurs deux petites filles qui touchent à tout, est l'archétype des clients que j'exècre. Ils posent des tas de questions, n'écoutent jamais les réponses et n'en font qu'à leur tête. Qu'ils profitent du fait que les vacances scolaires n'aient pas encore commencé pour partir en famille, je peux le comprendre, ils ont bien raison. La montagne n'est jamais aussi accueillante que quand elle se vit en solitaire. Pourtant, et même si je devrais respecter leur choix, ils sont les premiers intrus à pénétrer dans ma forteresse et, rien que pour ça, je les déteste. Oui, je sais, je suis le pire des hôtes. Je les vois grimper difficilement les trois marches sous le porche, et je ris de les voir glisser alors qu'on leur a déjà dit plusieurs fois de porter les chaussures que nous mettons à leur disposition dans le chalet. Ils sont là depuis presque une semaine et n'ont toujours pas appris de leurs erreurs. Chaque soir, quand je passe devant leur chalet, je les entends qui s'engueulent à propos de leurs gamines qui chouinent toute la journée. Il me tarde de les voir regagner leurs pénates. Je m'éclipse sans un mot par la porte de la cuisine et vais rejoindre mes chiens.

L'enclos est déjà en effervescence avant même que le carillon ne leur annonce mon retour. Au tintement des deux cloches suspendues au-dessus de la porte, tous les chiens de la meute entrent en alerte. Ils savent que cela ne peut signifier que l'heure du repas ou l'heure de s'amuser. Et pour mes bêtes, l'un est aussi important que l'autre. Nos chiens sont sauvages ; ils ont besoin de se dépenser et de courir. Si nous les laissions sans sortir pendant plusieurs jours, certains commenceraient à devenir agressifs. L'adrénaline et l'effort sont une sorte de drogue pour eux. Mes chiens me connaissent, ils savent que je suis fidèle au poste tous les matins pour les nourrir et prendre soin d'eux. Tous se pressent aux portes de leurs enclos et je m'approche pour venir les caresser. Ils sont couverts de neige et prêts à l'action. La nuit a encore été rude. Ici, il peut facilement tomber un mètre de neige en quelques heures et les températures peuvent chuter négativement durant de longues périodes. Leur mode de vie, bien qu'ils bénéficient tous d'un abri, reste sommaire et pour le moins rustique. Il m'est déjà arrivé de retrouver un mâle sous un tas de poudreuse. Tout était si blanc que je n'avais même pas remarqué qu'il était enterré sous vingt centimètres de neige. Lorsqu'il s'est ébroué, j'ai poussé un cri de surprise. C'était d'une beauté à couper le souffle ; la neige imprégnait ses longs poils couleur feu et son regard acier est venu percuter le mien avant qu'il ne se jette sur moi pour un câlin bien mérité.

Mais c'est la vie qui leur convient. La seule chose qui leur manque actuellement, c'est une bonne gamelle pleine d'eau et je m'active justement pour leur apporter satisfaction. Je ne peux pas laisser l'eau en libre-service stagner dans les gamelles, sous peine de la voir geler, il faut donc veiller régulièrement à leur en apporter. Tous se jettent dessus dès que je remplis leurs auges. L'eau gèle la nuit et je dois m'assurer qu'ils ne manquent de rien chaque matin.

Nous avons quatre clans au sein de notre meute et ils sont tous séparés dans des enclos distincts. Si nous les laissions ensemble, il y aurait des bagarres, surtout quand la nuit tombe. Ils hurlent tout de même à la mort pour se signaler mais, de cette façon, chaque famille vit paisiblement. D'ailleurs, nous faisons des roulements au sein de chaque groupe pour les tours de traîneau mais nous ne les mélangeons pas, jamais. Les mâles sont parfois coriaces. Une seule et même meute, divisée en quatre enclos, voilà ma famille à la limite entre le chien et le loup.

Otis m'observe au loin et rentre rejoindre ma sœur. Notre labrador marron ne s'approche que très rarement de la meute, il préfère de loin les caresses d'Anna à la vie à la dure de mes moussaillons, bien qu'il soit largement capable de partir en trek avec moi durant de longs jours dans le froid et la neige. Son poil épais et dru lui permet de se baigner dans un lac gelé, après en avoir percé la fine couche de glace. Mais rien ne vaut une sieste au coin du feu.

– Allez, à l'apéro !

Je commence à vérifier que le mélange de croquettes et de pâtée a bien été englouti depuis ma première tournée. Puis, motivé par les hurlements des autres, je fais tout le tour. Deux enclos à droite, deux enclos à gauche, chacun muni d'un abri pour les chiens, et un chemin cerné de bois qui me permet de rejoindre chaque groupe sans difficulté. Chacun a son espace et il y a des cabanes, des jeux et des perchoirs pour chaque famille.

Aujourd'hui, il a tellement neigé que je n'y vois plus grand-chose. Au centre, la réserve dans laquelle je stocke leurs croquettes, les vitamines et tout ce dont j'ai besoin pour m'occuper d'eux. Seul le matériel des traîneaux est dans un autre abri bordant leur lieu de vie. Je repère facilement les chefs de clan qui me sautent dessus, avant même que je ne referme leur enclos derrière moi. Après une inspection de toutes les mangeoires vides, je donne à boire et je caresse un à un chacun de mes compagnons. J'adore cet endroit. Il est rude, exigeant et demande un véritable effort, mais c'est mon endroit préféré sur terre, incontestablement. Qui a dit que la vie à la montagne était calme et paisible, déjà ?

Une fois qu'ils sont tous désaltérés, j'entre et fais un dernier tour, prenant le temps d'observer chaque animal avec attention. Certains commencent à fatiguer. Je ne sors plus Baïka, la femelle de mon troisième clan. Sur le point de mettre bas, elle reste à l'abri, paisible, et se prépare à élever ses petits. C'est la maman du clan ; mais elle montre de plus en plus de signes de fatigue. Je vais appeler Fred, le vétérinaire. À mon avis, son terme ne devrait pas trop tarder. Elle passe d'ailleurs la majeure partie de sa journée dans l'abri qu'elle occupe avec les autres membres de son groupe. Un peu plus au chaud, elle brûle moins de calories, précieuses pour sa portée. Mais à voir son allure, cela ne suffit plus, malgré mes compléments alimentaires. Il va lui falloir plus que ça.

Je prends grand soin de mes chiens. D'abord parce qu'ils le méritent et que je les aime bien plus que tous les humains que j'ai croisés dans ma vie, mais également parce qu'ils sont la raison pour laquelle les touristes se perdent aussi haut dans la montagne, prenant le risque de se retrouver coincés en altitude. L'endroit n'est pas facilement accessible, et ce sont nos chiens qui attirent les visiteurs. Leurs hurlements, à la tombée de la nuit, résonnent dans toute la vallée et les enfants, quand ils découvrent leur camp, sont toujours très impressionnés. Mon père avait pensé ce refuge dans ce sens.

Il était fier de sa tribu et moi, j'étais fier de lui et de son entreprise florissante. Ce que je n'avais pas prévu, c'était que je finirais par me retrouver à la tête de son business. Encore une surprise qui laisse un goût amer. Depuis sa disparition, il y a six mois, je me suis fermé pour faire taire mes émotions. La douleur causée par la perte du seul parent tenant encore son rôle auprès d'Anna et moi est d'une telle violence que parfois, j'ai envie de hurler. Je n'ai jamais été très expressif. Mais à la vérité, je n'ai jamais eu aussi mal. Il n'y a que face à mes chiens que je me laisse parfois aller à la colère, au chagrin ou même au désespoir. Je me dois de montrer l'exemple et ma sœur a bien assez de galères à gérer de son côté. Même si elle et moi éprouvons des peines cruellement similaires.

– Josh !

Ah, il tombe bien, lui. Je ne l'aime pas vraiment et je ne capte pas ce qu'il fout ici, vu son passé. Que vient faire à cette altitude un mec qui a perdu toute sa famille dans un accident en pleine montagne ? Il était enfant et cette histoire a été racontée dans toute la vallée pendant des années. Je crois que c'est en partie pour ça que ma sœur le prend sous son aile. Ici, on est tous solidaires, on se soutient, quoi qu'il se passe. Clément affiche un air effrayé et paniqué en permanence. À sa place, je me serais certainement tiré sur une plage. Quoique… le soleil, les vagues, quelle horreur ! Non, en fait, je crois que je comprends. S'il aime autant cet endroit que moi, alors jamais il ne pourra le quitter.

– Clément, tu es déjà là ?

Le moins que l'on puisse dire, c'est qu'il ne m'avait pas manqué. Le voir ici n'annonce qu'une seule chose : l'invasion. Et c'est justement pour ça que nous avons besoin de lui. Clément est ce que nous appelons un saisonnier. Il arrive pour nous apporter du renfort quand la saison haute commence. Il gère les chalets, les touristes et surtout, il encadre avec moi la colonie de ski qui ne va pas tarder à transformer notre cadre idyllique en antichambre de l'enfer.

– Anna m'a demandé de venir aujourd'hui. Tu sais dans quel chalet je dors ?

Comme si j'avais une gueule à me soucier de ce genre de détail. Il entre dans l'enclos où King règne en maître et il ferait mieux de se méfier. Notre chien le plus imposant et indomptable s'approche de lui et le fait reculer. Aucun grognement, aucune agressivité mais une aura de mâle dominant qui rejaillit partout autour de lui.

Je ne la sens pas, cette saison, non, je ne la sens pas du tout. Pour être clair, j'en ai déjà plein les rouleaux !

CHAPITRE 5

CLARA

– Non mais qu'est-ce qui…

Je n'ai pas le temps d'ouvrir un œil que je sens que mon corps est propulsé au sol, enfin sur une surface dure et peu accueillante.

– Aïe !

J'entends des rires étouffés mais je n'arrive toujours pas à ouvrir mes paupières puisqu'elles sont collées.

– Qu'est-ce qui m'arrive ?

Le son de ma propre voix fait surgir un mal de crâne abominable. Aussi, je me redresse contre le bas de mon canapé et m'y adosse avant de replonger dans le coma qui m'enveloppait. C'est bien mieux ainsi.

– Maman ! Bon allez, t'es pas drôle maintenant !

OK, mes fils sont avec moi. Sauf que dans mon rêve actuel, je n'ai pas besoin d'eux. Je me demande donc si je rêve vraiment, parce que là, j'ai plus la sensation que je cuve ma bouteille de la veille, et je me serais bien passée de ce genre de réveil. Pire, je ne veux pas d'eux. Je veux juste dormir encore cinq minutes, ou peut-être dix.

Je ne sais pas trop combien de temps ça dure mais toujours est-il que tout d'un coup, je me retrouve avec un truc qui me chatouille le nez et, la seconde suivante, je suis trempée et je manque de me noyer. Aussitôt, je reviens à moi et découvre le monde qui m'entoure. Je suis assise par terre dans mon salon. Mon feu de bois d'hier soir s'est éteint et mon plaid gît sur mon ventre. Je porte toujours mes fringues de la veille et, pour une fois, mes deux enfants sont prêts et presque en état de partir à l'école. J'écarquille les yeux. Ça n'est jamais arrivé.

– Maman, ma maîtresse a appelé pour savoir pourquoi je ne venais pas à l'école. Je crois qu'on est en retard.

Oh merde !

– Quoi ? Mais quelle heure est…

J'attrape mon téléphone sur le canapé et je panique.

Neuf heures quarante-six.

– Mais pourquoi il n'a pas sonné ?

– Il a sonné plein de fois, Maman. Mais tu dormais. On a cru que t'étais morte. Alors on a petit-déjeuné avec de la glace. Paraît que les enfants qui n'ont plus de maman peuvent faire tout ce qu'ils veulent alors on a pensé que…

– Lucas, tais-toi. Il faut que je me concentre.

Dans les films que je mate, les nanas partent travailler dans la même tenue que la veille. Mais clairement, ce n'est pas possible aujourd'hui, parce que je suis trempée, parce que mon maquillage a coulé, parce que mon collant est troué et parce que mon gros orteil ne va pas tarder à tomber si je ne le sors pas de ce trou qui lui fait un garrot. Ma Knacki de la veille est sur le point de quitter mon corps, définitivement. Je ne vous parle pas de mon haleine, je pourrais moi-même me faire retomber dans les vapes si je passais ma main devant ma bouche.

– OK, je file sous la douche, vous, vous me rangez tout ce bazar et dans dix minutes, on est dehors.

Pas le temps de prendre la mesure de mon mal de crâne, je suis trop en retard. Je passe un appel et lance le haut-parleur alors que je fais couler l'eau.

– Arthur Bross associés, bonjour !

La voix de Marie, l'assistante de direction, me donne un haut-le-cœur. Je suis encore bourrée et je ne vais pas y arriver. Je le sais.

Et vous savez quoi ? J'en ai marre. La vie n'est pas censée être si rude. Je n'avais pas prévu tout ça, alors je laisse tomber. Inutile de courir, je n'arriverai à rien aujourd'hui ; je n'en suis plus capable.

– Marie, c'est Clara. Mon fils cadet est malade. Je ne peux pas venir ce matin. Je vais bosser depuis la maison.

Vilaine menteuse. Je vous l'ai dit, je m'adapte à tout.

– OK, je passe le message. Mais ça tombe mal. Tu pars en vacances bientôt.

– Et ? Tu as eu une promotion, tu gères les ressources humaines ?

Elle me fait chier, cette perfide fouineuse. Qu'elle se mêle de ses affaires.

– Ah attends, Arthur est là, je te le passe.

Pas le temps de réagir que je l'entends déjà qui chuchote. Sauf que comme c'est une idiote, ben j'entends tout.

– Clara, vous êtes où bordel ?

– Chez moi, avec un enfant malade.

– Ah OK ! Bon, vous pouvez me rendre le dossier Swatch ? Ou je dois le passer à quelqu'un ?

J'aimerais bien savoir à qui il va refiler ce type de dossier sensible. Il n'a confiance qu'en moi. Sortie major de ma promotion d'école de commerce, je me suis ensuite dirigée vers la publicité et j'ai beaucoup travaillé pour me forger une solide réputation. Je suis fière de mon travail et, si je ne bossais pas pour un mec qui a dix fois moins de talent que moi, je crois que j'adorerais mon job. C'est d'ailleurs une bonne chose, que je sois professionnelle, car son fameux dossier est bouclé depuis hier. Je suis un peu à la ramasse actuellement, surtout dans ma vie personnelle, mais ce n'est pas le cas dans mon job ; là, je suis une machine, je ne lâche rien et je suis très sérieuse. Même si ce matin…

– Oui, vous l'aurez dans une heure dans votre boîte e-mail.

– OK, soyez là demain !

– Je ferai au mieux.

Si mon enfant était réellement malade, je ne pourrais pas accéder à sa demande. Alors qu'il se calme.

L'eau qui coule enfin sur mon corps courbatu et encore totalement sous l'effet du pinot noir que j'ai bu hier soir me fait un bien fou. Je laisse la chaleur me détendre et je me lave de cette journée d'hier qui fut catastrophique. Puis, je me remémore la soirée.

Je n'aurais jamais dû finir cette bouteille mais ce n'est pas tout ; j'ai fait des rêves étranges juste après ça. J'ai rêvé de loups, de neige et d'une tempête ; je ne sais pas pourquoi mais je…

Oh mais oui, j'ai eu un homme au téléphone. Pour les garçons. Je crois que j'ai payé. Mais combien ? Quand ? Pour aller où ? Aucune idée. Je coupe l'eau, je m'enroule dans mon peignoir et je reviens dans le salon. Mes fils sont en train de se battre pour fermer la porte du lave-vaisselle. Oui, oui, pour fermer la porte du lave-vaisselle, vous avez bien lu. Il n'y a que les mères de famille composée de plus d'un enfant qui peuvent comprendre de quoi je parle. Ils sont capables de se battre pour tout, même pour une corvée ; du coup l'un la ferme, l'autre la rouvre pour la refermer. Le premier n'est pas d'accord et il la claque à nouveau ; et si personne ne fait rien, très vite il n'y aura plus de porte à claquer et une corvée de vaisselle en plus. Vous voyez pourquoi, encore dégoulinante, avec plus d'une heure trente de retard à l'école, je me précipite dans la cuisine pour les engueuler.

– Mais ça suffit ! Toi, tu prends les clés et tu vas m'attendre dans la voiture et toi, tu fermes la poubelle et tu la sors ! Je ne veux plus rien entendre.

Je suis en train de hurler et ça fait moins de quinze minutes que je suis réveillée.

Un jogging confortable, une paire de baskets et un sweat trop grand plus tard, me voilà au volant de ma voiture surchauffée car Andréas a mis le chauffage à fond. Nous partons en direction de l'école. Nous habitons une petite ville au sud de Paris, c'est assez tranquille et je vis dans une maison un peu reculée pour avoir un jardin et surtout, du calme. Heureusement, la boîte pour laquelle je bosse a une annexe dans un lieu que tous ceux qui bossent au siège qualifient de trou perdu. Mon boss vit aussi dans le coin et toutes les décisions se prennent d'ici. Il a établi une véritable annexe dans notre petite banlieue et j'avoue que j'apprécie avoir de réels défis à relever alors que je suis devenue une banlieusarde. Ce qui fait bien râler nos collègues parisiens qui pensaient que nous nous contenterions de gérer les campagnes de pub dont ils ne veulent pas ou qui rapportent moins d'argent à la compagnie. Je suis donc à la tête d'un secteur qui fonctionne bien et je crois que je suis douée dans ce que je fais. Même si aujourd'hui, ça sera sans moi.

Quand j'arrive devant l'école, évidemment, tout est fermé. Je sonne et je patiente. J'ai bien tenté de joindre la directrice, personne ne répondait. Aussi, quand je vois Mme Cheval, la plus vieille institutrice de la galaxie, qui se pointe, je sais que mon mal de tête ne risque pas de s'arranger.

– Oui ? Qu'est-ce que vous voulez ?

– Nous avons eu un problème ce matin, les garçons sont en retard.

– À stade-là, ce n'est plus un retard, revenez demain avec un justificatif.

Elle tente de me claquer la grosse porte en bois au nez. Mais je la connais, la vieille Cheval. Et je ne suis pas d'humeur.

– Mes fils sont en retard, certes. Mais j'ai eu l'accord de la directrice, alors vous les prenez et moi, je vais travailler. Merci bien.

C'est un mensonge, et alors ? Je dépose un bisou sur chacune de mes têtes brunes et me voilà en train de les pousser à l'intérieur.

– À ce soir les garçons, promis je serai à l'heure.

Ils me sourient, pas vraiment surpris de la situation. Ils vivent avec moi depuis leur naissance, ils ont l'habitude. Mais avant que la porte ne se referme, j'entends la vieille instit qui marmonne :

– N'y comptez pas trop, je la connais, votre mère.

Non mais, de quoi je me mêle, vieille peau ?

CHAPITRE 6

JOSH

Le grand jour… le grand débarquement, oui. Ils sont en train de nous envahir. C'est l'angoisse. J'ai les mains moites, le cœur qui bat la chamade et une furieuse envie de faire demi-tour pour aller me planquer dans mon chalet. Celui qui est le plus éloigné et le plus haut dans la montagne. Celui qui se trouve aussi être le plus grand et qui malheureusement va accueillir la pire espèce de touristes qui puisse exister : les mioches.

Si Anna m'entendait penser, elle serait triste. Elle qui est sur le point de mettre au monde un bébé. Mon Dieu, quand j'y pense, ça me stresse encore plus. Se les coltiner pendant la saison, OK, c'est pour le business. Mais vivre avec…

– Tu vas bien, Josh ?

Elle arrive alors que je fais semblant de déblayer la route devant le chalet principal depuis plus de trente minutes.

– Oui et toi ? Tu ne devrais pas rester à l'intérieur à surveiller les envahisseurs ?

Elle sourit. Certains des occupants sont arrivés directement en voiture. Les autres montent en bus. Pour moi, c'est surtout un moyen supplémentaire de me torturer. Comme si découvrir une douzaine de gosses surexcités n'était pas déjà assez traumatisant. Nous ne sommes pas une immense structure, ici, il n'y a pas de place pour de gros groupes et heureusement. Si mon père prenait un immense plaisir à former ces jeunes et à les voir le suivre, comme sa « mini-meute » ainsi qu'il aimait le dire, ce n'est pas mon cas. Et, malheureusement pour moi, Anna est indisponible cette année.

– Toi, tu devrais arrêter de les appeler ainsi. Nous avons besoin d'eux. Et si tu prenais le temps de discuter avec eux… tu saurais que… ils sont plutôt sympas quand on creuse.

– Moi ? Discuter ? Tu es sérieuse ?

Quand on me connaît depuis aussi longtemps qu'elle, sa remarque est drôle, très drôle même.

– Allez viens, je te fais un lait chaud.

Ma sœur veille sur moi depuis toujours. Elle est plus âgée que moi et je crois que je lui ai toujours obéi en quelque sorte. Parce que nos parents travaillaient beaucoup. D'abord ensemble, ici, à faire de cet endroit un lieu de vacances pour touristes assez friqués. Puis séparément quand maman a décidé de nous planter pour repartir en ville. Dire qu'elle a voulu nous embarquer avec elle. Quelle horreur !

J’avais déjà du mal à supporter ma vie ici, alors, avec plein de gens autour de moi en permanence, j’aurais préféré mourir. Elle l’a vite compris. Et Anna a été très claire : notre maison, c’est cette montagne.

Anna et moi avons été très seuls durant les années suivantes. Mais chaque soir, il y avait un bon repas sur la table à manger. Papa insistait pour vérifier nos devoirs, l’état de nos chambres et il discutait avec ma sœur pendant plus d’une heure. Puis il repartait s’occuper des animaux et on rangeait la cuisine. C’était elle qui faisait le plus gros du boulot jusqu’à ce que je me rende compte que je n’étais plus un enfant et que je me décide enfin à m’exprimer. Je crois bien qu’avant ça, ils me prenaient tous pour un débile. Étrangement, ça n’a pas eu l’air de les soulager que ça ne soit pas le cas, ils se sont même sentis floués. Anna qui me défendait en permanence devant les autres enfants et papa qui me couvait. Des années à me penser muet alors que j’étais juste… timide… bloqué… Je ne saurais me définir moi-même. Je me souviens m’être fait sacrément enguirlander quand j’ai commencé à m’exprimer. Puis mon père m’a encouragé, pour vaincre ce bégaiement qui me contraignait au silence, sous peine de voir les autres se foutre de moi. Je complexais tellement que j’ai mis très longtemps avant d’oser montrer à ma famille que je n’arrivais pas à m’exprimer clairement. Je préférais me taire.

« Tu es bien plus fort que tu ne le penses. Si tu crois en toi, alors tu y arriveras. Ne laisse jamais personne te faire douter de toi mon garçon. Sois fort. »

Anna aussi était toujours présente, toujours à mes côtés.

Depuis, je fais absolument tout ce qu'elle dit, sinon la foudre s'abat sur moi.

– Ils sont combien aujourd'hui ?

– Huit familles dans des chalets. Et le car des enfants arrive ce soir, ils sont douze.

Une invasion ! Mon domicile va donc passer d'un à quatorze habitants. Ou treize, remarque. Je n'ai toujours pas décidé si j'allais faire dormir Clément avec les chiens ou non… Il serait bien capable d'accepter, et il n'aurait peut-être pas tort. La compagnie de mes chiens est très appréciable.

Cela dit, je vais avoir besoin de lui. Douze enfants. Putain, douze saletés de mouflets qui braillent, qui posent des questions, qui font du bruit, qui fouillent et que je vais devoir surveiller et amuser. Je ne sais pas ce qui est le pire parmi toutes les tâches qui m'incombent.

– Ils arrivent à quelle heure ?

Je me passe la main sur le visage. C'est la question que je n'avais pas encore posée parce que je savais que lorsque j'aurais la réponse, je ne pourrais plus faire semblant de ne pas y penser.

– À dix-sept heures. Je voudrais que tu leur fasses faire un tour dans la meute avant que la nuit tombe.

– Dix-sept heures, ça fera trop court. On verra ça demain.

– Pas si tu allumes les torches avant qu'ils n'arrivent.

Évidemment. Le supplice ne fait que commencer. Je souffle.

– Ils ne vivent pas ici. Certains n'ont même jamais vu ce que nous avons sous les yeux tous les jours. Je sais que tu ne les aimeras pas. Mais fais-leur plaisir. Sors le grand jeu. Le spectacle que tu vas leur offrir, ils s'en souviendront toute leur vie, Josh…

Cette façon de m'avouer sans vraiment le dire qu'elle craint que je n'arrive jamais à aimer son bébé, ça me fait culpabiliser.

– Je sais, je sais. Nous sommes là pour les faire rêver. Et nous avons la chance de faire partie du rêve. Je connais la chanson, Anna. J'étais là quand papa nous la répétait chaque jour.

– Alors, fais ce qu'il faut. Et va me raser cette barbe, tu fous la trouille !

Mon lait chaud au fond de l'estomac, ma fidèle chemise de bûcheron sur le dos et mes grosses bottes de montagne aux pieds, me voilà parti pour aller vérifier les chambres de mon chalet, et ouvrir à Marie, la cuisinière qui viendra préparer nos repas chauds. Je vis seul dans le plus grand chalet de toute notre propriété. Mais quand le besoin se fait sentir, je l'ouvre aux enfants afin que nous soyons tous logés dans le même bâtiment. Il est composé de six chambres dont quatre dortoirs, bénéficie de plusieurs salles de bains et d'une vaste pièce de séjour au milieu de laquelle trône une table pouvant accueillir facilement vingt-cinq convives. Chez moi, une immense cuisine offre tout le confort nécessaire à la vie d'un groupe assez important et le salon est aménagé avec cinq canapés situés autour d'une cheminée suffisamment vaste pour que je puisse tenir debout dedans. J'adore mon chalet, même s'il est trop grand pour un homme solitaire comme moi, et j'aime encore plus sa décoration chaleureuse qui a été entièrement conçue par mon paternel. Il aimait tellement le voir plein de vie et de rires d'enfants.

En rentrant, je décide de passer par ma salle de bains… Je vous l'ai dit : je fais ce que ma sœur me demande. Je suis finalement assez docile pour un abominable homme des neiges.

Pour le boulot, je suis méthodique et travailleur. Les lits ont été faits, les savons sont en place et les serviettes de toilette sont propres. Tout est OK. Mais quand il s'agit de moi, c'est une autre affaire. Je n'ai plus de mousse à raser… Et non, je ne suis pas le genre d'homme à posséder une tondeuse à barbe. Je décide donc de prendre une douche et de me servir de mon savon comme d'une mousse. Ça va piquer mais bon… pas vraiment le choix.

L'eau ruisselle sur mon corps et j'apprécie la chaleur qui me délasse. La journée n'a commencé que depuis quelques heures et j'ai déjà hâte qu'elle se termine. Ce qui est loin d'être le cas en temps normal. Je préfère habituellement travailler que me retrouver seul avec mes pensées.

Où est ce putain de rasoir ?

Je sors de la douche, trempé, et fouille dans les tiroirs de ma salle de bains. J'en trouve un, la lame est un peu rouillée mais ça devrait le faire. Je prends le miroir de poche et l'emporte sous la douche. Je savonne ma barbe qui est effectivement assez volumineuse et commence à raser en posant le miroir en équilibre sur le socle du pommeau de douche. Problème… Un petit rasoir Bic pour un yéti, ça fait juste. Me voilà donc avec une demi-barbe rasée, dévoilant une mâchoire blanche et une peau que je n'avais plus vue depuis des mois… et une lame qui cède. Je jette le traître dans le lavabo et pars en quête d'un autre rasoir.

Faites que j'aie un second rasoir.

Vous imaginez la suite…

Pas de rasoir. J'ai tout retourné, j'ai même pensé à appeler ma sœur pour qu'elle aille m'en acheter un. Mais elle travaille et, avec son ventre de femme enceinte, c'est déjà un exploit qu'elle tienne encore debout.

Me voilà donc prêt à affronter cette horde de gosses avec un look de demi-bûcheron mi-barbu, mi-tailladé parce que je me suis coupé à de multiples reprises. Si avec ça, je ne les effraie pas, c'est qu'ils sont courageux.

J'imagine déjà la tronche d'Anna quand elle va me voir débarquer dans cet état-là.

CHAPITRE 7

CLARA

– T'as pensé à mon bonnet, Maman ?

Je crois que c'est la huitième fois qu'il me pose la question. Je vois bien qu'il est stressé parce qu'avant, la question portait sur les chaussettes et encore avant, sur le pyjama.

– Lucas, tu as dix ans, tu devrais déjà faire ton sac tout seul alors arrête de me poser mille fois les mêmes questions. Tu vas me rendre folle. Mais oui, ton bonnet est sur ta tête.

Il me sourit et lève les yeux pour voir dépasser le pompon avec lequel il joue nerveusement depuis la semaine dernière, date à laquelle ils ont appris que papa ne serait pas là pour les vacances mais que je l'avais remplacé par des chiens de traîneau. Devoir leur annoncer ça, c'était pire encore que rater cette foutue thalasso. Et Dieu sait à quel point j'en ai besoin, pourtant. Cela me met carrément en colère. Parce que c'est moi qui leur annonce à chaque fois la mauvaise nouvelle. D'ordinaire, ils se fâchent systématiquement contre moi. Il faut dire que je suis la seule contre qui ils peuvent diriger leur frustration, étant donné que leur père ne se donne même pas la peine de les appeler ou de venir les voir pour leur balancer ses excuses à la con. Je m'attendais donc au même genre de disputes, suivies de pleurs et enfin d'un câlin géant, parce que rien ne soigne plus que les bras d'une maman, c'est bien connu. Seulement voilà, l'adage qui dit que la vérité du jour n'est pas celle du lendemain semble se vérifier. Lucas et Andréas ont échangé un regard en coin, puis ils ont froncé les sourcils et m'ont simplement demandé ce que j'avais prévu comme plan de secours. Ils ont appelé ça un plan de secours. Oui oui ! À dix et huit ans, ils savent que je pare à toutes les défaillances de leur géniteur. Et évidemment, les bêtes à poils, ça leur a fait un super plan de secours. Qui a dit qu'un papa, c'était mieux qu'une meute de chiens ? Qui ? Pour la peine, c'est moi qui ai eu droit à un câlin géant et même à un remerciement. Là, j'avoue, je ne m'en suis toujours pas remise. Il faudra d'ailleurs que mon ex s'interroge sur le fait que, finalement, ça a semblé leur faire vachement plaisir.

Le chauffage de la voiture est à son maximum et si je ne le coupe pas, nous allons arriver en nage à l'arrêt de bus en bas de la station d'où ils monteront au chalet qui va les accueillir. Je n'ai reçu le trousseau et les infos qu'en fin de semaine et nous avons pris la route depuis plusieurs heures pour être au point de rendez-vous au bon moment. De toute façon, ma thalasso est juste à côté. C'est un peu comme si nous partions tous les trois, à la différence près que je vais me la couler douce pendant une semaine. Mouahaha !

Je suis en joie, et pas question d'arriver en retard.

– Dis Maman, c'est normal que tu roules plus vite que toutes les voitures à côté de nous ?

– Oui mon chéri, on a d'excellents pneus et un moteur supersonique.

– T'en as pas marre de nous prendre pour des gros boloss ?

Lucas, l'air renfrogné, m'observe depuis que nous sommes partis et son humeur ne semble pas au diapason avec la mienne. Il fait même carrément la tronche, l'inverse de moi qui suis excitée comme une puce à l'idée de ces vacances. Je ne suis pas partie seule depuis des lustres et notre dernier séjour hors de la maison s'est terminé aux urgences avec un pied dans le plâtre pour Andréas. La faute à ce satané trampoline qui n'a pas été correctement refermé. Nous ne sommes actuellement toujours pas d'accord sur la responsabilité de cet oubli, mon grand estimant qu'en tant qu'adulte, je me dois de vérifier ce genre de détail. Or, devinez quoi ? Je n'y étais pas, sur ce foutu trampoline. La faute à mon périnée tout pourri par deux grossesses, qui m'a obligée à battre en retraite vers les toilettes. Un enchantement, ce séjour dans l'Ardèche !

Toujours est-il que mon fils semble stressé de partir sans moi et je peux le comprendre. Si l'idée de passer une semaine entouré de chiens de meute lui a plu, comprendre à présent que je ne serais pas près de lui et de son frère le renvoie au fait que les vacances de Noël, ça devrait être des vacances en famille.

– Ne me parle pas comme ça. Je ne suis pas ta copine, je suis ta…

– Mère, ouais on sait. Merci. Et quelle mère ? Celle qui préfère nous abandonner en pleine montagne pour barboter dans un *jacoussi*, bravo !

Il l'a mauvaise. En même temps, rien à cirer, j'ai aussi droit à cinq minutes de calme, merde !

– On dit jacuzzi et pas *jacoussi* !

Et toc !

– Je sais pas, je connais pas, moi !

Mais c'est qu'il commencerait à me briser les ovaires, celui-là !

– Lucas, ça suffit maintenant.

Mon mini-pouce, situé à l'arrière de notre bolide surchauffé, se penche en avant sur mon siège. Il m'enlace de ses petites mains alors que je conduis, un peu vite je l'avoue.

– Dis Maman, ça ressemble à quoi ton jacuzzi ?

C'est exagéré, si je lui réponds que ça ressemble au paradis ?

– Une baignoire avec quelques bulles.

Joue-la modeste, c'est le mieux. Je ne mens pas, les faits sont exacts.

– On peut faire des bombes dedans ?

À quel point ils ne vont pas me manquer… Je savoure à l'avance.

– Non, il n'y a aucun enfant ; c'est calme, reposant et silencieux. On se prélasse et on dort.

– Dis Maman, t'es beaucoup fatiguée parce que tu as bu beaucoup de vin ?

Celle-là, je ne l'ai pas volée, je l'avoue. Je ne picole que rarement mais ma dernière incartade a été mémorable.

– Non, mon chéri, je suis fatiguée mais la prochaine fois que vous allez me revoir, je serai en pleine forme et on aura des tas de choses à se raconter.

Je presse le genou de mon grand qui reste silencieux, tire une tronche de six pieds de long mais ne rate rien de notre conversation.

– Allez les mecs, vous allez passer un bon moment et moi aussi, c'est le principal non ? Et puis pour une fois que vous ne m'aurez pas sur le dos, profitez-en pour vous amuser. Vous dites tout le temps que je vous soûle, là je vous laisse carte blanche.

Dans le respect des règles de vie, ça va de soi. Ils le savent bien quand même. Je passe sur les recommandations d'usage, du style, « On dit bonjour, s'il te plaît et merci et surtout, oh oui surtout, on répond aux gens qui nous parlent ». Parce que mes fils sont les spécialistes de la surdité sélective. Tu leur demandes de ranger leur chambre, de venir dîner ou de passer sous la douche et là, c'est comme si tu... c'est quoi déjà l'expression... pissais dans un violon ? Mais si jamais tu ouvres un paquet de M&M's un soir à vingt-deux heures alors qu'ils sont au lit, je te jure qu'ils vont se pointer à une vitesse incroyable. Toujours est-il que je leur rabâche tellement ces mêmes consignes que je décide de faire l'impasse, je considère que ces bases-là sont acquises. Après tout, je ne me tue pas à la tâche sur leur éducation pour rien. Ce matin, on se réconforte et on se souhaite le meilleur.

– Oh, regardez le joli bus. Je vais aller discuter avec le chauffeur.

À peine garée, je coupe le moteur et sors en trombe de ma voiture. Pas de temps à perdre. Je pensais être en avance mais si le bus est là, autant se renseigner et mettre les bagages en soute.

L'air est plutôt très très frais par ici. Rien à voir avec le sud de Paris, on sent bien qu'on a changé de climat ; la Suisse, ça caille sévère et puis, mine de rien, je suis montée en altitude. J'opère un demi-tour pour récupérer mon blouson acheté en vue de ces vacances bien méritées. J'enfile ma doudoune fourrée et je remonte la capuche sur ma tête. Les poils de fausse fourrure me caressent le visage et je me pelotonne dans la chaleur de mon blouson. Je suis ravie de mon look. J'ai investi dans des Moon Boot assorties et j'adore leur couleur. Il faut dire que pour une fois, je me suis un peu lâchée. D'habitude très classique dans mes tenues de travail, j'ai osé la fantaisie avec un violet éclatant de la tête aux pieds, enfin, de la veste aux chaussures pour être plus claire.

– Les gars, si vous sortez, fermez vos manteaux, c'est la Sibérie ici.

– Mais t'avais dit que c'était la Suisse.

– Mais oui, mon chéri, je plaisante, on est en Suisse, ne t'inquiète pas.

Mon Andréas enfile son blouson, ses chaussures et me rejoint dehors. Une bourrasque manque de le faire s'envoler malgré les couches de vêtements qu'il a enfilées. Je ne sais pas ce qu'il reste dans sa valise, il a mis presque tout ce que je lui ai acheté directement sur lui.

Je le serre contre moi et ensemble, nous faisons front contre le vent pour aller taper sur la porte du bus. Le conducteur est installé au chaud et me sourit. Il ouvre la porte. Un homme trapu d'une cinquantaine d'années avec des lunettes et une moustache, un chauffeur de bus quoi. Il a l'air sympa.

– Bonjour, je suis la maman de Lucas et Andréas. Ils doivent monter au sommet du mont Rose, c'est vous qui les y conduisez ?

– Oui M'dame. Mais on ne part que dans deux heures ; vous pouvez déposer vos affaires dans la soute si vous voulez.

– Ah oui, deux heures quand même… OK, je veux bien commencer à ranger leurs bagages.

Il lève son pouce, mais pas son gros popotin. J'en conclus donc que je dois me débrouiller ; mais aujourd'hui, je ne reculerai devant rien. Je suis joyeuse, je l'ai déjà dit.

Je fais le chemin inverse jusqu'à la voiture, extirpe les deux valises de mes garçons du coffre et reviens devant celui du bus. Il y a une poignée, ça ne doit pas être bien sorcier. Sauf que… Je n'arrive pas à…

– Appuyez plus fort, c'est pas un truc de mauviette !

Charmant…

– Et sinon, vous ne voulez pas venir me montrer ?

Je marmonne plus pour moi que pour lui mais mes doigts sont gelés et je n'arrive à rien ; j'aurais dû enfiler mes jolis gants… violets, eux aussi.

Andréas se serre contre moi.

– Maman, il me fait peur, lui. Je veux pas y aller. Je veux rester avec toi.

Putain, ça commence. Va falloir que je sorte les rames.

Miracle, le coffre s'ouvre ; je hisse les deux valises et me baisse pour m'asseoir au niveau de mon fils, à même la soute à bagages.

– Mon chéri. Tu vas te régaler. Là-haut, il y a une meute de chiens-loups.

Je désigne la montagne enneigée et reçois un flocon sur le bout du doigt.

– Tu vas te faire plein d'amis et apprendre à skier. Et puis, quand tu auras bien appris, on pourra y aller ensemble. Tu aimerais ça ?

Il hoche la tête et m'offre le plus joli de tous les sourires. Celui sans lequel je ne pourrais pas vivre. Parce que malgré mon côté mère indigne parfaitement assumé, ils sont ce que j'ai de plus précieux et je les aime plus que ma propre vie.

Nous faisons signe au chauffeur que nous revenons plus tard et ce dernier lève à nouveau le pouce. Pas un grand bavard, celui-là.

Une fois à la voiture, je décide d'offrir à mes garçons un repas copieux avant notre séparation. Je ne les ai jamais confiés à de parfaits étrangers et j'avoue que je sens une certaine angoisse pointer le bout de son nez. Très vite chassée par l'idée du bain à remous, mais quand même. Une fois nos estomacs pleins, on y verra plus clair.

– On va se faire un brunch, les minous ?

Deux sourires me répondent. Ils ne sont pas très difficiles, un petit restau et ils sont aux anges. Une soirée télé avec un bol de chips et c'est déjà la fête. Non, mes enfants ne sont pas compliqués.

Bon… alors dans le coin, les brunchs, visiblement… on ne connaît pas trop le principe. Nous finissons donc dans un restaurant de montagne avec une raclette. L'odeur de fromage, il faut s'habituer mais après, c'est très bon. Et le simple fait de faire fondre soi-même son fromage les amuse.

Évidemment, je ressors de là avec le bouton de mon jean ouvert mais ils rient et chahutent jusqu'au fameux bus qui, cette fois, est bien plus accueillant.

Une jeune femme enceinte jusqu'aux yeux discute avec les enfants déjà présents et elle me sourit quand nous arrivons à son niveau.

– Tu dois être Lucas et toi Andréas, je parie ?

Lucas tire la tronche mais Andréas semble déjà sous le charme.

– Oui, comment tu le sais ?

– Oh moi, je sais tout, jeune homme.

Elle fait signe à mes fils de s'approcher mais seul le petit obéit. Je pousse un peu mon grand mais il fait un pas en arrière et atterrit dans mes bras. Je ne perds pas une occasion de gratter un câlin, comme il dit. Et évidemment, il râle. Mais si je dois lui filer la honte pour qu'il monte dans ce bus, alors je n'hésiterai pas et il le sait ; aussi, il sourit et serre les dents en me laissant prendre ma dose de son odeur si enivrante. Ouais, je sniffe mes gosses et alors ? C'est les miens… je fais ce que je veux.

– Je suis Anna, la propriétaire des chalets. C'est moi qui organise les séjours avec mon frère Josh. Enchantée.

Elle me tend sa main que je serre volontiers et elle dévoile à mon fils sa technique pour reconnaître chaque enfant. Il y a un petit trombinoscope sur son cahier et elle propose même à Andréas de lui en offrir un exemplaire s'il l'aide à vérifier que tout le monde est là. Ce qu'il accepte sans même se retourner vers moi.

– Si au moins tu prévoyais de m'offrir le téléphone portable que je veux pour Noël…

Nouveau soupir de Lucas. Il a décidé que tout ce qui lui arrivait dans la vie était ma faute. Surtout le mauvais, hein. Cela dit, il n'a pas tort, vu que je suis la seule à m'occuper d'eux. Mais ça, je me garde bien de le lui dire. Je pense qu'il n'a pas besoin que je lui rappelle que son père est une nouvelle fois absent. Il est assez grand pour le comprendre et, même s'il ne dit rien, je sais que ça lui fait de la peine.

– On en reparle l'année prochaine si tu y tiens vraiment.

– Un an, ça fait long, Maman. Et si on a un problème là-haut ? Hein ? Comment on fait pour te joindre ?

Anna me sauve la mise avant que je ne lui réponde.

– On a une tactique pour joindre les familles en cas de problème. On envoie nos chiens-loups avec un échantillon d'odeur. Ils retrouvent les parents et, crois-moi, ils ont un flair absolu.

– Très drôle.

Je lui fais signe que je suis désolée pour l'attitude de mon fils mais elle sourit et ne semble pas s'en offusquer.

– Allez monte, va t'installer au fond, c'est là qu'il y a les grands de ton âge.

Mon fils, visiblement intrigué malgré son envie de râler, se retourne vers moi. Je le serre dans mes bras et chuchote contre son oreille.

– Eh banane, l'année prochaine, c'est dans quinze jours…

– Quoi ?

– Ben, qu'est-ce que tu m'as demandé il y a deux minutes ?

Il comprend en une seconde que je suis en train d'ouvrir la porte à son souhait le plus cher, celui d'avoir un smartphone, et m'embrasse même sur la joue de contentement. Je serre le petit et après un dernier au revoir de la main, me voilà seule dans ma voiture.

Seule.

En vacances.

Sans mes fils.

En pleine montagne.

Une larme coule sur mon visage quand je vois le bus s'éloigner. Je l'essuie, je fais démarrer ma voiture, je monte le son de la musique et je file droit vers mon havre de paix. Peu importe les gros nuages qui voilent le ciel, mon humeur est au beau fixe.

CHAPITRE 8

JOSH

Les envahisseurs sont partout. Je répète. Les envahisseurs sont partout.

OK, douze gosses, ce n'est pas non plus le bout du monde. Mais quand même. Ça fait douze de trop si je compte bien ; et croyez-moi, j'ai vérifié.

Quatre par chambre sur les trois dortoirs que j'ai ouverts. Il y a aussi les cuisines et les sanitaires.

– Waouh ! On peut choisir le nôtre ?

Heureusement Anna est là, elle gère les arrivées. Certains ne sont pas vraiment à l'aise. Je passe discrètement près d'elle, en train de réconforter un gosse qui a la séparation difficile. Encore des parents qui couvent trop leurs mômes, ça m'énerve.

– T'as croisé la mère alcoolique ? C'est lesquels, les siens ?

Ceux-là, je vais les avoir à l'œil. Pas question qu'ils foutent le bordel chez moi. Et ils sont faciles à repérer, c'est notre seule fratrie. Les autres sont venus tout seuls. Il n'y aura donc aucun doute sur leur identité.

Ma sœur me foudroie du regard et se relève péniblement en s'appuyant sur le gamin qui lui fait face. Il grimace.

– Josh, je te présente Andréas et son grand frère Lucas. Ils vont partager ce dortoir avec Antoine et Étienne. Juste ici.

Super, le petit a l'air à moitié perdu et le grand tire la tronche. Je sens qu'on va se marrer.

– Dis, pourquoi t'as pas coupé toute ta barbe, toi ?

Merde, j'avais déjà oublié. Je passe la main sur ma demi-barbe et cherche une réponse qui n'aurait ni *merde*, ni *putain*, ni *fait chier* comme complément. Mais ce n'est pas ce qui me vient en premier alors je cherche mes mots.

– Ça ne te regarde pas, morveux !

– T'es pas gentil, toi. Et mal élevé avec ça.

Le petit s'avance vers moi en levant son index dans ma direction mais son frère lui barre la route.

– Viens Andy, c'est des gros nazes.

Pas le temps de trouver quoi lui répondre que ma sœur me tire par le coude. Elle m'entraîne dans les sanitaires.

– Non mais ça ne va pas bien de leur parler comme ça ? T'es con ou t'es con ? On a besoin de ces enfants et plus encore, on a besoin de l'argent de leurs parents. Alors, tu as intérêt à faire en sorte qu'ils repartent avec un grand sourire.

– Je vais faire confiance à ma meute pour ça, si tu n'y vois pas d'objection.

– Jojo, ce sont des enfants, fais un effort.

Elle passe sa main sur son visage, visiblement lasse, et je culpabilise un peu de lui avoir laissé la route à faire en bus. Dans son état, ce n'est pas conseillé. Mais elle a insisté et prétexté des courses à faire au village pour pouvoir faire cette corvée à ma place. Je reconnais bien la gentillesse de ma sœur et j'avoue qu'avec ma barbe à moitié rasée, ça m'arrange aussi. Je ne pouvais pas me pointer au village avec la tronche de travers, quand même.

– Et par pitié, va me raser cette stupide barbe. Tu fais crade !

Je retourne dans le couloir et hausse la voix.

– Tout le monde range ses affaires. Je repasse vous chercher dans trente minutes pour une visite du domaine avant d'aller dîner. Vous m'attendez ici.

Personne ne répond mais je décide d'abattre la forêt vierge qui serpente sur mon visage tout de suite.

Ma sœur me colle ses rasoirs roses dans les mains et je file dans mon antre pour réparer les dégâts.

Trente minutes plus tard, me voilà frais et rasé de près. Pour un peu, j'ai bien failli ne pas me reconnaître, mais j'avoue que ça fait du bien de se voir à nouveau.

Je passe ma tête dans la première chambre où quatre petites nanas se prélassent sur leurs lits superposés. Elles me sourient et l'une d'elles me complimente.

– T’es trop beau comme ça. J’adooore !

Pas que ça m’intéresse mais elle a l’air gentille, cette gosse.

– Changement de programme : on va aller dîner.

Je répète mon injonction dans la chambre suivante où quatre petitous sont en train de monter un Lego apporté par l’un d’eux. S’ils aiment ça, ils vont être servis ici. Nous avons gardé dans le salon tous ceux de notre enfance.

– Les mecs, on va manger, en piste. Le temps ne permet pas d’aller faire la balade aux flambeaux, il neige beaucoup trop ce soir.

– Je dois mettre mon pyjama ?

Un petit me questionne alors qu’il tient dans ses bras un énorme doudou qui visiblement lui permet de retenir ses larmes qui ont déjà bien coulé.

– Parce qu’à ma maison, ben je mets mon pyjama avant d’aller manger.

Il est mignon. Pas du tout mûr pour être ici, mais il est quand même mignon et quand je remarque que les autres rigolent, je vois rouge.

– Vous avez un truc à dire, les autres ?

Mon ton suffit à dissuader qui que ce soit de se moquer de lui. Mes pires souvenirs d’enfance remontent à la surface et je serai sans pitié si des situations de harcèlement se produisent devant moi. Quand tu es le seul gamin du village qui ne parle pas, je te jure que tu connais bien le problème. J’en ai fait les frais pendant de nombreuses années et ces souvenirs sont encore vifs.

– Non, mon grand, pas encore. On le mettra en allant au lit. Allez ramène-toi, petit mec !

Il sourit, il lui manque presque toutes ses dents mais il sourit et même si je déteste les gosses, celui-là, il craint moins que les autres. Ça se voit.

Quand j'arrive dans la troisième chambre, deux en sortent pour nous rejoindre. Je passe la tête pour appeler les deux manquants mais ils ne sont pas là.

– Ils sont où vos colocs ?

– Aucune idée, ils sont partis il y a un moment et ils ont pris leurs manteaux.

– Putain !

– Roh…

– T'as entendu ? il a dit un gros mot.

– C'est pas bien, ça.

– Si ma maman était là, elle te gronderait.

Chacun y va de son petit commentaire. Mais moi, j'ai le cœur qui accélère parce que perdre deux gosses le premier soir, avant même le dîner, c'est pas bon pour les affaires. Je n'ai pas besoin de ma sœur pour capter que ça ne le fait pas du tout.

– OK, tout le monde au réfectoire. J'arrive.

Après avoir vérifié que la chambre est bien vide, je jette un coup d'œil par la fenêtre à la recherche des deux arnaqueurs de première. Rien. Je suis presque certain qu'ils sont allés dehors. Rapport aux vêtements chauds qu'ils ont emportés. Je fais signe à Marie, la fée des fourneaux, de les occuper avant mon retour et j'enfile mon manteau. J'espère qu'ils ne sont pas partis trop loin. Il neige à gros flocons et j'en ai déjà ras le cul.

Mes pas résonnent sur les dalles en pierre situées devant le porche de mon chalet et je fais quelques pas dans la neige avant de les voir. Ces deux abrutis sont en train de…

– Non mais je rêve…

J'avance encore et je les vois, tranquilles, en train de pisser sur un bonhomme de neige qui indique le chemin à suivre aux touristes qui viennent voir le refuge.

– Oh ! Vous foutez quoi tous les deux ?

Le grand termine sur sa lancée mais le petit se retourne vers moi et, de surprise, lâche son engin miniature et son jet termine sur mes pompes. Véridique. Il aurait voulu le faire exprès, il n'aurait pas réussi. Évidemment elles sont étanches, mais quand même.

– Vous vous foutez de ma gueule ?

Aucun des deux ne répond mais les épaules du grand commencent à tressauter et je devine qu'un fou rire l'attrape. Le petit essaie de se retenir mais à l'instant où leurs regards se croisent, ils éclatent de rire tous les deux.

– Oh ! Mais ça va pas bien ou quoi ? Vous allez rentrer en vitesse avant que je ne décide de vous faire dormir dehors avec les chiens.

Je les vois qui avancent tout en rangeant leur petit matos bien au chaud et alors que je fulmine, le grand chuchote.

– Je parie qu'ils sont plus sympas que lui de toute façon.

Le petit court pour le rattraper et moi je reste comme un con avec de la pisse sur mes pompes et une envie de tout casser qui me vrille le bide.

Comme j'ai une bonne mémoire, je capte immédiatement que ces deux-là sont les gosses de la folle du téléphone. Quand je disais qu'on devrait faire une étude psy des parents avant d'accueillir leurs sales mioches…

CHAPITRE 9

CLARA

– Madame Rebel, voici la clé de votre chambre. Vous avez accès au spa quand vous le souhaitez et nous allons fixer ensemble les horaires pour vos soins de demain, si vous le voulez bien.

Lui, il sait me parler. Et cette douce musique avec des fontaines en ambiance de fond, c'est juste le paradis.

Depuis le temps que j'en rêvais… le calme absolu.

On ne se rend pas compte de l'importance de se retrouver seule avec soi-même de temps en temps. Enfin si, mais c'est généralement trop tard. Moi, je me souviens du moment où je l'ai compris, c'était quelques semaines après la naissance d'Andréas. J'avais tellement de sommeil en retard que je ne savais jamais quel jour on était. Un épuisement moral et physique. Je gérais la maison, Lucas qui commençait à peine à aller sur le pot et pour qui ce n'était pas encore une franche réussite, tout ça avec un nourrisson affamé accroché au téton. Le plus dingue dans cette histoire, c'était que je perdais le peu de temps qu'il me restait à leur faire des câlins et, pire encore, à les regarder dormir. Je pouvais rester des heures entières à bercer mon nouveau-né ou à caresser les cheveux de mon grand garçon sur le point de s'endormir.

Je ne regrette aucun de ces instants mais je me souviens très bien que c'est à ce moment-là que j'ai commencé à me demander quand je m'étais parlé à moi-même seule à seule pour la dernière fois. Et, fait hautement dramatique, je ne m'en souvenais plus. Mais alors plus du tout.

À l'époque, leur père travaillait sans relâche comme si nous n'avions jamais eu d'enfants, et je me sentais seule. Entourée, mais seule. Il va de soi que je n'ai obtenu aucun soutien de la part de mon ex. Bien sûr, gagner sa vie, ça compte. Je le sais. Mais je travaillais aussi et, pour tout dire, j'avais plus besoin d'aide à la maison que sur mon compte en banque.

Rah, le passé… tout ça n'a plus d'importance aujourd'hui, à moi les belles vacances !

C'est avec une garde-robe fraîchement renouvelée, une coupe de cheveux fabuleuse et une manucure-pédicure aux teintes assorties à mes fringues que je vais fêter mes retrouvailles avec la personne la plus importante de ma vie, moi !

Je ne suis pas égoïste mais j'ai compris depuis longtemps que je devais passer l'existence sur ce petit caillou avec moi-même et j'avoue que je me suis un peu manqué ces dernières années.

La seule fois où je me suis vraiment écoutée, c'est quand mon ex, accessoirement le père de mes garçons, m'a annoncé qu'il envisageait de me quitter. Non mais ça, aussi. Quel homme quitte la mère de ses enfants ? En général, un mec rencontre une autre femme, plus jeune c'est toujours mieux, et il se barre la queue entre les jambes en reprochant à son ex d'être responsable de sa crise de la quarantaine. Oui oui, je me suis renseignée. Ce n'est pas une légende urbaine, ça arrive à de vraies femmes. Et même à des jolies et à des qui ressemblent à des mères parfaites, c'est dire. Toujours est-il que le mien n'a pas fait comme les autres. Il s'est pointé un soir alors que je donnais le bain à nos deux adorables petits garçons et il m'a détaillée de la tête aux pieds. Puis il a posé sa veste, a fait une réflexion sur le fait que c'était à lui de prendre sa douche à présent et que ça serait bien qu'on se grouille de terminer. Comme si son bien-être devait passer avant celui des enfants. Pour être honnête, ça faisait un moment qu'il me gonflait. Mais bon… nous avons dîné et, à la fin du repas, alors que les garçons dormaient et que je traînais dans leur chambre, il s'est approché et m'a dit :

– Si tu ne fais pas plus d'efforts, un jour je vais partir et ne jamais revenir.

Il a cru que cette menace allait me faire réagir et, devinez quoi, il a eu raison. J'ai senti un long frisson, éprouvé un peu de stupeur, mais surtout, beaucoup de colère. Il rentrait tard, ne levait pas le petit doigt et, en une seconde, j'ai vu passer devant mes yeux ce que serait ma vie sans lui. Et je n'ai trouvé aucune différence avec celle que je menais actuellement. Je continuerais à bosser de chez moi le plus souvent, je veillerais sur mes enfants et je tiendrais comme je peux cette maison que mes parents m'ont offerte comme cadeau quand ils ont décidé de partir explorer le monde. Un très joli cadeau, je dois bien l'avouer. Non, vraiment, il n'y avait pas de quoi m'affoler. Aussi, je me suis approchée de notre entrée, j'ai ouvert la porte et je me suis tournée vers lui ; je l'ai détaillé de la tête aux pieds comme il s'était permis de le faire et je lui ai répondu :

– Je ne te retiens pas, tu peux y aller tout de suite.

Notre mariage s'est terminé ce soir-là. Sans cris, sans heurts. Juste avec un immense sentiment de soulagement qui dure jusqu'à aujourd'hui.

Il n'empêche que depuis, on ne peut pas dire que son implication dans la vie des deux mecs qui partagent la mienne ait été notable.

Ce soir, je suis aux anges et je savoure ma liberté. Je crois que le fait que ça soit moi qui ai trouvé cette colo, au lieu d'avoir envoyé les garçons chez lui pour les vacances, me galvanise encore plus.

Comme quoi, je ne suis pas parfaite non plus. Si je peux lui coller dans les dents que je n'ai pas besoin de lui, tant mieux. Un peu d'orgueil, oui je l'avoue. Et alors, on a tous des défauts ! Si vous connaissiez les siens…

– Plutôt lève-tôt ou lève-tard, Madame ?

Excellente question. Je n'en ai aucune idée, c'est le réveil qui décide pour moi en général. Mais avant j'étais quand même du genre à traîner au lit. Ah oui, se prélasser dans de jolis draps…

– Lève-tard, enfin je crois.

– Parfait, alors on commence l'enveloppement aux algues vers onze heures, cela vous convient ?

Enveloppement aux algues… Rien que le nom, ça sonne comme un câlin. J'ai quand même bien fait de prendre la formule tout compris, je sens que ça va être le pied.

– Je peux avoir le même horaire que Mademoiselle ?

Une voix d'homme vient percer cette petite bulle de bien-être que le réceptionniste et moi avions créée ; je me retourne pour voir de qui il s'agit et me voilà face à un homme tenant un bagage bien plein, qui me sourit. Il doit avoir la quarantaine, plutôt pas mal et non porteur d'alliance. Oui, oui, quand tu es divorcée, tu peux remarquer une trace sur un annulaire même les yeux fermés. Il est mignon. Et il sourit encore.

– Excusez-moi ?

– Non, c'est moi. Je n'ai pas pu m'empêcher d'écouter votre conversation et, comme j'arrive aussi, je me suis dit qu'on pourrait profiter des bienfaits de ce lieu à deux ?

Profiter des bienfaits de ce lieu à deux. En voilà une idée qui devrait me réjouir. Pourtant, un frisson me parcourt et c'est loin d'être agréable. Ce mec a réussi à donner une intonation cochonne à cette phrase, la rendant par la même occasion répugnante.

– Merci, mais j'ai pris la formule solo.

Je fais les gros yeux au réceptionniste en me retournant vers lui et ce dernier hoche la tête, me faisant comprendre qu'il va aller dans mon sens.

– Oui, tout à fait Madame. D'ailleurs, votre créneau est complet. Votre chambre est située par ici, comme indiqué sur le plan.

Il me donne tous les documents et je le remercie intérieurement de ne pas avoir donné mon numéro de chambre à cet homme qui écoute tout et qui, visiblement, se mêle aussi de tout.

Je me dépêche d'aller m'enfermer dans ma chambre et, une fois la porte verrouillée, je m'assois sur mon lit et laisse retomber tous mes bagages au sol ; puis je prends une minute pour observer autour de moi. C'est blanc, c'est pur, c'est frais et ça sent bon. Le lit est recouvert de draps blancs ultra-doux, la moquette au sol est de couleur crème et je me dépêche d'ôter mes chaussures et mes chaussettes pour enfoncer mes pieds nus dans la douceur de ce lainage. La neige tombe à l'extérieur sur le bois de ma terrasse privative. Et là… Une bouteille de champagne en format mini et un jacuzzi se devinent depuis mon poste d'observation. Immédiatement, je bondis sur mes pieds et j'approche. Les sapins qui bordent l'hôtel sont tout blancs et les gros flocons viennent se déverser dans l'eau que je devine bouillante grâce à la fumée qui s'échappe du bassin. Il est rond, assez grand et tout le contour est en bois brut.

– Mon maillot, où est mon maillot ?

J'ouvre ma valise et ma chemise de nuit pilou se jette sur moi. Je me souviens vaguement avoir forcé comme une malade pour la faire entrer dedans et elle est en train de me hurler son mécontentement. Je cours jusqu'à la salle de bains pour l'accrocher dans un coin et découvre une douche carrelée de style italien. Cette faïence est magnifique. Vert bouteille du sol au plafond, cette pièce contraste avec le blanc de la chambre. On se croirait au département de la magie de Poudlard. C'est rutilant et très chic. Les robinets sont dorés et le miroir orné de lumières se reflète sur les carreaux sombres de la pièce en des centaines d'éclats scintillants. J'adore cet endroit.

Mais j'ai bien trop envie de tester le jacuzzi pour perdre une minute de plus ici. J'abandonne mes fringues à même le sol et j'enfile mon mini-bikini violet, parce que oui, lui aussi a succombé à la folie du moment, puis le peignoir qui m'attend bien sagement sur mon lit.

– Hum, ce qu'il est doux. Et chaud. Hiiiiiiii.

À cet instant, je suis en train de kiffer ma vie. Tous ces détails, comme la chaleur de ce tissu contre ma peau, me laissent à penser que quelqu'un a pris soin de tout préparer juste pour moi. Cela me rappelle que personne ne fait jamais ça pour moi. Les petites attentions du quotidien, la bienveillance… Cela fait un moment que je n'en ai pas reçu. Ce manque d'affection est mon quotidien depuis que mes parents sont en voyage à durée interminée. Penser à eux me fait sourire parce que je les imagine toujours en train de faire la queue devant un buffet à volonté et de rire avec les amis qu'ils ne manquent pas de se faire chaque jour, à bord des plus beaux bateaux de croisière.

Je dois bien reconnaître que je n'ai laissé personne prendre soin de moi depuis leur départ. La vérité, c'est que ce foutu peignoir est en train de me rendre nostalgique et m'emmène lentement vers un cafard monstrueux.

Pense qu'en ce moment, tu pourrais être en train de faire semblant de regarder les garçons courir sur un terrain de rugby. Sous la pluie.

Je m'avance sur le bois gelé et recroqueville mes doigts de pieds. Puis je plonge enfin dans le bain et aussitôt, les remous démarrent. C'est bouillant et j'abandonne mon peignoir sur le banc situé à l'abri des flocons pour m'immerger totalement dans l'eau.

Mais que c'est bon !

On peut mettre le monde sur pause, je reste là pour cent vingt-six jours et ensuite, on relance la machine. En attendant, pas question de bouger. J'observe le ciel blanc, qui semble tellement bas que je crois apercevoir l'endroit où la neige se forme avant de retomber en mille flocons sur l'eau, la transformant instantanément en vapeur. Je lèche celui qui vient d'atterrir sur mon nez et je passe la main devant un jet massant. Mon corps tout entier repose sur une banquette agréable au toucher et les jets font blobloter mes cuisses.

Argh... que c'est chouette.

Bon, la réalité, c'est qu'au bout de dix minutes, t'as vérifié toutes les pointes de tes cheveux, t'as cru repérer douze écureuils fantômes dans le sapin d'en face et que tu te fais chier comme un rat mort. Alors que je devrais me détendre et me laisser aller, ben moi, je m'ennuie. J'ai honte mais c'est la stricte réalité ; et je commence à me dire que mon super peignoir va être congelé si je le laisse encore dehors.

Voilà... La thalasso commence bien.

CHAPITRE 10

JOSH

Non mais ils ne vont jamais la boucler, c'est ça ? Ils parlent dès le réveil, ils parlent en prenant leurs tartines au petit déjeuner, ils parlent en se brossant les dents, ils parlent quand je leur explique le programme de la journée, ils parlent en portant leurs skis de travers, ils parlent sur les remonte-pentes, ils parlent en descendant les pistes, ils parlent quand ils se cassent la gueule, ils parlent au restaurant le midi, ils parlent quand on croise Anna, ils parlent quand on revient au chalet, ils parlent pendant leur douche, ils parlent en rajoutant du bois dans la cheminée, ils parlent même en dormant. Et ça recommence.

Deux jours et déjà un nombre incalculable de conneries. Je suis au bout du rouleau.

Les deux que j'ai dans le viseur sont les spécialistes du coup en douce. Hier soir, ils ont piqué des chamallows à la cuisine pour les filer à bouffer à mes chiens. Et ils n'en ont même pas donné un seul à Otis. Mon gros labrador aussi fidèle que mon ombre n'a pas eu droit à une seule friandise alors qu'il en raffole. D'ailleurs, même lui semble au bout du rouleau. Ce soir, il serait bien resté au chaud avec Anna, mais j'ai besoin de lui pour sortir dans la nuit. Ici, nous ne sommes jamais réellement en sécurité et son ouïe est bien plus fine que la mienne, mon meilleur compagnon n'a donc pas trop le choix. Avec les chutes de neige et les éventuels accidents qu'elles peuvent occasionner, il ne serait pas prudent de sortir seul. Je sais pouvoir compter sur Otis pour donner l'alerte si jamais il devait m'arriver quelque chose.

C'est lors de notre visite quotidienne des enclos que les deux affreux ont refilé plein de friandises à la meute, qui n'a pas l'habitude de ce genre d'attention et donc nul besoin de ça. Évidemment, mes chiens ne se sont pas fait prier et je crois que les gosses ont quand même marqué des points avec eux. La doyenne de la meute est même venue se faire caresser par ces deux têtes de pioche, elle qui préfère pourtant rester en retrait des humains. Elle a choisi les pires représentants de notre espèce pour venir se frotter à eux. Va comprendre. Ces deux-là n'écoutent rien. Tu leur dis de rester dans leur chambre, t'es sûr de les retrouver dehors. Tu leur demandes d'écouter, ils parlent. Et quand tu leur dis de freiner, ils accélèrent.

Là, ils sont carrément en train de tenter de démonter le panneau qui se trouve à l'entrée du parc d'habitation de la meute. Celui qui annonce les noms de tous mes chiens et leurs différents enclos, de façon que les touristes puissent les repérer. Nous y avons même ajouté une description physique pour qu'ils s'amusent à tenter de les identifier. En général, ça occupe bien. Enfin, à condition que personne ne démonte le…

– Non mais putain, descendez de là !

Je les détesteeeeee !

– Il nous fait chier, celui-là !

– Ouais, vivement qu'on se casse d'ici.

Ils se croient discrets, les deux ? Ils n'ont pas idée d'à quel point je rêve de les voir dégager de chez moi.

Quand j'arrive à leur niveau, ils sont toujours à cheval sur le panneau qui menace de céder. S'ils continuent comme ça, je vais devoir tout refaire au printemps. Ces gosses sont une malédiction qui s'abat sur moi, une tempête sans précédent. J'en ai vu défiler depuis des années mais ces deux-là, c'est de loin les pires.

– Cassez-vous de là. Sinon, j'appelle vos parents.

Cela dit, on ne peut pas dire que la génitrice m'ait fait une très bonne impression au téléphone. Espérons que son complice soit plus réceptif. À mon avis, ils auraient bien besoin d'un bon coup de pied au cul.

– T'as pas le droit de nous parler comme ça. Si on veut monter dessus, on fait ce qu'on veut.

Ma main s'abat sur la planche en bois tout près de lui et il sursaute. Aussitôt, les deux morveux se laissent tomber du poteau. Personne, et je dis bien personne, ne me parle sur ce ton.

– J'ai tous les droits, tu es chez moi ici.

– Ouais et nous, on paye pour que tu sois gentil avec nous. Alors fais ton job ! hurle le grand qui vient défendre son petit frère.

Non mais il n'a pas encore de poil au menton et il me fait la leçon. Le plus petit fait un peu moins le malin, mais je le mets dans la même catégorie. Sales petits fils de…

– Si vous faisiez moins de conneries, je serais peut-être plus gentil.

– C'est pas vrai, Marie elle dit que t'es toujours comme ça et que c'est pour ça que ta copine a foutu le camp avec le mec de la…

Non mais elle, aussi, quel besoin a-t-elle de commérer ? C'est une conversation que notre cuisinière a dû avoir avec ma sœur. Je me doutais qu'elles devaient s'en donner à cœur joie en mon absence, maintenant j'en ai la preuve et ça m'agace vraiment.

– Ferme ta gu… ta bouche !

– Tu vois, t'es méchant et tu dis que des gros mots !

– Ouais et ben si t'es pas content, tu dégages, tu rentres chez toi et *adios* !

Je hurle tellement j'ai envie de tout casser, et ils doivent le comprendre car je vois le grand qui attrape le petit par les épaules et ils commencent tous les deux à reculer pour ne plus être si près de moi ; mais je ne compte pas les laisser s'en tirer comme ça. Je suis fou de rage et je vais en profiter pour leur filer la frousse histoire qu'ils arrêtent de me les briser. Je me rapproche à quelques millimètres du visage du plus jeune, Andréas je crois qu'il s'appelle.

– Maintenant vous allez vous calmer sinon, je vais devenir encore moins gentil.

Il bat des cils et ne me lâche pas des yeux. Oui, oui, vous lisez bien, je suis en train de faire un combat de regards avec un gamin de huit ans.

– Dégage, tu pues, va t'acheter une brosse à dents.

Je rêve ou… Le plus grand le tire en arrière et ils partent en courant alors que je reste stupéfait par le tempérament de fou de ces deux saloperies de morpions. Leurs rires résonnent dans toute la montagne et déclenchent les hurlements en cascade de mes chiens, alertés par tout ce raffut. Les deux mômes rejoignent le chalet et s'engouffrent à l'intérieur, toujours en train de se marrer. Et moi, je vérifie mon haleine.

Pas si terrible, je trouve. Cela dit, j'ai peut-être avalé un peu de viande séchée aux oignons pour le goûter, alors…

Je me sens dépassé par les événements, vraiment dépassé même. Une immense lassitude s'abat sur moi. Les yeux rivés sur la neige, je replonge malgré moi dans des souvenirs que je voudrais pouvoir effacer, sans vraiment y arriver. L'année dernière, à la même période, j'étais un autre homme. Après avoir souffert durant toute notre enfance, nous avions enfin trouvé un équilibre, ici ; Anna avec son connard de mec et moi avec ma connasse de meuf. Le seul détail qui nous a échappé était que ces deux-là étaient de vrais enfoirés. Et il a fallu que papa nous quitte précipitamment pour que tout éclate. Comme si sa disparition n'était pas déjà assez difficile à gérer pour nous, le seul parent qui nous restait s'est envolé du jour au lendemain. Même à cette occasion, notre mère n'a pas daigné donner de nouvelles, on peut donc dire qu'elle ne fait définitivement plus partie du tableau. Et c'est tant mieux, finalement. Être mal entouré, c'est fini pour nous.

– Papa, tu me manques tellement !

Moi qui n'ai jamais été fichu d'aligner ces mots en face de lui, me voilà ce soir perdu dans son refuge, en espérant un signe, n'importe lequel, pour me donner la force de retourner auprès de ces touristes que je déteste et de terminer cette semaine laborieuse.

Je suis tellement las… alors que la saison ne fait que commencer. Je crois que ce deuil, la trahison et pire encore la grossesse d'Anna m'ont mis sur les rotules.

Une bourrasque violente venant de la montagne s'engouffre derrière moi et un craquement me fait relever à tête. J'ai à peine le temps de comprendre que le panneau de bois sur lequel les garçons étaient montés est en train de céder et qu'il arrive droit sur moi. Je cours, me décale et observe en silence le désastre se produire. Le pilier en bois de deux mètres de haut, soutenant une planche de plusieurs centaines de kilos installée là depuis plus de vingt ans, vient de finir à mes pieds. Et j'y vois le signe que j'attendais.

– Papa, je ne sais pas bien ce que tu veux me dire, mais oui, je crois que je risque bien de détruire cet endroit sans toi.

Mon moral est au plus bas, d'autant que je n'arrive même pas à déplacer ce poteau pour libérer le passage. Demain, je demanderai à Clément de me filer un coup de main.

Tiens, d'ailleurs le voilà qui sort en trombe du chalet pour venir à ma rencontre. Sa mine grave ne me dit rien qui vaille.

– Jojo, viens vite, on a un problème.

Je jure que si l'un des deux enfoirés y est pour quelque chose, j'appelle leurs parents direct et je les vire.

Clément s'approche, livide.

– Qu'est-ce qui se passe encore ?

Il observe le panneau étalé au sol. Muet.

– J'ai toujours cru que ce truc était indestructible.

Il semble choqué de le voir dans cet état. Cela dit, moi aussi. C'est un peu comme si cette pancarte avait toujours été là. C'était mon père qui l'avait installée, à l'époque où nous étions enfants et où je pensais que cet homme était inébranlable. Visiblement, Clément semble aussi choqué que moi.

– Comme quoi, rien n'est éternel… Bon, pourquoi tu m'as appelé ?

– Ils ont fait tomber un lit, il y a un enfant coincé en dessous. Je ne sais pas comment ils ont fait mais je n'arrive même pas entrer dans la chambre et ça hurle dans tous les sens.

Je ne m'arrête pas sur le fait que nos lits superposés sont en bois massif et que personne n'a jamais réussi à les faire s'écrouler en plus de vingt ans.

– Quelle chambre ?

Je pose la question mais je connais déjà la réponse.

– Celle des deux frères avec lesquels tu te disputes en permanence.

Lui non plus ne peut pas les encadrer, pourtant, il reste poli, contrairement à moi. Hier soir, ils ont foutu une salière entière dans sa soupe, le pauvre s'est étouffé et a dû passer le repas dans les chiottes à vomir tout ce qu'il avait avalé.

– Évidemment.

– Évidemment. Dis, tu ne crois pas qu'on devrait arrêter de les nourrir ? Une fois affaiblis, ils nous ficheraient probablement la paix.

Je crois qu'il y pense vraiment et ça devrait me faire peur mais, étrangement, je trouve ces paroles réconfortantes. Pour lui aussi, c'est un calvaire.

– Probablement mais c'est illégal. Crois-moi, j'envisage de plus en plus une disparition en pleine montagne pour ces deux-là !

En vrai, j'y ai déjà pensé huit fois. Et je peux garantir que personne ne retrouverait les corps. Cela dit, la mère a l'air bien chiante, et finir dans une cellule, moi, l'homme de la montagne élevé au grand air, ça n'est pas envisageable.

– Je passe par le balcon, va les prévenir de m'ouvrir la fenêtre.

Je me hisse à la force des bras sur les poteaux en bois de mon chalet et j'accède ainsi au premier étage sans difficulté. Il faut dire que je fais ça depuis ma plus tendre enfance. Cet endroit n'a aucun secret pour moi, et heureusement. Les petites nanas de la chambre la plus calme sont sorties pour me regarder.

– T'es trop fort Joshua.

– Vas-y, t'es mon héros.

– Les filles, il est trop beau.

Va falloir que je demande à Anna de passer du temps avec elles. Et accessoirement de mettre deux ou trois choses au clair. Si elles étaient plus âgées, je serais probablement obligé de m'enfermer à clé la nuit, de peur de recevoir une visite intempestive.

J'accède au deuxième étage et je remarque déjà que le balcon est envahi de bâtons, de cailloux et d'un tas de merdes qu'ils doivent ramener à chaque fois qu'ils rentrent d'activité. Je vais leur faire ranger tout ça, vite fait. Pas question que je passe deux heures à tout ranger après leur départ. Le forfait ménage ne comprend pas le désencombrement.

Je toque à la fenêtre et c'est le plus grand, Lucas, qui vient m'ouvrir. Il semble paniqué.

– Purée, t'en as mis du temps ! Mon frère est coincé sous le lit. Vite, viens nous aider.

Donc le gosse qui fout le bordel, qui dégrade le matériel et qui nous rend dingues est en train de me faire la leçon. Lui, je vais me le choper entre quatre yeux, ça va lui faire drôle. Mais pour l'heure, j'entends le petit qui hurle.

– Lulu, aide-moi, me laisse pas là ! Lulu, j'ai peur !

Les deux autres colocataires sont contre un mur, livides et visiblement effrayés. Il faut dire que le grand a tout retourné. On dirait une scène de crime, quand les agresseurs ont renversé tous les meubles pour donner l'impression d'un cambriolage qui aurait mal tourné. Un des lits superposés a été déplacé et, en tombant, il a entraîné le second avec lui, ce qui bloque la porte et le gamin qui était contre le placard au fond de la pièce. À la vérité, je ne pense pas qu'il risque grand-chose mais l'espace est trop petit pour qu'il se retourne et puisse s'en sortir seul. Je serais bien tenté de le laisser là mais mes oreilles ne pourront pas supporter de l'entendre brailler plus longtemps.

– Vous deux, sortez sur le balcon et commencez à me ranger tout le bordel dehors.

Ils ont fait tomber les deux lits, l'un encastré dans l'autre. Comment ont-ils pu réussir cet exploit ? Aucune idée. Évidemment le gosse est en dessous et panique.

– Il est arrivé, le gros naze ?

Ils ne s'arrêtent jamais, les deux ?

– Fermez vos gueules et toi, aide-moi.

Je fais signe au plus grand de m'aider à relever le premier lit. Il s'apprête à me donner un coup de main mais s'interrompt au dernier moment.

– Tu es sûr que ça ne va pas l'écraser encore plus si on bouge ça ?

Je vois le gamin et il n'y a aucun risque, mais j'ai envie de me venger.

– On verra bien, au pire ça ne serait pas une grosse perte pour moi. Si tu préfères, je redescends et vous laisse là tous les deux.

– Lulu, il est pas sérieux hein ?

Le petit panique. Bien fait !

Le grand m'aide et heureusement que je soulève du bois depuis un moment car ces deux lits pèsent peut-être cent kilos chacun. Je n'arrive toujours pas à comprendre comment ils ont pu les faire bouger. Prenant appui sur le sol, je redresse d'abord le premier lit et le remets en place. Il est lourd mais j'y arrive rapidement. Vient ensuite le moment de m'adosser au mur et d'en faire autant pour le second lit. Avec l'aide de Lucas, je le fais pivoter et le retiens pour qu'il ne vienne pas retomber sur le premier en sens inverse.

Le gosse enfin libéré se relève d'un bond et saute dans les bras de son aîné qui l'accueille en serrant ses minuscules mains autour de lui. Ils se ressemblent beaucoup physiquement et leur complicité est frappante. Si je ne les détestais pas, je pourrais même les trouver attendrissants. Manque de chance, ils sont surtout insupportables. Après avoir vérifié que le petit n'avait rien de cassé, je relève mes manches et je les préviens :

– Faites vos bagages, j'appelle vos parents. Quand votre père va se pointer, ça va chauffer pour vous.

Ils sourient, mais baissent les yeux. Ai-je abordé un sujet sensible ?

Je fais demi-tour, décoince la porte qui a pris un sacré coup sous le choc et me casse, bien décidé à appeler les deux responsables de ces affreux bambins.

– Si t'arrives à le joindre, passe-lui le bonjour pour nous !

CHAPITRE 11

CLARA

– Hum…

Je repousse mon assiette et m'étends sur le fauteuil moelleux dans lequel je suis enfouie pour profiter de mon délicieux déjeuner. Cet endroit est d'un calme déconcertant. Il n'y a pas de musique, juste un bruit d'eau en fond sonore. Tout est clair et de nombreux végétaux recouvrent les murs de la salle du restaurant. Chaque table est séparée de la suivante par une cloison végétale. C'est le genre d'endroit où tu chuchotes, où tu n'oses presque pas parler. D'ailleurs nombreux sont ceux qui, comme moi, sont seuls. Toujours en peignoir, je me balade dans cette tenue depuis mon arrivée et je me régale. Pas besoin de jolis vêtements, pas de maquillage. Je prends soin de moi et ça me fait un bien fou. Je vais repartir avec trois kilos en plus, mais pas grave, j'irai courir après mes garnements et je retrouverai vite la ligne. Je n'ai même pas consulté le blog de la colonie pour savoir ce que font mes petites têtes brunes. Il faut dire que j'adhère de façon quotidienne à l'adage qui dit que pas de nouvelles, bonne nouvelle.

En réalité, ils me manquent un peu et si je n'avais pas entrepris ce roman qui me transporte, je m'ennuierais. Je sais bien que ça ne se dit pas. Surtout quand on pense que cette semaine de vacances me coûte plus de cinq mille euros entre la colo des garçons et ma thalasso de luxe. Mais c'est pourtant la vérité. Ici, tout est calme, on me propose du thé à longueur de temps et je n'arrête pas de pisser. Résultat, je suis obligée de sortir du jacuzzi toutes les cinq minutes. Et ce bruit de fontaine, ça n'aide pas du tout. Je dois aller aux toilettes au moins huit fois par jour.

– Comme dirait mon boss, problème de footballeur.

C'est la nouvelle version du traditionnel « problème de riche ». J'aime assez. Et non, je n'ai rien contre les footballeurs.

– Vous commencez à parler toute seule Carla… ce n'est pas bon signe…

Cette manie de ne jamais finir ses phrases, quelle horreur. Lui, si je l'ai trouvé charmant pendant deux secondes à mon arrivée ici, c'était définitivement une erreur de jugement. Il m'insupporte. On dirait qu'il est venu ici pour draguer. Chaque fois que je le croise, il est en train de casser les pieds à une femme aux alentours. Et visiblement, on est sur mon quart d'heure. Son peignoir étant mal fermé, mes yeux tombent directement sur son paquet moulé dans un slip de bain absolument affreux. Ses poils sont collés sur ses cuisses et je ravale ma dernière bouchée de burger qui menace de s'évader.

Il lorgne mon assiette. J'en profite pour tirer sur ma ceinture et fermer un peu plus mon fourreau.

– Vous n'avez pas pris l'option repas diététique. Ce n'est pas bien Carla, pensez à vos artères.

Mes artères t'emmerdent, sale con. Et puis je m'appelle Clara et non Carla ! Je ne sais pas pourquoi je me tais alors que j'ai très envie de lui dire d'aller se faire cuire le cul ailleurs depuis qu'il est arrivé ici. Je me planque à chaque repas pour qu'il ne me tombe pas dessus, j'ai dû relâcher mon attention aujourd'hui. J'ai été distraite par ma lecture et mon divin burger. Je cherche à présent une alternative pour lui échapper.

– Vous lisez quoi ?

Sans que je ne puisse faire un geste, il empoigne mon roman et le retourne.

– Tiens, tiens, *Orgueil et Préjugés*… ben qu'est-ce qui se passe ? On est malheureuse ? On se sent seule ?

Je reprends mon ouvrage et je l'essuie sur le tissu-éponge de mon peignoir comme si ses mains l'avaient sali. Ce qui est un peu le cas finalement. Ce type me répugne.

– Pas le moins du monde. J'aime beaucoup la littérature classique.

Il plisse les yeux vers mon roman et semble me juger même si je ne lui demande pas son avis.

– Et cette Jane Austen, elle est aussi seule que vous pour Noël ? C'est quel style ?

Il ne connaît pas Jane Austen, qu'on m'apporte de l'oxygène ! Mais qu'il se pète une jambe celui-là, j'en ai ras le bol de lui ! Je serre mon roman contre moi et je demande à mon auteure fétiche de me venir en aide pour qu'il me foute la paix. Et ça marche ! Mon téléphone se met à vibrer sur la table et je prends l'appel sans même regarder de qui il provient.

– Oui, bonjour.

– Euh ! Bonjour !

Cette voix me dit quelque chose mais je suis trop occupée à regarder l'homme en face de moi qui me dévisage. Je lui fais signe avec une grimace que j'en ai pour un moment et je relâche enfin mon souffle quand je le vois battre en retraite.

– Qui que vous soyez, vous venez de me sauver d'une situation très pénible. Je vous en dois une !

– Oui, justement. Il faut que je vous parle de vos gos… de vos enfants.

Mes garçons ? Alerte rouge. Vous vous souvenez du pas de nouvelle, bonne nouvelle ? C'est l'exact opposé de ce que j'entends là.

– Ils vont bien ? Il y a un problème ?

Je suis déjà en train de fouiller dans ma poche à la recherche de la clé de ma chambre pour me rhabiller afin de les rejoindre à l'hôpital.

– Ils vont bien mais ce n'est pas le cas de notre chalet. Vos enfants ne font que des conneries. Ils sont insupportables et je veux que vous veniez les chercher.

Euh ?! Avec le brouhaha autour de moi, je dois avoir des hallucinations auditives, aucune autre solution.

– Pardon ? Vous pouvez répéter ? Ils vont bien ?

– Oui enfin si tant est qu'ils puissent aller bien. Ils sont quand même super chiants.

OK, j'ai compris, c'est une farce.

– Euh, vous me faites une blague ? Qui est à l'appareil ? Lucas ? Andréas ? J'espère que vous vous amusez bien mais pas la peine de vous faire passer pour qui que ce soit. Si vous voulez me parler, je vous écoute. J'espère que vous êtes gentils avec tout le monde là-bas. Racontez-moi un peu vos journées.

Je flâne dans le hall en direction de ma chambre, après avoir fui cette salle de restaurant, et j'attends impatiemment d'entendre leurs petites voix. En réalité, je m'aperçois qu'ils me manquent terriblement. Hier soir, j'ai failli appeler le numéro du centre mais je n'ai pas eu envie de les déranger avant qu'ils aillent au lit. J'ai craint qu'Andréas ne le vive mal.

– Non, Madame. Vos sales gosses ne sont pas « gentils avec tout le monde ». Ils détruisent notre matériel, harcèlent nos encadrants et se mettent en danger toute la journée. Je veux que vous veniez les chercher sur-le-champ.

J'avale ma salive de travers en pénétrant dans ma chambre.

– Vous êtes le directeur du centre ?

La main sur le cœur, je commence à sérieusement m'inquiéter.

– Oui et je ne vous fais pas une blague. J'en ai ras le cul de vos gosses, alors venez les chercher. Ils font leurs valises.

Là, je me demande où je les ai envoyés et je me maudis de ne pas avoir fait plus de recherches. La panique s'empare de moi.

– Non mais vous vous moquez de moi ? Passez-moi mes enfants, tout de suite !

Je ne ris plus. Je commence à me rappeler que cette voix est celle du malotru que j'avais eu lors de ma réservation. Il ne semble pas plus agréable que ce soir-là.

– Non, je vous demande de venir tout de suite les récupérer.

– Mais enfin, que se passe-t-il ?

– Il se passe, Madame, qu'ils piquent de la nourriture pour nourrir les chiens de traîneau, qu'ils empoisonnent celle de leur animateur, qu'ils ont fait tomber un panneau en bois vieux de plus de vingt ans et qu'ils viennent de massacrer tout leur dortoir. Et j'en passe. Je ne peux plus les garder ici.

OK, on respire. Mais on est ferme !

– Calmez-vous et passez-les-moi. Tout de suite.

J'entends un gros vacarme dans le combiné et l'homme qui hausse la voix à nouveau. Cette fois, il ne s'adresse pas à moi. Je ne distingue que sa grosse voix et mon degré de panique augmente encore.

– Allô ? À qui parlez-vous ? Où sont mes garçons ? Mon Dieu, mais comment je vais…

– Madame ?

Une voix féminine qui me revient immédiatement en mémoire est à l'autre bout du fil.

– Vous êtes la dame du bus ?

– Oui, c'est moi, je m'appelle Anna. Je suis désolée. Mon… enfin Josh s'est un peu énervé parce que vos garçons lui ont fait passer un moment difficile. La fatigue, tout ça, tout ça. Ne vous inquiétez pas. Nous allons trouver une solution. Tout va bien. Il y a eu un souci dans leur dortoir mais nous les avons installés dans un autre.

Elle a l'air plus calme et de fait me semble bien plus rassurante, mais il n'empêche que je commence à me demander si je ne les ai pas envoyés chez les fous.

– Je peux leur parler ?

– Ben tiens, et pourquoi pas une vidéo aussi !

Il est toujours derrière et visiblement pas très calme.

– Madame, est-ce que tout se passe bien chez vous ? Je peux vous envoyer la police si le monsieur ne se comporte pas bien.

– Non mais vous vous foutez de…

Plus rien, la communication est coupée. Panique à bord. J'enfile un jean alors que j'ai encore mon maillot de bain mouillé. Je balance toutes mes affaires dans mon sac et je tente de rappeler le numéro. Aussitôt la femme décroche.

– Désolée, nous avons été coupés. Écoutez, Lucas et Andréas vont bien. Je vais leur demander de venir vous parler un moment. Il y a eu quelques désaccords avec leur animateur, Josh, mais tout va rentrer dans l'ordre. Faites-moi confiance.

Elle est plus calme mais je n'ai pas vraiment envie de la croire sur parole.

– Vous faire confiance ? Non, je veux leur parler tout de suite.

Aussi sec, j'entends la voix d'Andréas dans la pièce.

– Maman, c'est toi ?

– Qui veux-tu que ça soit ? On n'a pas le numéro de ton père alors…

Le sale type est toujours dans le coin visiblement. Et moi je ne comprends rien à ce qui se passe.

– Oui mon amour, c'est Maman. Tu vas bien ? Où est ton frère ?

– Je suis là Maman. Alors tu viens nous chercher ?

Lucas ne semble pas prêt à tourner autour du pot. Mais quel soulagement de l'entendre.

– Vous n'êtes pas blessés ? Qu'est-ce qui s'est passé exactement ?

Je suis déjà un train de retrouver mon calme. Le simple fait de les entendre a toujours eu sur moi un effet apaisant. Mais je veux comprendre.

– Ben, en fait, euh…

Ça commence bien.

CHAPITRE 12

JOSH

Tiens, ces deux petits enfoirés semblent moins faire les malins. J'espère que l'autre folle va leur filer une sacrée remontée de bretelles. Non mais ils flippent carrément. Il n'y a qu'à voir leurs échanges de regards furtifs pour le comprendre. Cela dit, quand je redresse la tête vers Anna, je sens que moi aussi, je vais y avoir droit. Elle me fusille du regard. Presque autant que le jour où, apprenant qu'elle était enceinte de l'autre enfoiré, j'ai composé son numéro pour le prévenir. Enfin, cette fois-là, j'avais carrément reçu un coup de poing dans le ventre, me faisant lâcher le portable ; je m'étais d'ailleurs promis de ne plus jamais être à l'origine de ce type de dispute.

– Je te préviens, si elle demande un remboursement, je le prends sur ta paye.

Je hausse les épaules. De toute façon, avec elle, c'est toujours moi, le coupable.

– Tu veux les prendre chez toi pour la fin du séjour ?

– Un jour, tu finiras seul dans ta montagne et tu comprendras, bien trop tard, que ce n'est pas une vie. Alors pour le moment, tu vas te taire et m'écouter !

Elle avance vers moi, en me hurlant dessus tout en chuchotant et je recule. Je ne devrais pas, je suis un grand gaillard de près d'un mètre quatre-vingt-dix, mais face à ma frangine, je ne fais pas le poids. Surtout qu'avec son énorme ventre, si elle me tombe dessus, pas certain que je m'en sorte vivant.

– Non mais vous vous foutez de moi ? Les garçons, ouvrez grand vos oreilles, sinon je vous garantis que cette nouvelle année va très mal se passer pour vous deux.

La mère barge se met à hurler et les deux s'éloignent du haut-parleur du téléphone posé sur le bureau de ma sœur. Au milieu des factures, des réservations et tout son bordel, ce petit objet semble faire entendre la voix de Lucifer en personne. Même nous, nous stoppons notre dispute parallèle pour nous rapprocher du bureau. Il y a dans le son de sa voix un je ne-sais-quoi qui me file des frissons. Cette nana ne semble pas commode, pas commode du tout même.

– Lucas ! Andréas ! Vous allez immédiatement vous excuser et réparer vos conneries. Et vous allez vous faire tellement discrets que plus personne ne se souviendra de vous le jour de votre départ. Compris ?

Les gosses se tiennent la main et chuchotent un léger « oui », à peine audible. Anna et moi restons sans voix. Ces deux imbéciles qui ont un répondant de folie et qui nous font tourner en bourrique depuis plusieurs jours sont sans voix. Ah ben merde alors !

– Compris ?

– Oui Maman.

– Oui Maman.

Tiens tiens, est-ce que nous aurions trouvé comment discipliner les bêtes ?

– Repassez-moi le goujat qui m'a hurlé dessus tout à l'heure.

Euh... on dirait que c'est à mon tour d'en prendre pour mon grade.

– Il est là. Salut Maman, amuse-toi bien.

– Comme si j'avais une chance de m'amuser avec des gosses qui ne font que des… Arf… vous m'avez mise en colère. On va en reparler les garçons, on va en reparler.

Tous deux baissent la tête et avant de se tirer en vitesse, s'arrêtent à notre niveau et s'excusent en chuchotant. J'ai bien envie de prétexter que je n'ai pas entendu pour les faire répéter, mais l'ogresse s'impatiente.

– Vous êtes là ? J'attends hein !

Ils partent en courant et je crois les entendre rire. Anna, les bras croisés sur son énorme ventre, s'installe.

– Oui, je suis là, finis-je par dire, prêt à me faire enguirlander.

– Mes garçons se sont-ils excusés avant de filer ?

– Oui mais…

Elle me coupe la parole et ce n'est pas plus mal, entre le regard que me jette ma sœur et elle, je ne sais plus quoi dire.

– Monsieur, je ne vous connais pas et je vous présente mes excuses pour le comportement de mes enfants. Cela ne devrait plus se reproduire. Cependant, je paie deux mille cinq cents euros la semaine pour que vous les encadriez correctement, alors serait-ce trop demander que vous fassiez votre job ?

Elle est sérieuse ? Je m'apprête à lui faire part de ma façon de penser quand ma sœur se jette sur le téléphone, coupe le haut-parleur et, la voix toute radoucie, lui répond.

– Évidemment. Je suis désolée pour ce malheureux incident. Je vais veiller à ce qu'il n'y ait plus de problème. Nous avons un site superbe et espérons vous y voir très vite.

Je reconnais bien là la commerciale. J'ai quand même les boules, et je sens bien que les deux envahisseurs n'en ont pas fini avec leurs conneries.

Comme je n'entends plus la conversation entre les deux femmes, je vais prendre l'air pour me calmer. Je suis tellement en colère que j'aurais bien envie de les planter tous là pour aller faire une rando dans la montagne, mais Anna se pointe rapidement.

– T'as merdé Jojo ! Vraiment merdé !

J'expire l'air présent dans mes poumons pour ne pas lui hurler dessus. D'autant qu'elle semble essoufflée après l'effort fourni pour me rejoindre. La pauvre, cet intrus ne lui facilite pas la vie. Elle semble chaque jour un peu plus sur le point d'exploser. Son ventre est devenu carrément flippant.

– Je crois que j'ai rattrapé le coup. Elle voulait venir nous rejoindre mais avec ce blizzard et cette neige, j'ai réussi à l'en dissuader. Elle s'inquiète pour ses enfants et j'ai dû lui assurer que tout allait bien se passer par la suite. Tu as donc pour mission de rendre leur séjour le plus mémorable possible.

– Tu crois que si je fais en sorte qu'ils se pètent les deux jambes lors de la prochaine session de ski, ça sera assez mémorable pour eux ?

Visiblement, l'humour n'est pas la réponse qu'elle attendait.

– Josh, c'est une mère célibataire et je ne sais pas si tu as remarqué, mais je ne crois pas que le papa soit très présent. Je la comprends.

Bien sûr, il faut qu'elle joue la carte de l'apitoiement. Je ne peux rien répondre à ça. La pauvre, elle va devenir mère célibataire et, quelque part je me sens coupable.

– Ses gosses sont super mal élevés. Toi, tu ne seras pas comme elle et ton gamin ne sera pas comme eux.

Pourvu que j'aie raison. Sinon ma vie va devenir un enfer.

CHAPITRE 13

CLARA

J'ai encore le portable à la main, je l'observe et mon cœur commence à retrouver un rythme normal. Je viens de prendre un coup de pression de l'extrême. Non, mais on n'a pas idée d'appeler une maman pour se plaindre de ses enfants ! Enfin, je ne vois pas à qui d'autre il aurait pu se plaindre, à bien y réfléchir.

Eux, je te jure que quand je vais les récupérer, ça ne va pas se passer comme ils le souhaitent. Privés de télé pendant au moins un mois ! Quoique, si je décide ça, je vais devoir les occuper. Parce que bon, c'est pratique les écrans quand même et puis, un mois, c'est long, non ?

On verra plus tard. Pas de décision hâtive, surtout que c'est moi qui vais devoir en assumer les conséquences. Non, à la place, je pourrais leur donner des corvées.

Oui, c'est bien ça, les corvées !

Genre, mettre la table et la débarrasser pendant une semaine. Et aussi plier le linge sec, le ranger et sortir les poubelles, oh oui, sortir les poubelles. Le truc que je déteste le plus dans cette baraque. Je ne sais jamais quelle poubelle, ni même quoi mettre dedans. Je sais, c'est moche mais moi, le tri sélectif, ça me dépasse un peu. Le carton OK, le vert OK, mais tout le reste va dans la grise, point barre !

Je pourrais aussi arrêter de faire le ramassage au rugby. Parce que gérer six goûters tous les mercredis entre deux réunions, et passer les samedis à les trimballer dans toutes les villes alentour, ce n'est pas mon hobby préféré. Et si je déléguais pour une fois ? Ou s'ils y allaient tout seuls, à pied ?

Non, Clara, on a dit qu'on voulait leur donner une leçon, pas qu'ils se fassent écraser par un chauffard.

Cette simple vision me donne un mal de ventre pas possible. Mon maillot de bain mouillé me rentre dans les fesses, mon jean me donne froid, je vais aller me réchauffer sous la douche directement au département de la magie.

Toc, toc, toc...

Qui peut bien se pointer ? Je m'approche de la porte, rive mon œil au judas et découvre le visage souriant de la masseuse. Je lui ouvre.

– Madame Rebel, nous avons rendez-vous pour un soin, vous êtes prête ?

Elle a la délicatesse de ne pas me faire remarquer que je suis en retard. Parce que j'avais tout simplement oublié, avec ces histoires d'enfants.

– Oui, excusez-moi, j'ai reçu un appel, puis…

– Ne vous inquiétez pas, nous sommes là pour ça.

J'ai bien envie de lui demander comment elle fait pour être aussi calme. Moi, le décor hyper tranquillou, la musique zen et le raclement de pantoufles sur la moquette, ça commence à me stresser.

J'enlève mon jean trempé, je le balance dans ma chambre, il retombe évidemment à côté de la chaise et je referme la porte pour la suivre immédiatement. Je ne sais même plus de quelle nature va être ce soin mais ce que je sais, c'est que j'ai bien envie de me vider la tête. Alors je lui fais confiance, je n'ai pas le choix de toute façon.

– Nous allons faire quoi maintenant ? Je m'excuse mais j'ai oublié.

Il faut aussi que j'arrête de m'excuser à tout bout de champ, c'est agaçant à la fin.

– Un jet hydro-massant.

– Un jet hydro-massant…

Je réfléchis un instant et tente de visualiser le truc. Évidemment, je me vois dans une baignoire à la forme du corps, avec de petits jets qui picotent ma peau dans une eau à quarante degrés.

Eh bien non !

Rien à voir. Je suis debout, dos contre un mur carrelé et j'ai froid. Je me dandine parce qu'en plus, à force d'entendre toute cette eau qui coule, j'ai envie de faire pipi. Le fil rouge de mes vacances, on dirait bien.

– On va y aller. Alors, juste pour vous prévenir, la température contraste de très chaud vers très froid. C'est pour la circulation. Vous allez voir, c'est surprenant mais les bienfaits sont prouvés.

– Vers très quoi ?

Aussitôt, je reçois un jet énorme en plein dans l'abdomen. Et devinez par quoi on commence ? Le très froid. Putain, la décharge est violente, à cause de la pression mais aussi de la température.

– Argh.

– Allez, ça va se réchauffer, vous allez voir. Tournez-vous, on va faire le dos.

Et là, effectivement, c'est très chaud.

– Mais ça brûle…

La seconde suivante, je me ramasse à nouveau l'eau glacée. Une torture, son truc.

– Le contraste de l'eau sulfurée chaude puis froide permet d'éliminer, de drainer et facilite la circulation. Vous allez vous sentir apaisée et détendue après la séance.

Alors là, je veux bien la croire, je pourrais filer un rein pour que ça s'arrête. Quand je pense que j'ai payé pour ça. Et puis, qu'est-ce que ça pue ! Cette odeur me fait penser à de l'œuf pourri. Brrrr.

– Maintenant : les jambes. Je draine de bas en haut.

Oui, oui, je le sens bien, et ce jet est si fort que j'en plie les genoux. Si je glisse et que je me rétame sur le carrelage, je vais avoir bonne mine. Non mais quelle horreur ce truc.

– Dites, on peut arrêter maintenant ? Ce n'est pas très agréable.

– Encore quelques secondes et ensuite la récompense. Vous verrez.

Maintenant, j'ai peur. Si elle pense que ça, c'est un soin, imaginez la gueule de la récompense. Marcher sur des charbons ardents ? Se faire masser avec une aiguille à coudre ? Avaler des graviers au poivre ? Mon imagination me déclenche une nausée. Je la contiens, je ferme les yeux, je pense à mes fils. Ça me donne du courage et je tiens. Puis, ça s'arrête. Et je m'aperçois que penser à eux est toujours un réconfort et que je ne veux pas qu'on ne soit pas gentil avec eux, que c'est mon rôle de les protéger et que si je ne le fais pas, alors personne ne le fera. Tout à coup, j'entends leurs voix dans ma tête. Celles qu'ils avaient quand ils étaient au téléphone tout à l'heure. Celles qui me demandaient si j'allais venir les chercher. Celles qui disaient dans leur silence que je leur manque et que c'est pas si facile que ça de ne pas être avec moi. Et je comprends enfin que c'est pas si facile pour moi non plus.

– Venez Madame, suivez-moi, vous allez voir, vous allez apprécier.

Tel un robot, je fais ce qu'elle me dit et me retrouve dans une petite pièce éclairée à la bougie. Il y a une table de massage et elle me fait signe de m'y installer. Elle m'enveloppe d'un linge lourd, épais et chaud. Mon corps apprécie instantanément le poids qui pèse sur moi, l'ambiance qui m'entoure et le calme de cet endroit.

Mais moi, tout au fond de moi, je sais que c'est le dernier soin auquel j'aurai droit ; parce que ma place est ailleurs, tout là-haut dans la montagne.

CHAPITRE 14

JOSH

Posté à l'accueil de notre chalet, j'observe Anna qui grimace face à moi depuis plus de trente minutes, toutes les huit minutes ; j'ai vérifié. Je sens que cette journée va être interminable. À l'image de toutes celles qui rythment ma vie depuis que cette colonie a commencé. Anna est assise devant le comptoir d'accueil et trie des factures, alors que nous nous apprêtons à partir nourrir la meute avec les enfants après un énorme déjeuner, car les pistes de ski sont fermées à cause du mauvais temps. Si elle doit accoucher, j'ai lu dans son bouquin que les contractions se rapprocheront pour ne plus être espacées que de trois minutes. Là, il faudra s'affoler et la descendre à l'hôpital. J'angoisse à l'avance. Parce que je sais qu'elle souffre, même si elle sourit ; et moi, je suis là, planté, sans avoir vraiment envie d'être là, et sans avoir vraiment envie d'être ailleurs non plus. Dire que je vais devoir l'abandonner pour la journée me stresse énormément. Mais je n'ai pas le choix, je ne peux pas dire à tous ces gamins que nous allons rester à chaperonner ma sœur.

– Tu n'en as pas marre de me surveiller ?

Elle n'est pas dupe. Soit.

– Je te ferais remarquer que je ne suis pas là pour toi mais pour les deux têtes de mule, réponds-je. Encore une fois.

Alors eux, ils se prennent une belle engueulade de leur mère et dès le lendemain, ils refont une connerie.

– On a fini, Jojo !

Personne n'a le droit de m'appeler Jojo, personne. Ma sœur s'est octroyé cette liberté, mais sûrement pas les clients.

– C'est Josh et tu peux recommencer, il y en a encore partout.

Ce matin, alors qu'ils s'amusaient à roter au petit déjeuner devant la mine effarée de leurs camarades de chambre, m'est venu une idée. Au lieu de les engueuler, j'ai décidé de les faire bosser. Chaque fois qu'ils sortent une ânerie, qu'ils désobéissent ou qu'ils sortent du rang, je leur file des trucs bien relous à faire. De toute façon, à moins de les assommer ou de les enfermer à double tour dans une pièce capitonnée, rien ne fonctionne avec eux. Alors autant essayer ça.

Ce qui fait qu'après avoir passé le balai dans la salle de petit déjeuner pendant que les autres se préparaient, ils ont ramassé les crottes de la meute et maintenant, ils déblayent la neige devant l'accueil du chalet. Je vais bien finir par les épuiser. Si ce soir, ils ne s'endorment pas rapidement, je ne sais pas ce qu'il faut faire.

– Recommence, recommence… T'as pas le droit de nous esclavasionner. Je vais le dire à ma mère, tu vas voir ! râle le plus jeune.

– Mais oui, c'est ça. M'en fous moi, quand tu le lui diras, ça voudra dire que tu rentres chez toi et j'ai vraiment hâte que ça arrive.

Andréas me tire la langue alors que les portes se referment sur son frère qui ne dit plus un mot mais qui l'aide en faisant le plus gros du travail. Ce que je ne peux pas leur enlever, c'est qu'ils sont solidaires, dans les emmerdes et aussi dans les punitions. Toujours fourrés ensemble, ils sont inséparables. S'il n'y avait pas cette différence de taille, on pourrait penser qu'ils sont jumeaux. Mêmes cheveux bruns, mêmes yeux verts, même tête à claques.

– Tu sais qu'il a raison. J'ai promis à leur maman de faire en sorte que tout se passe bien et je n'envisageais pas les choses comme ça, me sermonne ma sœur

– Tu veux t'en occuper ? Parce que je te les laisse avec grand plaisir.

– Tu sais très bien que je ne peux pas.

Elle grimace encore.

– Et sinon, tu comptes accoucher ici ? Ou tu envisages d'aller voir un médecin ? Tu te tords de douleur depuis un moment. Je te rappelle que je ne suis pas sage-femme.

– Non, je vais bien. Le bébé bouge un peu trop. C'est tout.

– T'as pas intérêt à me planter pendant que je me coltine ces deux énergumènes.

Elle me sourit en dévoilant toutes ses dents, elle fait peur quand elle fait ça. Je décide donc de battre en retraite mais, lorsque je m'approche de la porte, plus aucune trace des deux garnements.

– Putain, ils ont encore foutu le camp. Je te jure que je vais leur mettre une laisse s'ils continuent. Mais attends… Qu'est-ce que… Oh non… Ça ne sent pas bon ça…

Je les vois tous les deux qui sautent autour d'une femme accoutrée comme une des héroïnes d'un dessin animé que ma sœur regardait quand on était gosses. Ils ont abandonné leurs pelles et semblent survoltés de voir cette nana tout droit sortie des années 1990. Mais oui, c'est ça, elle me fait penser à l'une des *Cat's Eyes* avec sa tenue violette et ses longs cheveux bruns. Quand elle fait volte-face vers le chalet, ses yeux se posent une seconde sur moi et je sais que nous sommes cuits.

Les mêmes yeux, le même visage, la même couleur de cheveux. Aucun doute, la femme qui a engendré les deux terreurs qui me rendent fou depuis quatre jours est devant moi. Et elle semble avoir des choses à me dire.

Pire encore, je vois le ciel qui s'alourdit de plus en plus, comme si une véritable tempête de neige allait s'abattre sur nous, ce qui n'est pas bon signe. Il fait un temps pourri depuis hier soir mais nous devions passer à côté du prochain anticyclone. Je l'ai vérifié encore à mon réveil sur les prévisions météo.

– Anna, tu gères ça. Moi, j'ai le groupe qui m'attend, salut !

Ma sœur s'approche en caressant son énorme ventre et comprend très vite de quoi il s'agit.

– Prépare-toi à manger des pâtes pendant toute l'année prochaine, tu es à moins deux mille euros de salaire ce mois-ci.

Je lui fais un bisou sur la joue et je file en vitesse, un léger sourire aux lèvres. Mon calvaire est enfin terminé.

CHAPITRE 15

CLARA

– Maman ! Maman !

– Mes amours !

Mon Dieu, que c'est bien de les voir, de les toucher, de les sentir, de les bisouiller. Ah, mon cœur est tellement à la fête que j'en oublie un instant les rafales qui nous fouettent le visage. Ma capuche a foutu le camp, mes cheveux se couvrent de neige, mais je ne vois qu'eux. Mes adorables petits garçons.

Ils ont l'air si grands, si différents et en même temps si familier.

– Mes bébés. Vous m'avez manqué !

– Toi aussi Maman. On ne veut plus jamais partir sans toi.

Je sais que c'est nul, mais ça me fait plaisir. Moi qui me réjouissais de passer une semaine sans eux, je suis ravie d'avoir écourté mon séjour dans le temple de la zénitude pour les entendre rire, chanter, sauter tous les deux en même temps comme s'ils ne se rendaient pas compte qu'ils ne sont pas tout seuls. Ces quelques jours m'ont semblé durer un mois entier.

– Oh mes petits cœurs… alors, comment ça va ? Où sont les autres enfants ?

Mes deux bambins se renfrognent et se jettent des coups d'œil alarmés. Je ne sais pas ce qui se passe ici, mais visiblement ils ne sont pas fiers d'eux. Et à ce que j'ai cru comprendre hier au téléphone, je pense que niveau bêtises, ils ont fait fort.

– Ben… On est punis. Eux, ils sont avec la meute.

– La meute ?

– Oui Maman, les chiens sont trop beaux. Il y a quatre clans et chacun a son chef ou sa cheffe. Viens, on va tout te montrer.

Leurs sourires. C'est mieux que douze thalassos réunies.

– Non, non, je vais aller me présenter et voir comment on peut redescendre de cette montagne de l'extrême. Mon chauffeur est reparti en vitesse après m'avoir déposée. Il parlait de tempête, je n'ai pas trop écouté.

Tu parles ! J'avais une trouille bleue de finir dans un ravin. Je me suis tellement cramponnée au fauteuil qu'il doit encore y avoir la trace de mes ongles. Si j'avais su que mes enfants étaient dans un endroit aussi paumé, je ne suis pas certaine que je les aurais laissés monter si haut.

J'observe autour de moi et les chalets sont superbes, la neige recouvre tout et cette blancheur donne au décor un côté féerique. S'il n'y avait pas ces bourrasques, ça serait parfait.

– Viens Maman, allons voir Anna. Elle, elle est gentille.

Je préfère avoir affaire à elle qu'au directeur du centre qui m'a paru très impoli et surtout très en colère contre mes fils. Oh mais j'y pense…

– Attendez les garçons, si vous êtes punis, c'est que vous avez encore fait une bêtise ?

Tout à coup, je n'ai pas du tout envie d'entrer dans ce chalet. Enfin, un très gros, très imposant et majestueux chalet serait plus exact. Je suis captivée par la beauté de la bâtisse, la chaleur qui s'en dégage et les guirlandes lumineuses qu'on aperçoit de l'extérieur. Si captivée que j'en perds de vue l'essentiel quand on se déplace, à savoir regarder où je mets les pieds. J'avance en m'enfonçant dans la neige fraîche qui recouvre mes boots au rythme du vent qui fouette mon visage. Ma démarche est si pataude que je finis par glisser, et me voilà déstabilisée et prête à me prendre une gamelle devant mes enfants et l'accueil de cette colonie.

– Merde !

Je mets les mains en avant pour amortir le choc, quand je sens une masse chaude qui fait barrage entre la neige et moi. Je ne peux pas voir ce qui se passe car, en grande courageuse que je suis, j'ai fermé les yeux. Mais quand je les ouvre à nouveau, la seule chose que je peux distinguer, c'est du bleu. Du bleu océan. Du bleu qui devrait me réchauffer parce que la mer, tout ça… mais qui me glace au contraire. Ce bleu, c'est la froideur brute et animale d'un homme sorti de nulle part et qui n'a pas du tout l'air amical.

– Je suis désolée, je n'avais pas vu la…

– Pas étonnant, ils devaient la déblayer mais…

Il semble se reprendre et, tandis que je me redresse sur mes pieds, il se ferme. J'ai quand même le temps d'admirer sa mâchoire carrée, sa peau claire, ses lèvres bien roses et charnues et sa chemise. Des carreaux rouges striés de vert et de bleu, un molleton doux et épais qui couvre de larges épaules, un torse dur et des bras musclés se terminant par des mains aussi larges que celles du Père Noël dans le dessin animé *Klaus*, qui passe sur Netflix tous les ans. Je l'adore, ce film. Mais ce n'est pas la question.

– Merci beaucoup.

Il me lance un regard qui me foudroie, opère un virage et disparaît brusquement dans la neige vers la montagne. Je me demande si je viens de rêver cette scène quand Lucas me tape sur l'épaule.

– Bon, on y va Maman ? Fais pas attention à lui, c'est un con.

Un con... un con... Mais attends, quoi ?

– Un quoi ?

– Un con, il nous fait chier depuis qu'on est arrivés…

– Lucas Antoine Phinéas Rebel, comment est-ce que tu t'exprimes ?

Ma voix a beau tenter de se faire forte, le vent couvre presque ma colère. Et je dis bien presque, car mes deux garçons se redressent et je m'aperçois alors qu'ils ont réellement dû être insupportables.

– Pardon Maman, mais c'est lui, il est tellement…

Son frère lui file un coup de coude dans le ventre, ce qui m'épargne un gros mot de plus vu leur échange de regards.

– Madame Rebel, on ne vous attendait pas si tôt !

La porte s'ouvre et nous nous engouffrons tous les trois dans ce lieu bien plus accueillant. Il fait chaud et j'ai la sensation de pénétrer dans le plus douillet et le plus charmant des chalets. Les murs sont peints dans des tons chauds et les nombreuses guirlandes donnent à l'ensemble un aspect féerique. Une légère odeur de pieds émane de la pièce adjacente et je comprends immédiatement que c'est l'endroit où est stocké le matériel de ski. Il y a du bazar un peu partout. Une série de portemanteaux installés vers le bas du mur, entre le grand banc et les casiers remplis de chaussures, rappelle que cet endroit accueille des enfants. Ça respire la vie.

– Bonjour. Oui, j'ai préféré venir chercher mes enfants. Je crois que tout ne se passait pas au mieux pour eux, ici.

– Mais Maman, c'est lui qui…

Un geste de la main leur fait comprendre que ce n'est pas le moment de donner leur avis. Nous reparlerons de tout ça quand nous serons tous les trois. Mais je sens d'ores et déjà que les corvées vont être dures, pénibles et longues.

La jeune femme me tend sa main par-dessus le comptoir et son énorme ventre.

– Il n'est pas rare que certains garnements nous donnent un peu de fil à retordre. Mais je dois avouer que vos fils sont en pole position.

Je n'ai pas envie de discuter de tout ça devant eux.

– Vous allez rassembler vos affaires pendant que je discute des détails avec madame. Nous allons partir dans quelques minutes. Allez ouste !

Mes deux gamins m'observent sans bouger jusqu'à ce que je frappe dans mes mains. Je crois qu'ils n'avaient absolument pas compris qu'il était l'heure de rentrer à la maison. Ils filent en vitesse et j'entends un carillon qui m'annonce leur sortie. Enfin, il y a aussi cette effroyable bourrasque qui me rappelle la différence de température entre l'extérieur et ce chalet. D'ailleurs, je vais ôter mon blouson avant de commencer à transpirer.

– Ne vous inquiétez pas. Vos fils logent dans le chalet juste au-dessus, Josh s'y trouve avec le reste du groupe et un autre animateur. Vu le temps, pas de sortie ski ou raquettes aujourd'hui. Et je ne crois pas que vous allez pouvoir nous quitter aussi vite. Regardez…

Elle m'indique la fenêtre située à côté d'elle et en effet, d'ici on croirait que le ciel va littéralement nous tomber dessus. Tout est sombre alors qu'on est en plein jour, et le vent semble redoubler d'intensité. Un talkie-walkie résonne dans la pièce.

– *Crrr.* Je les ai réceptionnés.

La voix est hachée mais c'est un homme, et il parle de…

– Ce sont de mes fils que vous parlez ?

– Oui. Ils ne craignent rien au chalet. Mais jusqu'à ce que cette tempête se calme, vous êtes notre invitée vous aussi.

– Je ne peux pas accepter, je ne suis pas venue pour ça.

– Vous n'avez pas trop le choix. Personne ne vous descendra avant la fin de cette saleté de tempête.

Elle m'observe et me sourit. Il y a quelque chose de doux et délicat dans son regard. Et puis son visage semble si petit, si fragile. Elle passe sa main sur son énorme ventre et je m'aperçois à l'instant qu'elle me rappelle moi, quand j'attendais Lucas.

– Vous êtes enceinte de combien ?

– Sept mois et demi. Ça commence à tirer. Surtout quand je reste assise dans cette position toute la journée. Je ne suis bien que couchée. Et encore…

Elle fait le tour de son guichet et vient me rejoindre.

– Allez, enfilez votre manteau, nous allons braver la tempête jusqu'au chalet de Josh. Allons retrouver vos enfants.

Dans sa façon de me parler, je sens que cette femme, que je ne connais ni d'Adam ni d'Ève, possède une sensibilité et un sixième sens qui me donnent envie d'apprendre à la connaître. Alors, équipée de mon blouson, de ma valise et d'une femme sur le point d'accoucher, je brave l'inconnu.

CHAPITRE 16

JOSH

J'ai dû faire un truc moche dans une vie précédente. Ce n'est pas possible autrement, puisque j'ai beau me creuser la tête, je n'ai rien à me reprocher dans celle-ci. Si ce n'est d'avoir fait débarquer mon ex, Gabrielle, dans notre petit monde tranquille. Si j'avais su, je me serais doublement abstenu. Je ne sais même pas pourquoi je repense à ça maintenant. Ce n'est vraiment pas le moment.

Cette foutue tempête, il ne manquait plus que ça. Me voilà coincé ici avec les gosses, les deux enfoirés de démons, et, pire encore, leur mère. Anna sera aussi de la partie, ainsi que Clément. De toute façon, je crois qu'elle a saisi que j'allais craquer et planter tout le monde si elle n'y mettait pas du sien. Je veux bien la plaindre pour sa grossesse, mais merde, moi non plus, je n'ai rien demandé ; et je suis un solitaire. Je n'attends qu'une seule et unique chose dans la vie, qu'on me foute la paix.

Vu le brouhaha qu'il y a autour de moi, j'envisage un instant d'aller passer la nuit avec mes chiens. D'ailleurs, tempête ou pas, dès qu'elle arrive, je me casse pour les nourrir. Vu comme la neige tombe, j'ai peur de ne pas pouvoir le faire plus tard. À la nuit tombée ça sera encore plus difficile de se repérer, il faut que j'y aille maintenant ; et puis ça me permettra d'évacuer mon stress.

– Josh, il y a assez de provisions pour plusieurs petits déjeuners et repas. Je vais y aller, je ne veux pas prendre de risque.

Marie, notre cuisinière, a déjà pris sur elle pour venir livrer avec ce temps, je ne vais pas en plus lui demander de se mettre en danger. Elle n'habite pas loin mais doit prendre sa camionnette pour descendre un peu dans la vallée et je ne voudrais pas qu'elle se retrouve coincée. Anna, en revanche, va devoir rester avec nous car son chalet est le plus bas sur le domaine et, avec son énorme ventre, je doute qu'elle puisse l'atteindre seule, vu les conditions météo.

– Évidemment Marie, merci beaucoup. Passe le bonjour à ton mari. Et envoie un signal sur le talkie-walkie quand tu es chez toi, que nous soyons sûrs que tu es bien rentrée.

Même maintenant, c'est risqué de sortir, elle le sait. D'ailleurs, où est Anna ? En temps normal je ne me ferais aucun souci pour elle, elle connaît la montagne aussi bien que moi, mais un intrus squatte son petit corps et il ne semble pas décidé à lui filer un coup de main. Ce vent qui redouble de violence m'inquiète de plus en plus. Aucun bulletin météo ne prévoyait ça et, même si nous sommes habitués à l'impétuosité de l'hiver dans nos montagnes, je me serais bien passé de cette tempête.

Comme à chaque fois dans ce type de situation, nous suivons un protocole. Nous faisons en sorte de nous retrouver dans le chalet le plus grand, afin de sécuriser le site et d'éviter d'avoir à nous séparer. De plus, le générateur électrique alimentera en priorité ce chalet. Ce qui est très souvent nécessaire. Chacun de nos chalets de location est équipé d'un guide qui rappelle quoi faire en cas d'urgence, mais ce ne sera pas nécessaire car les familles sur place terminaient leur séjour hier, et les nouveaux arrivants ne pourront de toute façon pas monter. En attendant, pas de ski au programme de la journée. Je jette un coup d'œil à notre animateur qui surveille par la fenêtre.

– Les gosses, vous restez tranquilles avec Clément. Surtout vous deux. Je sais que vous êtes déçus de ne pas pouvoir aller dehors mais le temps est trop mauvais. Je vais chercher les…

Les quoi ? Les femmes ? Les filles ? Les nanas ? Les génitrices ? Les reproductrices ? Tout ça me perturbe à vrai dire. En réalité, j'aime beaucoup les femmes, mais celles qui font des gosses… Je ne sais même pas comment finir cette phrase, alors je préfère en rester là. L'économie de mots, c'est ma vie.

D'habitude je suis seul et là, je me retrouve avec ma sœur qui attend un enfant, douze mioches surexcités, Clément, et une maman. Il y a beaucoup plus de monde que je ne peux en supporter. Et, avec cette foutue tempête, je sens mon angoisse qui grimpe dangereusement.

Je sors du chalet et referme bien la porte. C'est vrai que ça souffle de plus en plus depuis ce matin. Je sors mon talkie et appelle ma sœur.

– Tu es où, Anna ?

Pas de réponse. Je n'aime pas ça.

– Tu es où, Anna ?

J'entends un grésillement, mais je ne comprends rien.

– On arrive mais elle est essoufflée. Vous n'auriez pas une luge ou un truc du genre pour que je la pousse ?

La folle du téléphone. Sa voix me revient en mémoire. Une luge ? Et puis quoi encore ? Le traîneau du Père Noël ? On est en pleine montagne, si je sors une luge, ma sœur va dévaler la pente jusqu'à finir dans un ravin. Mon Dieu, venez-nous en aide.

– J'arrive.

Heureusement la distance entre les deux chalets est minime et je ne mets que quelques minutes à les rejoindre ; il faut dire que la tenue fluo de la mère de famille m'aide bien.

– Anna, tu vas bien ?

Le visage de ma sœur, bien qu'enfoui dans son épaisse capuche, semble livide et effectivement, elle halète.

– Elle ne devrait pas s'épuiser à parler.

Si l'autre pouvait se dire la même chose...

– OK, viens là Anna Banana.

Je la hisse dans mes bras et la soulève puis me retourne vers l'intruse.

– Vous, suivez-moi !

– C'est demandé si gentiment… tu m'étonnes que les garçons n'aiment pas cet endroit.

Elle me cherche ou je rêve ? Je ne lui réponds pas car ma sœur s'accroche à moi et son essoufflement me semble un très mauvais signe. Et puis, si j'accélère assez, l'autre va finir par tirer la langue. Ce que je fais, tout en jetant un coup d'œil par-dessus mon épaule toutes les dix secondes pour m'assurer qu'elle suit. Pas question de la perdre et de me retrouver avec ses deux avortons sur les bras. Quelle horreur. En quelques minutes, nous regagnons mon chalet et je dois bien reconnaître que la mère de famille ne s'est pas échappée. Elle porte sa valise dans la poudreuse et m'a collé au train sans ralentir. Elle doit avoir une sacrée condition physique. Je ne devrais pas m'en étonner, pour suivre avec les deux diables, elle a intérêt à être en forme.

Lorsque nous arrivons sous mon porche, je laisse glisser ma sœur à l'intérieur et elle se stabilise sur ses deux jambes.

– Merci Jojo, je crois que tout ça, ce n'est plus pour moi.

– Ouais ben je te préviens, ce soir, tu restes !

– Tu sais que je devrais être en congé maternité à l'heure actuelle ? Allongée dans mon lit à me gaver de chocolat et de télé.

Même pas en rêve. De toute façon, si elle me lâche, je renvoie tout le monde, je ferme les chalets et adieu civilisation : je me retire et je vis en ermite.

– Elle a raison, il faut qu'elle se repose sinon ce bébé arrivera avant le terme.

Ma sœur me sourit, elle semble à bout de forces. Mais je n'ai pas le temps d'aller vers elle que la furie violette se jette sur elle.

– Il vous faut un carré de sucre. Est-ce que quelqu'un aurait un carré de sucre ?

Elle hurle alors que je suis juste à côté d'elle.

– On se calme, je vais en chercher un.

– Et un verre de lait chaud avec du miel aussi !

Et une guimauve au chocolat, tant qu'on y est, non ?

Je l'entends qui continue à pérorer tandis qu'elle accompagne ma sœur dans le salon.

– Il est toujours comme ça ? C'est quoi son histoire ? De toute façon, je sens qu'on est coincés ici pour un moment, hein…

Il faut que je quitte cet endroit en vitesse sinon je ne réponds plus de rien. Cette femme est tout bonnement insupportable. Ses fils me manquent presque. D'ailleurs, ils sont où encore, ces deux idiots ?

Armé d'une tasse de lait chaud, d'un pot de miel, de douze sucres et d'une tablette de chocolat, je dépose le tout sur la table basse du salon près du canapé dans lequel ma sœur est allongée les pieds en l'air et je l'observe.

– Ça va aller ?

Elle n'a pas le temps de me répondre que la tornade violette se jette sur mes provisions.

– Mais oui, il faut qu'elle mange un peu. Ouille, c'est trop chaud, prenez déjà le sucre. Dites, vous n'auriez pas un peu de lait froid pour qu'elle ne se brûle pas ?

Alors qu'elle est tournée vers moi, je découvre pour la première fois son visage de près, sans écharpe, bonnet ni capuche. Cette femme a de longs cheveux bruns, de grands yeux verts et une bouche… Mon Dieu, cette bouche. Elle réveille quelque chose en moi, quelque chose qui semblait éteint depuis très longtemps. Je ne sais pas si c'est du désir, mais ça y ressemble quand même drôlement ; enfin, je crois. Je n'aime pas ça. Ma dernière expérience en la matière m'a définitivement fait tirer un trait sur tout ce que cette femme m'inspire.

– Dans la cuisine… grogné-je à son intention.

J'opère un demi-tour, hors de question qu'elle se rende compte de l'effet qu'elle me fait. Encore pire que tout ce que j'avais prévu.

Mission tempête activée : ne plus jamais me retrouver seul avec elle.

– Charmant. Vraiment Anna, votre mari est charmant…

Je me dirige vers la sortie, cette femme est tout bonnement horripilante.

– Dieu, Papa, peu importe, si quelqu'un m'entend, faites que cette tempête ne dure pas ! Ou bien, achevez-moi !

CHAPITRE 17

CLARA

La porte claque et une bourrasque s'engouffre dans la pièce, faisant vaciller les flammes dans la cheminée. Moi, j'abandonne ma doudoune et je découvre l'intérieur de ce chalet. Je dois bien reconnaître que ce que je vois est superbe. Tout est en bois, à l'exception des canapés, des plaids et des tapis qui recouvrent presque chaque centimètre de cette pièce. Les lumières sont chaudes et les lampions qui ornent chaque fenêtre donnent l'impression que nous sommes dans un écrin de douceur au milieu des ténèbres qui nous entourent. Je repère un énorme tas de bois qui occupe tout un mur de la pièce et, quelque part, ça me rassure. Il faut dire que ce que je vois dehors, alors que je surveille l'homme des cavernes qui a finalement décidé de sortir prendre l'air, ne me rassure pas. Le temps semble empirer de minute en minute et je me demande comment je vais faire pour regagner ma voiture, abandonnée sur le parking. Heureusement que tous les enfants sont là, ils réchauffent l'ambiance de leur simple présence. Quant à moi, il faut donc que j'aille chercher le lait, puisque visiblement Joshua a préféré aller affronter la neige.

– Josh n'est pas mon mari. Aïe…

Anna peine à se redresser sur le canapé. Je dépose une énorme couverture sur ses épaules et je l'aide en la soutenant comme je le peux.

– Installez-vous confortablement et déboutonnez votre manteau, je vais vous aider. Vous avez toujours des contractions ?

– Je ne sais pas trop, j'ai froid et j'ai tellement mal que je n'arrive plus à sentir quoi que ce soit.

Étant donné la grimace qu'elle fait, je veux bien la croire. Mais si ça ne se calme pas, nous pourrions bien avoir rapidement des problèmes.

Comme je ne veux pas la faire paniquer, je décide de prendre les choses en main.

– D'accord. Vous savez, les futurs papas sont souvent démunis face aux derniers jours de grossesse, c'est assez normal. Mais il va bientôt revenir.

– Josh est mon frère. Et oui, il est très stressé. Certainement car il déteste les enfants.

Elle avale une gorgée du lait chaud et un gémissement de plaisir s'échappe de sa bouche. Je lui tends un sucre. Immédiatement, elle reprend des couleurs.

– Il n'aime pas les enfants ? répété-je, abasourdie par sa dernière révélation.

Qu'on m'explique alors pourquoi il est entouré de tous ces gosses ici, en pleine montagne.

– Pas vraiment. C'est notre père qui gérait et encadrait les colonies avec moi. Mais cette année, je ne suis pas en état.

– OK, où est votre papa, dans ce cas ?

Elle hoche la tête et une peine immense vient ravager son visage.

– Il est décédé l'année dernière en fin de saison. C'est encore très dur pour nous deux.

Ça explique un peu le comportement de Josh. Même si ça ne l'excuse pas. Il y a ce que l'on ressent et il y a aussi ce que l'on décide d'en faire. Cet homme est désagréable et, malgré sa peine, s'il prend en charge un groupe d'enfants, il doit l'assumer.

– Je suis désolée pour vous. Je compatis.

– Mais cela n'excuse pas tout, je le sais bien.

Décidément, elle me plaît, cette jeune femme. Elle est dans la merde jusqu'au cou mais je l'aime bien. Et son regard qui s'emplit de larmes me pousse à lui caresser le dos. Je me souviens du manque que je ressens sans mes parents. Et ils ne sont partis que pour voyager à travers le monde. Je n'ose imaginer les perdre pour de vrai.

– Allô Les Roses, vous m'entendez ?

Un énorme appareil accroché sur la veste d'Anna se met à grésiller dans tous les sens. Elle s'en saisit et appuie pour répondre.

– On t'écoute Albert. Quelles sont les nouvelles ?

Un jeune homme à la mine stressée et à l'allure frêle, que je n'avais pas encore rencontré, arrive et s'approche en louchant sur l'appareil comme si ce qui en sortait allait nous apporter la parole divine. L'ambiance s'alourdit et je vois même quelques enfants qui se cachent dans l'escalier pour écouter ce qui se dit.

– Pas bonnes. Vous êtes tous en sécurité ?

Comment ça « pas bonnes » ? Je regarde par la fenêtre. Aucune trace de l'abominable homme des neiges. Même si je ne l'apprécie pas trop, je serais quand même plus rassurée s'il était là ; il a l'air du genre de mec qui peut trouver une solution à tout. Contrairement à la femme enceinte et au jeune homme aux ongles manucurés qui vient de nous rejoindre. Quant à moi, je ne crains pas grand-chose mais je ne connais rien à cette foutue montagne.

– Josh nourrit la meute, sinon, nous sommes tous dans le grand chalet. Et vous ?

– Des touristes se sont fait coincer sur la route. On est en cours de sauvetage ; que personne ne tente de descendre. Vous risquez d'en avoir pour au moins vingt-quatre heures. Nous pensions passer à côté mais le vent a tourné et nous n'allons pas y couper.

Vingt-quatre heures ?

Anna se passe la main sur le visage et se lève d'un bond. Elle entre dans la vaste cuisine et ouvre tous les placards. Je comprends en une seconde ce qu'elle fait. Un inventaire de nos provisions pour savoir si nous allons tenir. Seigneur !

– Je vais vous aider.

J'ouvre à mon tour ceux qu'elle ne peut atteindre à cause de son énorme ventre et je compte. Vite rassurée, je constate que nous avons ici de quoi tenir un siège de plusieurs semaines. *Mon Dieu, faites que ça ne dure pas si longtemps.*

– OK, on reste au chaud. Il ne nous reste plus que les enfants de la colonie sur site et nous sommes en sécurité. Tiens-nous informés quand tout le monde est à l'abri.

– Et vous, quand Josh sera rentré. Un conseil, assomme-le, qu'il ne ressorte pas avant demain matin.

Anna sourit.

– Promis Albert !

Le moins que l'on puisse dire, c'est que cet Albert n'est pas très rassurant. Et que dire de leur moyen de communication qui me semble carrément obsolète ?

– Qui est Albert ? tenté-je doucement entre deux grésillements.

– C'est un voisin, il vit dans la montagne, un peu en dessous de notre domaine. Il est à mi-chemin entre le village et notre site, c'est pour ça qu'on arrive à communiquer avec lui, même quand les conditions météo sont désastreuses, comme actuellement…

– *Crrr.* Vous savez que je vous entends hein… Personne ici ne semble capable de m'assommer ! *Crrr.*

Tiens, l'homme des cavernes doit avoir le même appareil puisqu'il se permet de se manifester. Mais à entendre comme le vent souffle derrière lui, je ressens un frisson.

– Très drôle ; rentre vite. Tu as une veillée mime à animer ce soir !

– *Crrr*. Je reste avec mes chiens… Adieu !

À notre retour dans le salon, je découvre une dizaine d'enfants qui nous attendent bien sagement, installés sur les canapés. Ainsi que mes fils.

– On va rester coincés ici ?

– On va mourir ?

– Je peux appeler mes parents ?

– Je veux rentrer chez moi…

La panique monte. Même l'homme censé les encadrer semble pris d'une crise de stress. Anna me regarde, et je vois qu'elle est à bout de forces. Je dois faire quelque chose avant qu'ils ne se mettent tous à péter les plombs. Étrangement, les deux miens sont installés et ne bougent pas, visiblement très satisfaits de ce qui se passe autour d'eux. Quelle bande de petits salopiots, ces deux-là !

– OK, Anna, vous allez réconforter le seul adulte qui puisse nous filer un coup de main et moi, je vous emprunte ça !

Je décroche le sifflet qui était suspendu autour de son cou. Pas de précaution sanitaire d'urgence ici. Je siffle un grand coup dedans et le silence se fait enfin.

– On va tous se calmer. Tout va bien. Nous sommes au chaud, nous avons de quoi nous nourrir et nous ne risquons rien. Alors, on va tous s'installer devant un bon…

Un bon quoi ? Je n'en ai pas la moindre idée mais, chez moi, ça serait télé pour tout le monde. Pitié, faites qu'ils aient la télé. Anna doit comprendre ce que je cherche car elle tire sur une épaisse toile blanche qui part du plafond et qui glisse jusqu'au sol contre le mur en bois et elle me montre le projecteur situé de l'autre côté de la pièce. Dieu soit loué !

– Un bon dessin animé. Allez, tout le monde va enfiler son pyjama, ses grosses chaussettes et je fais chauffer du lait. OK ? Ensuite, on appellera vos parents, promis !

Il n'est même pas midi, mais peu importe, de toute façon, le ciel est sur le point de nous tomber sur la tête. Et l'idée semble plaire à tout le monde. Les enfants sèchent leurs larmes, se blottissent les uns contre les autres et ne bougent pas d'un pouce.

– Tu viens avec nous là-haut ? On a peur d'y aller tout seuls.

Une petite fille qui doit avoir six ans me prend par la main, ses grands yeux sont tout bouffis. Je lance un regard vers l'animateur. Ce dernier observe par la fenêtre et semble évaluer ses chances de survie s'il part en courant. Faibles, les chances de survie, hein. Non, je ne vais pas être aidée sur ce coup-là. Dire que j'ai renoncé à un séjour en thalasso pour être ici… Je suis entourée de douze gamins, j'ai eu le temps de faire le compte, d'une femme enceinte qui menace d'accoucher en plein blizzard, d'un animateur prêt à se suicider si les conditions climatiques ne s'arrangent pas et d'un abominable homme des neiges qui est parti je ne sais où, faire je ne sais quoi et qui brille par son absence. Joyeux Noël à toi, Clara ! On est à quelques jours des fêtes et tu es, encore une fois, dans de beaux draps.

CHAPITRE 18

JOSH

Mes bottes sont remplies de neige. Elles pèsent si lourd que j'ai du mal à parcourir les quelques mètres qui me séparent de la douce chaleur de mon chalet. Même si j'y retourne à regret parce que je sais très bien ce qui m'y attend, je le fais en vitesse car la montagne gagne toujours face à l'homme.

Les rafales sont si violentes que mes chiens ne sont pas sortis pour manger ce que je leur ai apporté. J'ai rempli chaque abreuvoir, chaque gamelle des quatre enclos, les uns après les autres. Il y en a huit dans chaque périmètre, quatre pour la nourriture et quatre pour l'eau potable. J'ai veillé à ce qu'ils ne manquent de rien. Même si la neige recouvre tout sur son passage, je connais la passerelle qui me permet d'accéder à tous les espaces par cœur. Je pourrais faire ce chemin les yeux fermés, s'il le fallait. Cela dit, je doute fort qu'un quelconque animal s'avise de mettre son nez dehors aujourd'hui. Ils sortiront quand ils auront trop faim.

Nous ne devions pas essuyer cette tempête. Mais la montagne est changeante, elle impose toujours sa loi. Albert nous parle de vingt-quatre heures mais ce n'est qu'un début, car à la vérité, personne ne peut savoir comment cela va tourner. C'est bien ce qui m'inquiète. J'ai d'ailleurs été généreux avec les portions de mes chiens, je préfère prévoir le pire.

Sur le chemin du retour vers le chalet, je savoure encore quelques micro-secondes le calme qui m'entoure. Enfin, en pleine tempête, il n'y a que moi pour éprouver ce sentiment face aux éléments. Étrangement, c'est quand la montagne grogne et se révolte que je suis le plus en paix intérieurement. Comme si le tumulte extérieur aidait à m'apaiser. Juste la nature et son pouvoir, sa beauté, sa cruauté aussi. C'est ce que je préfère. Si nous étions hors saison, sans les enfants, je savourerais cet instant et espérerais même qu'il dure des jours entiers.

Un dernier regard vers les tourbillons de neige qui me poussent vers mon refuge de bois et je pénètre au milieu d'une meute bien différente de celle que je viens de quitter. Les enfants ont envahi mon espace personnel. Je m'attends à des cris mais, étrangement, je n'entends rien.

Est-ce que mes vœux ont été exaucés ? Ont-ils tous disparu comme par enchantement ? En même temps, c'est Noël dans quelques jours, mon cadeau est peut-être arrivé en avance.

Je m'époussette dans le couloir et jette mon manteau près du radiateur qui va lui permettre de sécher avant demain matin. J'abandonne aussi mes grosses bottes à l'envers sur leur socle afin qu'elles en fassent autant. Je vis dans la montagne mais je tiens à un minimum de confort. J'avise le thermomètre qui m'annonce sans surprise qu'il fait moins huit dehors et vingt et un à l'intérieur. Le système de chauffage fonctionne surtout grâce à la cheminée mais un poêle à bois et le réseau électrique viennent en renfort. Pas question de me cailler quand je suis chez moi.

Lorsque j'arrive enfin dans le salon, je remarque que tous les occupants sont installés les uns contre les autres. La pièce est plongée dans le noir à l'exception de quelques lampions sur les fenêtres et tous semblent captivés par… mon dessin animé favori, *Le Géant de fer*. C'est un vieux film que les gosses présents dans cette salle ne doivent même pas avoir vu de leur vie, tellement il est ancien. Même quand moi j'étais gosse, il était un peu vieillot, alors aujourd'hui…

Pourtant, tous semblent captivés hormis ma sœur qui dort, étendue sur un canapé. Il y a des couvertures, des plaids et des tasses fumantes dans tous les coins et ça sent bon le lait et le chocolat chaud. Clément se ronge les ongles, emmitouflé dans son duvet, les deux sales garnements sont allongés à plat ventre directement devant l'écran et le silence règne. Seuls les bruits de mon home cinéma d'une autre époque percent le calme. Quelques bourrasques se font entendre au loin mais on dirait que le temps s'est arrêté.

– Tenez, c'est pour vous. Ça devrait vous réchauffer un peu.

Je me retourne lentement car j'avais presque oublié que la tornade violette était aussi de la partie. Quand je me retrouve face à elle, éclairée à la lueur du feu de cheminée qui vient visiblement d'être ranimé, un étrange frisson me parcourt. Les flammes s'emparent du bois sec et crépitent dans l'âtre alors qu'elle me perce de ses grands yeux verts. Telles deux émeraudes qui scintilleraient dans la nuit, ses iris sont presque hypnotisants. Il fait si sombre dehors et toutes les lumières du chalet n'ont pas encore été allumées, pourtant je ne vois que ses yeux et leur lueur qui reflète la douceur de son geste. Je n'ai pas encore réussi à quitter ses prunelles que je sens une vague de chaleur se répandre en moi comme une traînée de poudre. La tasse fumante me réchauffe les mains, mais ce que je ressens au fond de mon ventre est bien plus puissant que n'importe quelle cheminée. Sa tenue en est à l'origine. Un legging plus moulant qu'une seconde peau, un pull en laine fin et transparent sur un décolleté aussi vertigineux que le mont Rose. Le tout d'un violet faisant merveilleusement ressortir ses formes féminines.

On se calme Josh, on respire et on reste immobile. De toute façon, avec ce que tu portes, même si tu bandes, elle ne le verra pas. Mais pourquoi est-ce que tu penses à ça ? Maintenant, il est évident que tu… merde… que tu bandes ! Et avec le froid que tu viens de traverser… ça fait mal !

Elle fronce les sourcils devant mon air… je ne sais pas trop de quoi j'ai l'air mais elle se rapproche. C'est dangereux à ce niveau. Je suis en période d'abstinence depuis de longs mois, et je me rends compte à cet instant que c'est certainement une limite que je n'aurais pas dû atteindre. Je pensais que j'étais désormais indifférent au sexe opposé, mais force est de constater que celle qui me fait face arrive à éveiller en moi beaucoup trop d'émotions. Mon deuxième cerveau situé dans mon boxer est en alerte rouge et c'est bien la première fois qu'il me trahit. Je transpire, mes muscles se tendent et j'ai du mal à respirer tout à coup. Comme si l'air se chargeait en électricité autour de moi et que je n'arrivais pas à reprendre mon souffle.

– Buvez ça et suivez-moi. On doit discuter vous et moi !

Donc visiblement, cette femme a l'habitude de donner des ordres. Et étrangement, je lui obéis. Une autorité naturelle, peut-être ? Parce qu'on ne peut pas dire que, physiquement, elle fasse le poids face à moi.

Je jette un dernier coup d'œil à ma sœur qui semble si paisible que ça me réchauffe un peu le cœur et à Clément qui lève son pouce lorsqu'il m'aperçoit. Je suis la femme qui me perturbe jusqu'à la cuisine, située juste à côté du salon. Son breuvage est délicieux. Jamais bu un truc pareil, c'est trop bon. Trois grosses lampées plus tard, je savoure les dernières gouttes.

– Recette secrète. C'est bon n'est-ce pas ? s'amuse-t-elle en me voyant avaler ça comme un homme des cavernes que je suis.

Si cette femme arrive à lire dans mes pensées, je cours à la catastrophe.

– Oui.

Elle va vite comprendre que je ne suis pas un grand communicant. Je préfère toujours être concis. Au risque de…

– Je sens votre sœur sur le fil du rasoir. Et par fil du rasoir, je veux dire prête à nous pondre son bébé à tout moment. Étant donné que je ne suis ni sage-femme, ni doula, ni même pompière, je crois qu'on va devoir la ménager au maximum… Alors, ce que je vous propose, c'est qu'on fasse un relais. Vous, vous vous occupez de…

OK, déconnexion, je suis en présence d'une pipelette, casse-oreilles de catégorie poids lourd. L'enfer s'ouvre sous mes pieds. Je ferme les écoutilles et bats en retraite. Juste le temps de faire un point de la situation.

Je suis coincé ici avec douze marmots, Clément qui risque fort de paniquer vu le temps que nous affrontons, ma sœur sur le point d'accoucher et, pire que tout, cette pipelette de Mme Je-sais-tout qui fait le meilleur chocolat au lait de la terre. Et si je la bâillonnais pour commencer ? En voilà une bonne idée !

– Dites, vous m'écoutez ?

– Pas vraiment, pourquoi ?

Elle croise les bras sur son torse et cela fait légèrement remonter ses seins. Je sens une goutte de sueur qui coule dans mon dos.

– Ça serait trop vous demander que d'être juste poli ?

– Visiblement oui ; je suis coincé ici, vous aussi, alors je veux bien qu'on organise les choses au mieux mais soyez concise, par pitié !

Avec ça, les choses sont claires.

Elle s'agrippe à mon bras, y enfonçant ses ongles manucurés qui me griffent malgré les épais vêtements que je porte et elle rive ses yeux aux miens.

– Écoutez-moi bien, espèce d'homme des cavernes. Je ne sais pas quel est votre problème mais il va falloir vous calmer ! Nous n'avons pas d'autre solution que de nous abriter ici et vous allez faire votre possible pour être aimable avec tout le monde. Sinon, je vous jure que je vais contacter tous les parents de ce séjour et les prévenir de ce qui se passe. On va voir si votre chalet se porte aussi bien une fois que vous n'aurez plus de clients.

– Parce que vous croyez que nous avons besoin de ces satanés gosses ?

Là, heureusement qu'Anna ne m'entend pas. Je crois qu'elle me zigouillerait sur place. Parce que cette femme a totalement raison, nous avons besoin de ces enfants pour faire vivre notre domaine. J'ai tourné et retourné les chiffres dans tous les sens avant de commencer cette saison, cherchant désespérément à éviter cette colonie. Alors, même si elle me perturbe beaucoup, je dois reprendre mes esprits et arrêter de divaguer. J'essuie mes paumes moites sur mon jean et j'inspire un grand coup. Oui, voilà, oxygène ton cerveau Josh, oxygène ton cerveau.

– Parfait, je les contacte tout de suite ; vous pouvez me croire Joshua, je n'ai pas peur de vous… Je…

Elle martèle mon torse de son annulaire à l'ongle violet et j'ai de plus en plus de mal à ne pas la plaquer contre le mur de la cuisine pour la faire taire. Évidemment, je ne l'écoute plus, je suis concentré sur ce que mon propre corps fait et je lutte de toutes mes forces pour retenir cette pulsion animale qui me pousse vers elle. Cette sublime créature sortie de nulle part, génitrice des deux diables sur pattes, doit s'éloigner de moi. Sinon ce ne sont pas les clients qui causeront des problèmes mais bel et bien la police des mœurs parce que j'ai très envie de… plaquer ma bouche sur la sienne pour la faire taire.

– Bon, très bien ; je compte sur vous alors. À plus tard Joshua !

J'aurais peut-être dû écouter, finalement, car je ne sais même pas pourquoi elle fuit soudainement. Enfin si, je lui ai certainement fait peur. En attendant, j'ai besoin d'une bonne douche froide.

CHAPITRE 19

CLARA

Non, mais je rêve…

Je tourne en rond dans cette chambre bien trop luxueuse pour y installer une personne seule. Cette suite me semble plus grande que le rez-de-chaussée de ma maison. Je pourrais y emménager avec mes fils, nous ne nous y croiserions presque pas. Mais ce qui me perturbe, ce n'est pas ça.

Je suis sûre de ne pas avoir rêvé. Tout à l'heure quand je lui ai parlé, il s'est appuyé contre le plan de travail, sa veste s'est ouverte et je suis certaine de ce que j'ai vu. Enfin non, pas certaine. Mais son regard… cette façon qu'il avait de me dévorer avec ses immenses yeux bleus… Pendant qu'il m'envoyait promener, il y avait un je-ne-sais-quoi qui m'a laissée penser qu'il me… désirait. Oui je sais, ça paraît fou étant donné qu'il est probablement l'homme le plus désagréable qu'il m'ait été donné de rencontrer. Pourtant, je jurerais que… je ne sais pas, une étincelle, une lueur… Pfiou, j'ai chaud moi, tout à coup. Cela fait tellement longtemps que je n'ai pas flirté que je me demande si mon capteur ne serait pas un peu cassé. On dit toujours « flirté » ? Bref, j'ai dû me faire un film.

Toc, toc, toc…

Je me fige.

– Oui…

– C'est Anna, je peux entrer ?

– Oui, bien sûr.

– Tu es visible ? demande-t-elle en entrant dans la pièce.

Elle se cache les yeux tout en souriant. Je remarque que nous venons de passer au tutoiement et j'en suis ravie. J'allais le lui proposer. Cette femme est tout simplement gentille. Et je distingue maintenant quelques traits communs avec ceux de l'homme des cavernes qui semble avoir un penchant pour moi.

On a décidé qu'on arrêtait de se faire des films, Clara, tu te souviens ?

– Oui, enfin je crois.

– Comment ça, tu crois ?

Elle s'assoit sur mon lit et observe la chambre dans laquelle j'ai posé ma valise pour le temps de cette tempête. Tout est tellement joli ici, le lit est immense et les draps, si doux qu'ils me donnent envie de me glisser dedans sans vêtement pour apprécier la caresse sur ma peau.

Elle tapote le matelas juste à côté d'elle pour que je vienne la rejoindre.

– Tu n’as pas l’air dans ton assiette.

Là, elle se fout de moi.

– C’est l’hôpital qui se moque de la charité. Tu t’es vue dans un miroir récemment ?

Elle me donne un petit coup dans l’épaule.

– Non, je te dis ça parce que Jojo est étrange et je trouve que tu n’as pas l’air bien non plus. Vous vous êtes encore chamaillés ?

C’est son frère, est-ce que je peux lui dire que… j’ai l’impression que… ben je ne sais même pas ce que j’ai cru sentir ?

– Quand on se disputait tout à l’heure ? Je crois qu’il… enfin j’ai eu l’impression que nous…

Elle écarquille les yeux, attendant que je continue.

– Qu’il ? Que vous ?

– Non, rien, laisse tomber.

Je suis incapable de formuler ça, désolée mais je ne la connais pas après tout.

Elle s’allonge sur le dos, son ventre pointant vers le ciel. Elle pousse un soupir de soulagement.

– Je crois que mon frère n’a pas été très correct avec toi. Alors je voudrais te demander de l’excuser. Nous venons de traverser une année difficile et il a un peu de mal à accepter les choses.

Je dois bien avouer que je suis touchée d’entendre qu’elle s’excuse pour lui. Je devrais probablement en faire autant au nom de mes enfants. Et puis, si je prends un peu de recul, ils m’ont quand même offert l’hospitalité, même si la météo semble les y avoir contraints. Anna fait un pas vers moi et j’en ai bien besoin. Je suis tellement perturbée par tout ce que je ressens actuellement que je ne peux pas me payer le luxe de rejeter la seule alliée que je possède ici.

– Je te présente mes excuses moi aussi. Pour mes enfants, pour ma présence ici…

Anna me sourit, je vois bien qu'elle est gentille et, l'espace d'une seconde, j'aimerais que son frère soit aussi avenant.

– Jojo est un bon gars, je suis sûre que vous pourriez très bien vous entendre, si vous appreniez à vous connaître.

– Oh mais non, je n'ai jamais dit que je voulais apprendre à…

Je ne termine pas ma phrase car le sourire que cette dernière affiche en m'observant me prouve que je viens de me griller sur toute la ligne. Je me suis trahie et ça semble beaucoup l'amuser.

– Ne t'inquiète pas, je ne lui dirai pas que tu en pinces pour lui, promis ! m'assène celle qui me confirme que j'ai raté une occasion de me taire.

Rouge comme une tomate, je garde le silence. De toute façon, que rajouter à ça ?

– Il est seul depuis un moment, et tu es très jolie. Je crois qu'il se pourrait qu'il t'aime bien. Mais tes garçons, oui, là, c'est sûr, il les déteste ; ajoute-t-elle.

Cette fois, c'est moi qui explose de rire.

– Vous formez vraiment une piètre colonie, vous deux.

Elle me tapote sur la cuisse avant de se relever.

– Tu as tout à fait raison. Après cette semaine, nous allons devoir changer de cap. Il ne tiendra pas une heure si je ne suis pas là. Et Clément, je ne t'en parle même pas.

Je ris en fourrant mes grosses chaussettes dans un tiroir de la commode en bois sur laquelle sont posés deux serviettes et un peignoir. C'est vrai que l'animateur a l'air un peu stressé.

– Qu'allons-nous faire pour les enfants ? Leurs parents doivent être morts d'inquiétude de les savoir bloqués en pleine tempête. S'ils ont vu la météo, ils doivent se demander ce qui se passe.

Moi qui hésitais à venir rejoindre mes fils… Je ne sais pas comment j'aurais réagi si j'avais appris, depuis ma thalasso, qu'ils étaient pris au piège de cette montagne.

– Ils ont tous été prévenus, nous les avons rassurés, et c'est Clément qui est chargé de les tenir au courant des évolutions de la situation. Nous avons tout le nécessaire pour tenir un siège. Ce n'est pas la première fois que la météo nous joue des tours. Tant que nous restons à l'intérieur, nous sommes en sécurité.

Il n'empêche que les familles doivent se faire un sang d'encre.

– J'espère que Clément sera plus à l'aise avec les parents qu'avec les enfants. Il faudra que tu me dises ce qui lui arrive, pourquoi semble-t-il tétanisé ?

– Une vieille histoire.

– Raconte.

Son regard se voile et elle secoue la tête.

– Ses deux parents sont morts dans une avalanche en pleine montagne alors qu'il était avec eux. Coincé dans la neige durant des heures, il a été retrouvé grâce à un équipement GPS dernier cri. Il est donc impensable pour lui de sortir quand tout est blanc autour de lui.

Hein ? Quoi ? Mais que fait-il ici ? À sa place, je n'aurais plus jamais foutu un pied dans la neige de toute ma vie.

– Mon Dieu… il doit vivre un véritable cauchemar chaque hiver.

Mon cœur se serre en imaginant la terreur qui a dû être la sienne, seul dans la neige pendant des heures. Anna décide de couper court à mon émotion :

– Allez, viens m'aider, pour le repas, ça sera saucisses purée pour tout le monde, il y a environ trois mille cinq cent quarante-huit patates à peler, ajoute-t-elle comme si de rien n'était.

Je ris parce que si je compare ce qui m'attendait en thalasso et ce que je vis aujourd'hui, je pourrais bien être nostalgique.

– Qu'est-ce qui te fait rire ?

– Je repensais au menu gastronomique qui était compris dans la formule grand luxe de l'hôtel dans lequel je devrais être en ce moment.

– Et tu as renoncé à ça pour tes enfants ? T'es une super maman, toi.

– Une super maman, je ne sais pas. Mais dès que j'ai entendu la voix de Lucas au téléphone, j'ai su au fond de moi qu'il se passait quelque chose. Qu'ils n'étaient pas bien et qu'ils avaient besoin de moi. Je ne dirais pas que c'est toujours facile mais, être présente pour mes fils n'est en rien un sacrifice. Contrairement à ce que vous pensez, Lucas et Andréas sont des enfants extraordinaires et je ne céderais ma place auprès d'eux pour rien au monde. Et puis tu verras, tu vas découvrir tout ça bientôt ; et tu pèleras des patates plus tôt que tu ne le crois. Bien plus tôt, crois-moi.

CHAPITRE 20

JOSH

La journée touche à sa fin. Tout le monde est au lit, le dîner s'est passé dans le calme et presque personne n'a versé de larmes de crocodile. Nous avons réussi à contacter chaque famille et chaque pensionnaire a pu rassurer ses parents. La chambre des filles a même décidé de faire un album photo de notre confinement dans le chalet. Comme quoi, rien ne semble les atteindre. Les plus jeunes garçons ont eu un peu plus de mal à accepter le fait que les gros toutous passent la nuit dehors alors qu'il neige beaucoup. Le petit gars qui voulait sortir en pyjama le premier soir a même insisté pour que j'aille les chercher. Mais bien sûr ! Faire entrer une vingtaine de chiens à demi sauvages dans mon refuge, en voilà une excellente idée. Heureusement, Anna lui a fait un gros câlin, et tout est entré dans l'ordre quand j'ai sorti l'énorme boîte contenant les Lego de notre enfance. Il est mignon ce gosse avec son pyjama *Iron Man* et son doudou auquel il manque un œil.

Je suis épuisé et je n'arrête pas de surveiller au-dehors si le temps s'apaise. Ce qui n'est pas le cas, loin de là. Je dirais même que la tempête ne fait que redoubler de violence depuis midi.

Les deux terreurs ont attendu que leur mère aille se coucher pour recommencer à faire chier le monde. Décidément, c'est vraiment la plaie, ces deux-là. Moi qui pensais qu'ils allaient se tenir à carreau avec l'arrivée de leur mère, c'est raté. Pourtant, devant elle, ils sont irréprochables. Un sourire par-là, un câlin par-ci, ils ont même débarrassé la table du dîner, ces deux enfoirés. Cela dit, depuis leur arrivée je ne leur en ai pas laissé l'occasion, ils finissaient toujours punis avant le dessert.

Mais maintenant qu'elle est allée se coucher, je les entends qui donnent des coups dans le mur.

Putain, si ça continue, il ne restera qu'un champ de ruines le jour de leur départ.

Quand je pense que mon père a bâti ce chalet à la force de ses bras, ça me fait péter les plombs. Ce soir, pas question d'avoir le mauvais rôle. La mère de famille toute guillerette, qui a passé sa soirée à amuser la galerie avec ses pitreries de mime que personne n'a réussi à deviner alors que j'avais tout trouvé dès les premières secondes, va devoir prendre ses responsabilités. J'enfile un caleçon, je remets ma chemise sur mes épaules et me voilà sorti de ma tanière. J'avance dans le couloir et je vois de la lumière sous sa porte. Ça tombe bien, c'est à son tour de se coltiner ses marmots.

Une seconde avant de frapper, je m'arrête et tends l'oreille. Elle chantonne. Non mais, comment peut-elle être aussi détendue alors qu'elle est coincée dans un chalet en pleine montagne ? Ce soir, j'aurais vraiment juré qu'elle avait pris du plaisir à partager ce repas qu'elle a préparé avec ma sœur et Clément pendant que je surveillais les douches et le rangement des chambres à l'étage. Cela dit, elle vit au quotidien avec les deux affreux qui menacent de démolir ma maison, elle est à toute épreuve, cette nana.

Je frappe.

– Oui, entrez, je suis presque prête.

Euh… prête à quoi ? À aller leur casser la gueule ? Carrément ?

Je baisse le loquet et pénètre dans la chambre baignée d'une lumière tamisée. J'aime beaucoup le fait de ne pas avoir opté pour des plafonniers dans ce chalet, ça rend l'éclairage plus subtil. La pièce est vide, et je l'entends qui fredonne depuis la salle de bains.

– Je crois que vous avez bien fait de m'attirer ici, finalement. J'aime assez cet endroit. Tout est si calme.

Moi, je l'ai attirée ici ? Certainement pas. D'ailleurs sa simple présence me met encore plus de pression. Car en plus de devoir me retenir de buter ses affreux gamins, je dois lutter contre mes propres pulsions.

– Allez, mettez-vous au lit, j'arrive tout de suite.

Que je me mette au lit ? Mais elle me drague ? C'est quoi ce délire ? Je fais quoi ? Rester muet en toutes circonstances n'est pas forcément une bonne chose en général, mais dans ce cas précis, c'est carrément un énorme problème, elle va vraiment croire que je suis venu pour ça. Et est-ce que finalement, je ne serais pas un peu…

– Mais qu'est-ce que vous faites ici ? Rhabillez-vous enfin !

Je me retourne en une seconde et elle approche de moi. Elle porte une chemise de nuit à fines bretelles dont le tissu blanc satiné descend jusqu'à ses chevilles. Je me rends compte que je suis en caleçon, chemise débraillée face à elle. Ben oui, je voulais juste lui demander de calmer ses fils, j'avais pas prévu de faire…

– Waouh !

C'est moi qui ai dit ça ? Mais ferme-la, bordel !

– Joshua, sortez d'ici !

Vite, dis un truc et, si possible, pas une connerie plus grosse que toi.

– Mais c'est vous qui m'avez demandé de me mettre au lit !

Mais pas ça, merde, dis un truc intelligent !

Elle se couvre avec le dessus-de-lit et m'observe.

– Je parlais à mes enfants. Enfin, je pensais que vous étiez… eux…

Oh merde !

– Je venais justement vous chercher pour que vous alliez leur dire de se calmer avant qu'ils ne détruisent définitivement ce chalet.

Elle lève un sourcil et passe un pan de mon dessus-de-lit sur son épaule. Le simple fait de voir cette couverture sur sa peau nue, c'est indescriptible. Je me demande ce que cette étoffe, que je sais douce et délicate, peut lui faire ressentir. J'imagine que sa peau doit être encore plus soyeuse que la plus fine des laines que je possède. Mes mains calleuses, abîmées par les travaux manuels, pourraient écorcher un épiderme aussi délicat. Cette idée me plaît, étrangement.

– Qu'est-ce que tu fous dans la chambre de ma mère, toi ?

Les deux têtus viennent d'entrer et Lucas me fusille du regard. Je lis dans ses yeux une haine similaire à celle qu'il doit voir dans les miens quand il fait des conneries. Mais là, ils sont trois à me fusiller de leurs yeux si clairs et si particuliers. Ça a le mérite de faire cesser mes divagations et de calmer mon imagination fertile.

– Je venais lui demander de vous calmer. Sur quoi vous tapiez, encore ?

Le petit jette un coup d'œil à son frère et croise les bras sur sa poitrine. Ce rapide signe de culpabilité n'échappe pas plus à leur mère qu'à moi.

– Répondez à la question, les garçons.

– On voulait faire entrer Otis dans la valise et la fermer. Mais il est trop gros.

La mère se couvre la bouche des deux mains, laissant retomber le tissu qui la dissimulait à peine.

– Mon Dieu, pauvre animal, où est-il ?

Elle semble paniquée et se précipite dans le couloir. Mon fidèle compagnon ressort de la chambre des garçons, en remuant la queue et en se léchant les babines, visiblement pas traumatisé pour un sou. Je le reconnais bien là : mon labrador est un dur à cuire ; il aime bien les gens mais ne se laisse pas faire quand ça ne lui convient pas. Alors, s'il est entré dans la valise, c'est très simple, c'est qu'il y avait quelque chose à manger dedans. Parce qu'avec lui, tout passe par la bouffe.

– Otis, mon joli, tu vas bien ?

Clara se jette sur l'animal qui lui fait le meilleur accueil et en profite pour récupérer quelques caresses. Quant à ses fils, ils se renfrognent.

– Il a trouvé tes provisions, il a dû tout bouffer, chuchote Lucas à son frère.

J'étais certain que les bonbons que Marie avait déposés en début de séjour n'avaient pas disparu. Ils ont dû les planquer, ces deux énergumènes. Bien joué mon chien, t'assures mon gros. Si tu peux les emmerder au moins un dixième de ce qu'ils me pourrissent la vie, alors je prends.

Clara se penche sur mon meilleur ami et voilà que son postérieur m'apparaît comme une vision de rêve. Les mères ne devraient pas être aussi sexy, jamais. Il devrait y avoir une règle, les belles femmes se transformeraient en laiderons dès lors qu'elles mettent au monde un enfant, histoire de protéger les hommes comme moi. Parce que cette femme est une véritable malédiction, et j'ai bien l'impression qu'elle va s'abattre sur moi.

Lentement, elle se redresse et revient vers moi.

– Je crois qu'il va bien. Les garçons, au lit tout de suite !

Les deux têtes de mule lui obéissent sans un mot. Il faudrait que je lui demande comment elle fait. Sauf qu'elle s'approche encore de moi et que je ne sais plus où donner de la tête. Cette femme me fait bien trop d'effet pour que j'arrive à me concentrer en sa présence.

– Bon, je vais aller me coucher, et je vous souhaite une bonne nuit.

Ses yeux oscillent des miens à ma bouche et elle avale sa salive avant de poursuivre sa route, m'offrant une fois de plus la vision de ses fesses magnifiques avant que sa porte ne se referme.

Et tout à coup, ce ne sont plus les coups des affreux gamins mais les battements de mon cœur résonnant dans mes tempes qui m'empêchent de trouver le sommeil.

CHAPITRE 21

CLARA

Alors effectivement, douze enfants dans un chalet, aussi grand et luxueux soit-il, ça prend de la place et ça fait du bruit. Ils n'arrêtent pas de parler, de chantonner, de tomber, de faire glisser des trucs. Ils foutent un boucan qui commence sérieusement à me taper sur le système. Nous sommes encore dans la cuisine, le petit déjeuner n'est pas tout à fait terminé, pourtant, je sens la migraine arriver. Et ce vent qui ne cesse de souffler sur la bâtisse, ça n'aide pas.

Avec la nuit que je viens de passer, je ne suis pas disposée à supporter ça. Lucas m'a donné des coups de pied dans son sommeil jusqu'à trois heures du matin, Andréas s'est collé à moi et a ronflé dans mon oreille aussi discrètement qu'Otis qui était resté dormir à leurs pieds sur le lit. Je n'ai pas réussi à fermer l'œil avant une heure très avancée. Puis, étouffant et prête à commettre un double homicide pour invasion de mon espace personnel, j'ai terminé ma nuit sur la méridienne près de la fenêtre, bercée par le souffle de la tempête. J'aurais dû refuser quand ils m'ont fait les yeux doux pour venir dormir avec moi, mais je n'ai pas réussi, ils m'avaient trop manqué, ces deux-là

J'ai sursauté quelquefois quand des bourrasques ont fait trembler les arbres les plus proches et j'ai remercié le chauffage central de ce chalet ainsi que les énormes couvertures que notre hôte a mises à notre disposition. Et justement, quel hôte !

Tout habillé en abominable homme des neiges avec sa chemise bûcheronne, c'est un très bel homme, mais à demi nu avec juste cette saleté de chemise, le torse apparent et les muscles tendus, mon Dieu ! J'en ai eu, des émotions. Heureusement que les enfants étaient là pour me remettre les idées en place, parce que je crois que je lui aurais certainement sauté dessus ; ce qui ne me ressemble pas du tout, moi la mère de famille responsable et pondérée. Je ne sais pas si c'est l'air de la montagne, cette tempête ou juste son regard brûlant mais il me donne chaud.

– Alors, il reste du café ?

Clément hurle depuis la salle à manger de laquelle je viens lâchement de m'enfuir, à la recherche du seul nectar capable de me faire endurer cette journée. Je suis à fleur de peau et épuisée et si la vue n'était pas aussi jolie depuis cette petite fenêtre donnant sur la vallée, je regretterais presque mon séjour en spa de luxe.

– Vous vous cachez ?

Je sursaute au son de la voix grave de Josh. Je n'ose pas me retourner. Parce que je l'imagine, cheveux en bataille, mine encore endormie et sexy à se damner. Rien que son timbre de voix laisse présager que je suis la première personne à qui il adresse la parole de la journée. Quelque part, ça me fait encore plus d'effet.

Voilà plusieurs mois que je suis abstinente car aucun amant n'est venu me proposer ses services, et il a fallu que mes hormones en sommeil décident de se réveiller maintenant. Pile poil en plein confinement perdue dans la montagne. Timing parfait. Merci bien.

– Non, je cherche du café…

Il rigole et j'entends qu'il se sert une tasse.

– Vous avez le droit de les détester. Moi je…

– Oui je sais, vous, vous ne faites que ça. Mais moi, je ne suis pas comme vous. J'ai juste passé… une sale nuit.

Je me retourne et manque de m'étouffer en le voyant sourire. Je crois que c'est la première fois que je prends vraiment le temps de le détailler depuis que je suis arrivée ici. Il m'observe, appuyé contre le plan de travail, sa tasse fumante dans son énorme paluche. Une nouvelle chemise à carreaux orne ses épaules majestueuses et son pantalon cargo lui donne un look hipster. Enfin, le genre de hipster qui ne sait pas que son look a été étudié scrupuleusement par des stylistes pour en faire une mode. Lui, je parie qu'il est habillé comme ça depuis des années.

Mon esprit de publicitaire s'égare et je l'imagine en une d'une campagne nationale pour promouvoir la vie au grand air et les sports d'hiver. J'en connais un paquet qui seraient prêtes à débourser quelques billets pour le rencontrer. Tu m'étonnes. Yeux bleus, cheveux blond foncé, visage carré, corps musculeux. Il aurait du sang de Viking norvégien dans les veines que ça ne me surprendrait pas. Et, pire encore, je découvre ce matin qu'il a une saleté de fossette au milieu du menton. Comment j'ai pu passer à côté de ça ? Ah oui, je sais, il n'avait jamais souri face à moi.

Il se passe la main sur le visage et je glisse mon regard sur ses avant-bras musclés et recouverts d'un duvet blond. Malheur…

– Moi aussi, j'ai mal dormi.

Je m'approche et il me sert du café sans que j'aie besoin d'en dire plus. Nous ne sommes plus qu'à quelques centimètres l'un de l'autre. Je me recule pour m'adosser au comptoir, mais ses yeux ne me quittent pas, ils m'observent, m'épient et je crois bien que les miens en font autant. Nous passons plus de temps à nous découvrir dans le silence qu'à nous parler. Et à voir son sourire qui se crispe, soit ce qu'il voit ne lui plaît pas, soit au contraire, ça lui fait un peu trop d'effet. Cela dit, il a quand même l'air très tendu. Moi aussi, du reste.

– Le programme de la journée, c'est quoi exactement ? demandé-je.

Il souffle et semble reprendre ses esprits comme après un rêve éveillé. Je peux le comprendre, quand je le regarde, mes sens sont tellement en alerte que je ne pense à rien d'autre. L'ambiance a manifestement changé entre nous. Je peux sentir la chaleur qui émane de lui, et mon envie de m'approcher davantage est tellement forte que je peine à rester calme.

– Rester au chaud et occuper les monstres pour qu'ils ne détruisent pas…

– Oui je sais, ce qu'il y a dans ce chalet. Mais du coup, on fait quoi ? Vous avez prévu des jeux ? Des activités ? Un cours de cuisine ? meublé-je pour essayer d'anesthésier mon corps qui me démange.

Il éclate de rire et ce son rauque et viril me fait frissonner ; comme si les vibrations de sa voix communiquaient directement avec mes hormones.

– Un cours de cuisine pour enfant ? Non mais vous m'avez bien regardé ? On a une cuisinière en temps normal.

Il est beau quand il rit. Il est suffisant et arrogant, presque moqueur. Mais il est beau. Et ce n'est pas une bonne nouvelle pour moi. C'est bien connu que c'est toujours plus difficile de détester les hommes beaux, même quand ils sont carrément chiants.

– Oui mais là, nous ne sommes pas en temps normal. Et nous devons manger, alors autant allier l'utile à l'agréable…

Nous restons face à face, bien trop longtemps. Je ne sais pas à quoi il pense, et ça me perturbe énormément.

– À l'agréable… Oui…

Si j'osais, je lui répondrais bien que j'ai une idée pour rendre cette journée plus agréable. Qu'il soit plus aimable, par exemple. Malgré mon émoi, je n'oublie pas que j'ai beaucoup de mal à supporter qu'un adulte puisse être aussi immature face à des enfants. Qui plus est, un directeur de colonie de vacances. C'est le plus mauvais choix professionnel de l'histoire.

Ses yeux sont toujours rivés aux miens et sa tasse claque soudain sur le plan de travail derrière lui. Je sursaute légèrement, et je vois Josh qui avance vers moi. Il pourrait très bien me contourner et fuir cette conversation, cette tension qui semble apparaître chaque fois que nous nous faisons face. C'est d'ailleurs ce qu'il va faire. Sauf qu'au moment où il est sur le point de me dépasser, il s'arrête. Nous ne sommes qu'à quelques centimètres l'un de l'autre et je peux lire en lui le débat intérieur qui le ronge. Si j'y parviens si facilement, c'est tout simplement qu'il est le reflet du mien. Je n'arrive pas à comprendre ce qui se passe et même si rien n'est logique dans cette attirance, il est indéniable qu'elle est en train de nous faire griller les neurones.

Je crois que c'est lui qui capitule en premier, quand je sens ses mains qui se posent sur mes hanches pour me soulever avant de m'asseoir sur le plan de travail derrière moi. Son regard me demande silencieusement de le stopper avant qu'il ne pose ses lèvres sur les miennes. Oh purée, il va le faire, je le sais. J'en suis sûre. Et j'en meurs d'envie. Je hoche la tête si faiblement que je ne suis pas certaine d'avoir réellement bougé et je sens que sa bouche avance vers la mienne pour la première fois. Il sent le café, et un arrière-goût de chocolat aux amandes. Ses lèvres sont douces, contrairement à son baiser qui est exigeant et, quand sa langue s'immisce en moi, j'y découvre un goût sucré et délicat. Ce que je préfère à cet instant, c'est la chaleur de son corps qui se presse contre le mien, ses mains puissantes qui me retiennent et son souffle chaud qui me murmure tout ce que lui ne dit pas.

Il me désire, il me veut, il me réclame et j'en redemande. Encore et encore. Mon cœur bat à tout rompre et je n'entends presque plus le vent qui sévit au-dehors. Je ne vois que la glace au fond de ses yeux.

Puis, d'un geste aussi brusque que déplaisant, il se recule, me lâche et se retourne.

– Il faut que j'aille nourrir ma meute.

La porte claque avant même que j'aie le temps de me rendre compte qu'il est grand temps de reprendre mon souffle.

– Tiens, tiens… on dirait qu'il reste du café finalement…

Anna m'observe depuis le seuil de la cuisine, tout sourire, et vient s'emparer de la cafetière avant d'opérer un demi-tour.

CHAPITRE 22

JOSH

Quel temps de chien !

C'est vraiment le cas de le dire. Pourtant j'ai connu bien pire. Je me souviens encore de la fois où nous avions été coincés, mon père et moi, dans la montagne en pleine randonnée. Nous avions trouvé refuge dans une vieille bâtisse inutilisée depuis des lustres. Heureusement que mon père était un montagnard aguerri qui savait allumer un feu avec peu de chose et le faire tenir, sinon nous serions probablement morts de froid ce jour-là.

Non, aujourd'hui, ce n'est pas tellement le froid qui est affreux, mais plutôt les rafales qui m'empêchent de voir à plus de quelques centimètres ; malgré ma bonne connaissance du site, je suis face à un écran blanc qui ne cesse de me tirer en arrière. Quel enfer !

Lorsque je parviens enfin au local où sont stockés les aliments et le matériel de ma meute, je prends quelques minutes pour me débarrasser de la neige qui a recouvert mon manteau, mon masque de ski, et qui a rougi mon visage. Puis, je commence à garnir un énorme seau de nourriture pour mes chiens. Nous l'avons mise au point avec notre vétérinaire, qui prend grand soin de ma meute. Elle se compose essentiellement de croquettes spéciales riches en protéines, en fibres et qui permettent aussi de faire suffisamment de gras pour survivre aux pires températures. Leur pelage fait le plus gros du travail mais nous les aidons par l'alimentation. D'autant qu'ils ne peuvent pas vraiment courir pour se réchauffer dans leurs enclos. Ils peuvent largement se dégourdir les pattes mais pas suffisamment pour les compétiteurs qu'ils sont. C'est pour cette raison que je les sors presque tous les jours.

Je brave à nouveau la tempête pour entrer dans le premier enclos. Il a dû y avoir une accalmie dans la nuit car les gamelles sont vides. Elles sont disposées un peu partout dans l'enclos et bénéficient toutes d'un abri, une sorte de mini-cabane spéciale pour que les chiens y passent la tête et se nourrissent tout en protégeant la nourriture des éléments extérieurs. Mes chiens ont un bon odorat mais il ne manquerait plus qu'ils doivent creuser pour se nourrir. J'en profite donc pour aller les remplir à nouveau. Les gamelles sont longues et scellées dans le sol, permettant aux animaux de se nourrir tous en même temps car il y en a deux par enclos. Pour le système d'eau, je suis encore une fois en train de remercier mon père pour son ingéniosité qui me permet aujourd'hui de ne pas avoir à m'en préoccuper. Il a fait dériver une partie de la source pour qu'elle passe dans chaque parc d'animaux afin qu'il soit aisé de remplir les gamelles.

Je parviens sans grande difficulté à ravitailler trois enclos mais lorsque j'arrive dans le dernier, le mâle alpha me barre la route. Sa femelle, Baïka, attend des petits et ne devrait pas tarder à mettre bas et cet idiot marque son territoire. Il grogne et me montre les crocs.

– Dis donc mec, tu préfères que je vous laisse crever de faim ?

Je le connais assez pour savoir que ce n'est pas une véritable menace mais plutôt un avertissement. Aussi, j'entre et je commence à déverser leur ration du matin. Quand je pense que je vais devoir revenir ce soir, quel enfer ! Je manque de tomber à plusieurs reprises à cause du vent et je me rends compte que j'ai oublié la portion hyper protéinée de la future maman.

– Merde, je reviens.

Je les préviens comme s'ils en avaient quelque chose à faire, et la seule réponse que j'entends est un énorme coup de vent qui, à peine ai-je refermé leur enclos, me pousse en avant et me fait chuter.

– Aïe !

Je sens un craquement et une douleur qui me vrille plus l'âme que le corps alors que je me retiens pour ne pas finir le nez dans la poudreuse.

Le premier choc étant amorti par la neige, j'essaye de bouger mon pied pour me redresser mais je n'y parviens pas. Aussi, je tente de glisser jusqu'à ma cheville immobilisée et la découvre coincée sous une des mangeoires de mes chiens. Mon pantalon est accroché au grillage, génial ! Les rails dans lesquels sont scellées les mangeoires dans le sol sont larges mais j'ai dû y mettre le pied avec toute cette neige et le coincer sous l'écuelle. Le genre de truc qui semble impossible jusqu'à ce que ça nous arrive. Me voilà prisonnier. Ni une ni deux, je quitte mes gants que je fourre dans mon manteau et je tente de me dégager de la clôture, puis je force pour soulever la partie en bois de la mangeoire. Avec toute cette neige, je n'arrive pas à comprendre comment mon pied a pu aller se fourrer juste à cet endroit ; et pour couronner le tout, ça fait un mal de chien. Je sors mon couteau multifonction et commence à découper mon pantalon pour le dégager du grillage. J'ai froid mais me voilà libéré d'une première contrainte. Maintenant, cette saleté de mangeoire.

Un pied dans la neige, le second au sol, je tente de me remettre debout pour soulever le tout. Mais c'est du solide. En même temps, si ça n'a pas bougé depuis plus de vingt ans, c'est pour une bonne raison. Je commence à avoir sacrément froid, le cul et les mains dans la neige. Mon masque se couvre de plus en plus de flocons et, d'ici quelques minutes, je vais me retrouver enseveli.

– Fait chier, merde !

Mon cerveau carbure mais je n'ai pas beaucoup de solutions. Soit j'appelle ma sœur et la faire sortir avec ce temps serait une folie, soit j'abandonne ma chaussure. Ce que je décide de faire. Mais non, mon pied est coincé et je ne peux me libérer. Les minutes défilent et mon talkie-walkie se met à grésiller, la voix d'Anna se fait entendre.

– Jojo, tout va bien ?

Je suis en colère contre tout mais, à cet instant, j'ai surtout besoin d'aide. Je vais tenter de convaincre Clément de venir à ma rescousse. Je sais que ça ne va pas être chose aisée étant donné qu'il déteste les tempêtes et je peux comprendre pourquoi, mais je n'ai pas le choix. Il est ma dernière chance. S'il a accepté de venir nous filer un coup de main, c'est qu'il est prêt à assumer. Enfin, je sais aussi pertinemment que s'il est encore ici cette année, c'est parce qu'Anna a insisté et qu'il s'en serait bien passé. Je connais ma sœur et je me doute qu'elle a dû lui faire les yeux doux et mettre en avant son énorme bidon pour qu'il ait pitié de nous. Il est gentil, je ne peux pas dire le contraire.

– Non, je me suis fait mal, ma cheville est coincée dans la mangeoire du quatrième enclos, celui des Onyx.

– OK, on vient te chercher.

– Non, toi tu ne mets pas le nez dehors ! C'est affreux. Je suis presque entièrement sous la neige, Anna, c'est la merde.

Plus aucun son. Mon cœur bat la chamade parce que je sens bien que cette tête de mule ne va pas m'écouter, et nous pourrions tous les deux très mal finir si elle s'aventure dans la tempête.

– Anna, ne viens pas, je vais me débrouiller.

Plus rien, me voilà seul, face au vent, à la neige et au chaos. Je tente de soulever à nouveau cette planche de bois mais rien. J'essaie de la faire coulisser pour libérer juste une partie de mon pied, mais rien. Cette douleur est insoutenable. J'ai dû me faire une entorse, ou pire. Parce que je ne suis pas du genre douillet, mais là, je souffre.

– Putain !

– *Crrr.* Bon, le yéti, vous êtes où au juste ?

Pire que ma sœur, pour venir me secourir, ils ont envoyé la citadine… Si je ne meurs pas aujourd'hui, j'aurai de la chance.

CHAPITRE 23

CLARA

Mais pourquoi est-ce que je me suis proposée au juste ?

Et mon joli manteau en fausse fourrure ? Il va être complètement foutu ? Si, si, je vois déjà les faux poils qui se gorgent de neige et je sens que je vais finir trempée comme une soupe. Il a beau être superbe, pas sûr qu'il soit l'idéal pour ce genre de conditions climatiques.

Je n'ai jamais vu ça. Quand Anna m'a tendu un masque de ski, j'ai rigolé, puis j'ai vite compris que ça ne l'amusait pas. Même si elle n'a rien dit, elle a passé sa main sur son ventre un nombre incalculable de fois et je sais que ce n'est pas bon signe. Cette jeune femme est un véritable livre ouvert pour quiconque est un peu observateur. Ce qui est mon cas puisque je suis publicitaire. Déceler les failles chez mes clients pour leur vendre le produit idéal, c'est mon métier.

Je me suis foutue dans la neige jusqu'au cou.

– Je n’y vois rien, vous êtes où bordel ?

Mes superbes Moon Boot s’enfoncent dans la neige et j’ai beau avoir une bonne condition physique, après la nuit que j’ai passée, c’est encore plus difficile qu’hier de se déplacer.

– Activez la sonnerie sur le côté. Vous devriez entendre mon talkie-walkie. Le vent vient vers vous. *Crrr.*

J’appuie sur tous les boutons. C’est bien simple, à un moment donné, ça devrait fonctionner, non ?

Veinarde, je trouve le bon bouton avant de tout dérégler et de mourir congelée. Je tends l’oreille et j’entends un bruit sur ma droite. Si c’est un ours, je me dirige droit sur lui, Seigneur, venez à mon secours, c’est le moment.

– Moi aussi, je vous entends, vous n’êtes pas loin, continuez.

Il est marrant, lui, chacune de mes jambes doit peser environ soixante-dix kilos avec toute cette neige et ça monte sec par ici.

Je bipe à nouveau au bout de quelques pas, pas question d’en faire un de trop. Si je me plante, je veux le savoir tout de suite. Non, je suis tout près mais avec ce temps, difficile de le voir. Je cherche désespérément une chemise à carreaux mais je ne vois qu’un énorme tas un peu sombre.

– Joshua, dites-moi que cette grosse forme sombre, c’est bien vous ? Parce que sinon, je vais me faire dévorer par un ours et on va mourir tous les deux.

– Il n'y a pas d'ours dehors en hiver, ils hibernent. Et, oui, c'est moi. Venez m'aider ! *Crrr.*

Toujours aussi aimable.

– Comme si j'étais là pour me balader.

Je n'ai pas activé le talkie-walkie car il n'était pas nécessaire qu'il entende ma dernière phrase.

Une fois près de lui, je l'époussette un peu et tombe à genoux devant lui. Je cherche à voir ce que je peux faire et lui reste assis à m'observer. Il ne bouge pas. Il a pris un coup sur la tête ou quoi ? Je ne compte pas m'éterniser dehors.

– Vous essayez de faire quoi au juste, creuser un trou pour nous faire un terrier ?

Il n'oserait pas se moquer de moi quand même ?

À cet instant, nos deux appareils grésillent de concert et la voix d'Anna se fait entendre.

– Tu l'as trouvé, tout va bien Clara ?

J'empoigne mon talkie-walkie, adresse une grimace à l'abominable homme des neiges qui me fait face et lui réponds :

– Oui, je suis sur place, mais bien tentée de le laisser là !

Évidemment ça résonne aussi dans son appareil et il le fourre dans sa poche avant de se redresser en me tenant par les épaules. Ce type pèse une tonne, je m'enfonce encore plus dans la neige.

– Ramène-le s'il te plaît. Mon bébé n'aura pas de papa alors il va avoir besoin d'un tonton. Même grincheux…

Dans la famille je plombe l'ambiance, je demande la sœur. Comme si la situation n'était pas déjà bancale, la voilà qui me fait une révélation dont je me doutais et qui met mon yéti en rogne par la même occasion ; il balance son masque dans l'enclos et je me fais foudroyer par ses yeux bleus.

– Quand vous aurez fini de raconter des conneries, j'ai besoin que vous alliez dans l'enclos pour récupérer de quoi dévisser cette planche. Elle est fixée dans les rails qui me retiennent prisonnier.

OK, je me relève, fais quelques pas et entre dans ledit enclos, me retrouvant nez à nez avec un loup qui m'observe.

– Vous êtes sûr que vos animaux sont gentils ?

– Je n'ai jamais dit ça. Mais ne le regardez pas dans les yeux et faites ce que vous avez à faire.

Les ours ayant été éliminés, voilà que je vais me faire bouffer par des loups. Nan, décidément, c'est de mieux en mieux ces vacances.

Je n'écoute que sa voix qui me guide et fais comme si la bête féroce qui me suit n'existait pas. Après tout, elle doit avoir plus peur que moi. Enfin j'espère. J'ouvre la caisse qu'il m'indique et je découvre des outils. Génial. Revenant sur mes pas, je lui tends l'objet et il s'empresse de faire ce qu'il a à faire et que je ne comprends pas vraiment, puisque ça se saurait si j'étais bricoleuse. Quand il pousse un cri de souffrance qui résonne dans toute la montagne, je me retourne, persuadée qu'il s'est cassé le pied.

– C'est bon, je suis libéré, venez m'aider.

Je contourne à nouveau l'animal et referme l'enclos avant de rejoindre la montagne de muscles qui se tient contre le grillage. Joshua pose un pied au sol et grimace. Je vois dans ses yeux la douleur qu'il ressent et, sans un mot, je décide de lui servir de béquille. Au moins jusqu'au petit local de stockage situé tout près et que je distingue à peine.

– Accrochez-vous à moi !

Un pas, deux pas, trois pas, son souffle rauque vient chatouiller mon visage chaque fois qu'il tente d'avancer mais je crois qu'il est plus blessé qu'il ne le pensait. Quand nous pénétrons dans le cabanon, il se laisse tomber sur un banc de fortune et retire son manteau. Je m'approche pour voir sa cheville. Vu la douleur qu'il ressent, je pense que nous pouvons imaginer une énorme entorse si ce n'est pire.

– Ne vous occupez pas de moi, ce n'est rien. Il faut nourrir la future maman.

Ce n'est pas vraiment le moment de se soucier de sa sœur.

– Anna va bien, elle est en sécurité au chalet. Et Clément doit savoir faire cuire des pâtes, quand même, non ?

Ses grands yeux bleus viennent percuter les miens et, un instant, je n'entends plus les rafales, je ne vois que lui, et la glace au fond de ses prunelles me réchauffe un peu.

– Non Clara, une des chiennes va mettre bas. J'allais lui chercher son repas protéiné quand je me suis coincé le pied. Vous pouvez le lui apporter ?

Mince ? Mais il est sérieux ?

– Que je retourne dans l'enclos ? Toute seule ? Mais vous voulez vraiment que je meure ? Vous savez je ne suis pas si grosse que ça. Et puis je commence à me faire vieille, pas sûre que je sois très digeste…

– Clara ! S'il vous plaît ?

Quand il me fait ses grands yeux désespérés et qu'il me lâche une formule de politesse, impossible de lui refuser quoi que ce soit. Ce type est juste beau. Je sais que c'est con, de mourir bouffée par des loups à cause d'un beau mec. J'imagine que mes gosses vont finir par être élevés par un père qui ne s'intéresse pas à eux. Et que mon épitaphe pourra dire : « Ici gît Clara Rebel, morte par manque de mec. » Parce que c'est bien ça. Si je n'étais pas aussi sensible à son charme rustre, jamais je n'envisagerais sérieusement de retourner dans cet enclos pour aller nourrir un animal sauvage.

Pourtant, j'enfile à nouveau mon masque, je prends le seau et je repars à la conquête de la montagne. Quelle conne quand même, quand j'y pense.

Le trajet est plus simple car je longe le grillage que je ne lâche pas de la main gauche et j'arrive rapidement devant l'enclos ; je pénètre dedans et suis à nouveau accueillie par le joyeux luron de la bande qui, cette fois, doit commencer à se demander si on se fout pas de lui, car il me montre carrément les crocs. Je baisse les yeux, bien décidée à tout tenter pour ne pas périr. Je distingue ce qui semble être un abri pour la meute, une sorte de niche géante avec un toit pentu et qui abrite la petite famille la moins accueillante du coin. Même Josh est plus sympa, c'est dire. À mesure que je m'approche, trois autres chiens se dressent, l'un d'eux remue la queue. Il ne me mangera pas celui-là, quoique… Je cherche la chienne dont parlait Josh et je la découvre dans un coin ; elle halète et je comprends que mon yéti avait tort. Elle n'est pas enceinte, elle est maman. Quatre petites boules de poils s'accrochent à son ventre alors qu'elle me détaille avec attention. Je répands sa pâtée devant elle et elle avale le tout en quelques secondes. Son museau s'approche de ma main et se frotte contre mon gant. En voilà une qui est reconnaissante, enfin.

– Félicitations ma jolie. Tu en as combien ?

Une rafale de vent vient faire trembler la niche et les petits poussent des cris. Elle les fait avancer à l'aide de son museau pour les coincer entre ses pattes, sous son duvet épais, mais ils me semblent bien faibles quand même.

Alors je vous vois venir, je ne suis pas vétérinaire et je n'y connais rien mais il fait un temps affreux et, même pour cette race de chien-loup, les conditions sont rudes. Je suis très embêtée car je vois que la mère aurait bien besoin de se réchauffer un peu mais je décide quand même de retourner voir le blessé que j'ai abandonné dans la cabane ; il nous faut encore faire le chemin du retour. Sauf qu'au moment où je distribue ma dernière caresse sur la tête de la mère, j'aperçois, quelques pas plus à droite, un chiot seul, étendu sur la paille.

– Et mais… que fais-tu ici, toi ?

Je le rapatrie près des autres bébés ; la chienne le lèche et tente de le coller contre ses mamelles, mais il ne bouge pas. La sentant plutôt amicale, j'ose saisir le chiot et l'approcher de mon oreille. Il respire mais n'est pas du tout en forme.

Je sais qu'il ne survivra pas à cette journée si je le laisse là, alors je rassemble la paille que je trouve autour de la maman pour la réchauffer, je range le bébé malade dans ma moufle que j'accroche à l'intérieur de mon blouson en prenant soin de laisser sortir sa tête et je repars.

– Je te promets de faire tout ce que je peux pour lui.

Est-ce que je vais me faire gronder par Joshua ?

Aucun doute.

Est-ce que je suis en train de sauver une vie ?

Aucun doute.

J'ai choisi !

CHAPITRE 24

JOSH

Dès que je pose le pied sur le sol, la douleur irradie dans toute ma jambe. Je ne suis pas délicat mais sur ce coup, je ne me suis pas raté. Le craquement de tout à l'heure n'était pas une hallucination auditive, je pense que je me suis déchiré un ligament. Quel con !

Et savoir Clara seule dehors, ça me met hors de moi. Je ne sais pas depuis combien de temps elle est partie mais j'enrage de rester ici sans rien faire. Je sautille pour aller à la porte et m'y appuie, cherchant Clara des yeux. Pensant l'apercevoir, je l'ouvre. Une rafale menace de rabattre la porte en bois sur moi mais je lutte en équilibre et des kilos de neige s'engouffrent à l'intérieur.

Ainsi que la tornade violette !

– Putain quelle saleté de temps !

Elle s'époussette comme elle le peut avec son masque sur le nez. C'est drôle à voir. Un mini-pouce violet qui sautille et qui fait du bruit. Quand elle retire le masque, sa peau rougie par la morsure de la neige, son regard me toise.

– Tu vas pouvoir marcher jusqu'au chalet ?

– On se tutoie maintenant ?

Comme je me sens super naze, je la taquine pour faire diversion. La vérité, c'est que je souffre atrocement, que toute ma jambe m'élance et que je suis à deux doigts de tourner de l'œil.

Elle lève les sourcils en me dévisageant. Sa moue est à croquer. Non mais qu'est-ce qui me prend bordel ? Je me filerais des claques rien que pour ce à quoi je suis en train de penser.

– Je te rappelle que tu as fourré ta langue dans ma bouche ce matin et que je suis en train de te sauver la vie. Alors oui, maintenant on se tutoie. Tu vas t'en remettre ?

Vu comme ça en effet…

– Ça me va.

Je retente de poser mon pied au sol. Putain, je vois des chandelles tellement ça me fait souffrir. Elle se jette sur moi pour me soutenir.

– OK le yéti, tu vas t'appuyer sur moi et on va y aller, parce que je n'ai pas trop envie de traîner dans le coin.

Les bourrasques semblent redoubler de force et j'ai presque envie de lui dire que nous ferions mieux de rester ici le temps que ça se calme. Parce que je crois bien que j'aspire à cette proximité. Oui, je sais, c'est fou mais cette femme dégage quelque chose que j'ai envie d'observer, d'analyser et surtout de garder pour moi. J'aime bien ce que je ressens quand je suis seul face à elle.

Visiblement, elle n'est pas de mon avis et enfile à nouveau son masque qui paraît trois fois trop grand et lui dévore le visage. Elle a l'air encore plus minuscule, comme ça. Moi, j'ai perdu le mien, je vais donc avancer à l'aveugle. Son bras vient s'enrouler autour de mon corps et elle se serre contre moi pour me servir de béquille.

– Tu peux y aller, je suis solide.

Je presse son épaule et je fais un pas. J'ai du mal à poser mon pied sur le plancher du refuge mais avec son aide, je parviens à avancer. Elle ouvre la porte, nous sortons et immédiatement la douleur devient secondaire. C'est l'apocalypse autour de nous. Un écran blanc barre toute possibilité de distinguer le sol du ciel. Les bourrasques nous obligent à nous pencher en avant pour ne pas tomber. Heureusement que nous sommes tous les deux collés, sinon je me demande si elle ne se ferait pas emporter. Le souffle de la montagne vient anesthésier nos oreilles. Je suis un adepte de notre climat hivernal, mais là, il se déchaîne et c'est carrément flippant. Le genre de moment où tu sais que tu n'as pas le droit à l'erreur. Il fait tellement froid que nous pourrions mourir d'hypothermie en un temps record. Et ce même avec mon équipement. Sans jamais paniquer, elle se rapproche de mon visage.

– Je ne vois pas le chalet, on part dans quelle direction ?

L'avantage, c'est que moi, j'ai un GPS intégré. Je pourrais y retourner les yeux fermés. Ce qui est plus ou moins le cas, finalement. Je hoche la tête vers la bonne direction et elle avance. Ses bottes s'enfoncent dans la neige mais elle redouble d'efforts. Je pèse de tout mon poids sur elle et, hormis quelques souffles haletants, elle ne bronche pas. Quand nous arrivons à mi-chemin, nous sommes imbriqués l'un dans l'autre et ne formons plus qu'une seule masse recouverte de neige. Je vacille une seconde et suis obligé de me retenir sur ma cheville blessée, ce qui me fait hurler de douleur

– ARGH !

– Je sais, je suis là, allez, on va y arriver.

Elle m'encourage et bien que je n'en aie pas besoin, je m'aperçois que ça me fait du bien. Je ne laisse jamais personne me venir en aide et, pour une fois, c'est très agréable. Malgré la tempête, malgré la douleur. La savoir contre moi, ça a quelque chose de réconfortant, de doux et de rassurant.

– Il va sérieusement falloir penser à un régime, le yéti. Tu pèses combien, sans rire ?

J'observe son visage rouge et son souffle coupé me fait prendre conscience qu'elle est solide mais qu'elle en bave plus que moi. Aussi, je tente de ne pas trop m'appuyer sur elle. Mais quand mon pied douloureux supporte mon poids, un nouveau vertige me terrasse. Elle me rattrape, et s'agrippe à moi comme elle le peut.

– Allez l'abominable homme des neiges, rentrons avant qu'on finisse ensevelis sous la neige.

Je ne sais pas si c'est elle qui accélère ou si je perds encore plus de force mais ce trajet retour est de plus en plus pénible. Il n'y a que la chaleur de sa présence qui arrive à me donner le courage d'avancer. Ça et l'assurance de finir frigorifié si elle m'abandonne ici. Oui, ça motive ! M'accrochant à elle, je lutte pour la suivre et enfin, nous arrivons devant le chalet. C'est là que ma sœur se jette sur moi.

– Comment tu vas ? Tu as mal où ?

Clara ne me laisse pas le temps de répondre. Elle ouvre mon manteau, je le fais glisser de mes épaules et Clément vient m'aider à atteindre le canapé. Quand je tombe dessus, ma sœur s'approche pour retirer ma botte et la douleur devient encore plus insupportable. Le sang afflue d'un coup dans mon pied et elle a beau faire aussi délicatement que possible, je hurle dans un coussin. C'est insoutenable et je vois le visage des enfants qui grimacent depuis la table à manger, sur laquelle une partie de Bonne Paye semble avoir commencé. Pour une fois qu'ils sont silencieux, ces morpions, il faut que je chiale comme un gosse, bien joué Joshua !

– OK, entorse. Attends, je vais poser de la glace dessus.

– Au point où j'en suis…

Je ferme les yeux et laisse ma tête reposer sur le dossier du canapé. Mon pied est en appui sur la table basse, les enfants me scrutent et la partie de jeu semble momentanément en pause. La voix d'Anna me fait revenir à moi.

– Mais qu'est-ce que… ?

Ma sœur me force à rouvrir les yeux, car j'entends dans son exclamation une inquiétude qui ne me plaît pas. Je mets quelques secondes à comprendre qu'elle ne tourne plus son attention sur moi. Elle semble observer Clara et je me retourne rapidement car j'ai peur pour elle un instant. Je n'ai pas vraiment pris le temps de vérifier qu'elle allait bien et je culpabilise un peu. Mais les exclamations des gosses et leurs cris, quand ils se lèvent, viennent me rassurer. Tout ce petit monde s'extasie devant… Ben je n'en sais rien car ils se jettent sur Clara et que je ne vois rien.

– Il n'arrivait pas à téter, il allait mourir. Je ne pouvais pas le laisser. Tu comprends ? Je suis désolée mais j'ai cru que…

Elle affiche une moue qui pourrait paraître désolée et un regard implorant, mais son immense sourire trahit le fond de sa pensée.

Aucun besoin qu'elle termine sa phrase, ses petites mains encore toutes froides tiennent un chiot nouveau-né dans les mains

C'est officiel, cette journée n'a pas fini d'empirer.

Ma sœur et ses hormones de future maman sont déjà en ébullition, et que dire des enfants qui sautent autour d'elle comme si elle avait rapporté toute la hotte du Père Noël au chalet ?

– Oh mais le pauvre, il est frigorifié. Tu as bien fait Clara. Merci pour tout, la félicite Anna.

Les larmes aux yeux, les deux femmes se tombent dans les bras alors que les enfants semblent excités comme des puces. J'imagine que la partie de Bonne Paye est terminée, hein.

Et du coup, ma cheville, tout le monde s'en branle.

– Anna, tu peux venir m'aider s'il te plaît ? demandé-je pour que ma frangine se calme un peu.

– Attends, le pauvre choukinou, il faut le nourrir. Alors raconte-moi tout Clara, il ne tétait pas… mais Baïka, elle allait comment ?

– Oh, c'est la maman qui s'appelle Baïka ? C'est joli. Elle en avait quatre autres mais avec ce froid… je m'inquiète pour eux dehors. Elle avait l'air de vouloir me suivre…

Donc on s'inquiète pour le chien mais pour moi, non ? Elle est où la glace que vous vouliez appliquer sur ma cheville ?

Toute cette joyeuse troupe se dirige droit en cuisine pour ravitailler la nouvelle vedette. Clara et Anna dénichent la plus douce des couvertures et le chiot ne tarde pas à se retrouver enveloppé devant la cheminée, sous bonne escorte, une pipette de lait chaud dans la gueule. Nous sommes suspendus à l'attente de savoir si, oui ou non, il va accepter de se nourrir. Il n'ouvre même pas les yeux et le pauvre n'a pas trop l'air en forme. Si j'osais, je dirais qu'il ressemble plus à un rat qu'à ma superbe chienne.

Celui-là, aucune chance qu'il intègre la meute. Séparé de sa mère et peu enclin à téter seul, il ne sera jamais capable de retourner à la vie quasi sauvage que nous leur offrons. S'il survit, il va finir en gentil toutou de compagnie pour le gosse de ma sœur. Encore une bonne nouvelle. Une bouche de plus à nourrir et qui ne nous rapportera pas un centime. Nous avons besoin de nos chiens pour développer notre activité et gagner de l'argent. Quatre chiots en bonne santé sont une excellente nouvelle, mais ce petit mec qui n'a pas l'air très vif, en revanche, c'est un boulet de plus. Mais bon… Mon père a toujours été le genre d'homme qui privilégie la vie aux finances, et je suis bien d'accord avec lui. Si Clara n'avait pas été là, il n'aurait pas passé la nuit et même sa mère l'aurait abandonné pour privilégier ses autres petits. Moi aussi je l'aurais recueilli, si je l'avais trouvé.

C'est Otis qui va faire la gueule, quand il va devoir partager ses caresses…

Heureusement Clément, qui ne raffole pas des animaux, vient à mon secours et me tend une paire de béquilles que nous stockons dans la réserve pour ce genre de situation. Sauf que d'habitude, c'est pour les clients, pas pour moi.

– Tu devrais aller te changer, tu es trempé, me conseille-t-il.

Il a raison, je rêve d'une bonne douche brûlante. Au moment où je me relève, le sang circulant dans ma cheville déclenche une douleur si vive qu'un nouveau vertige me terrasse. La tornade violette qui était en admiration devant le bébé chien se jette sur moi et me soutient de son corps. Je dois bien avouer que sa présence m'est très agréable. Mon sentiment à son égard a beaucoup évolué, ou alors je commence seulement à l'accepter. J'apprécie de la sentir collée contre moi et c'est plutôt plaisant de voir que ça semble réciproque. Ben oui, pourquoi elle se jetterait dans mes bras, sinon ? Clara a eu le temps d'enlever son manteau, son pantalon de ski et elle est à présent en legging moulant et en pull en laine décolleté. Comme je suis plus grand qu'elle, devinez sur quoi j'ai une vue imprenable ?

– Je vais l'aider à se changer et ensuite, je retourne chercher Baïka et les autres petits, ajoute-t-elle.

Vu la galère que nous venons de traverser, j'avoue que je suis étonné qu'elle se propose pour y retourner. Seule, c'est de la folie. Mais je ne suis clairement pas en état de le faire à sa place.

– Tu es sûre de toi ? questionne ma sœur, comme si elles étaient seules au monde alors que tous nos regards sont tournés vers elles.

– Oui, elle me suivra et ses petits avec. Même son mâle ne grognait plus quand il a vu que je venais la nourrir. Elle est très faible.

Je m'appuie sur Clara, louche sur sa poitrine et les jacassements qu'elle échange avec ma sœur me semblent très lointains. Au moins, je ne pense plus à ma cheville. C'est une autre partie de mon corps qui s'affole à présent, et je ne suis pas certain d'aimer ça.

L'escalier s'avère plus facile à monter que je ne l'aurais imaginé, puisque je peux m'appuyer sur la rambarde pour me hisser de marche en marche. Mais avant que je n'arrive à l'étage, son sale gosse m'apostrophe.

– Tu ne vas pas la laisser y aller seule quand même ?

Euh… Ça me fait chier, mais je dois reconnaître que cette crapule a raison. C'est bien trop risqué.

– Lucas je connais le chemin, je peux le faire.

– Alors je viens avec toi, impose l'aîné.

– Et moi aussi, répond le petit.

Non mais ils n'envisagent pas sérieusement de retourner dehors ?

CHAPITRE 25

CLARA

Le géant qui manque de briser chaque marche à mesure qu'il les monte me dévisage et son regard n'a absolument rien d'amical.

– Pas question de sortir d'ici !

Comme si j'avais des ordres à recevoir de lui.

– C'est ça, allez monte. Tu as besoin de moi ou tu penses y arriver seul sans faire s'effondrer ce chalet ?

Visiblement, il n'apprécie pas mon humour. Pourtant, chaque fois qu'il pose un pied sur une planche de bois, je sens les murs trembler. Ou presque. L'expression « marcher comme un éléphant », vous voyez ?

– Je ne suis pas gros, râle-t-il.

Sa sœur ricane depuis le bas de l'escalier. Elle chuchote dans mon dos, sans aucune discrétion.

– Sujet sensible…

Quant à moi, je le soutiens comme je peux en grimpant à côté de lui. L'ascension est lente et périlleuse car Joshua n'arrive plus du tout à poser le pied au sol. Il ne dit plus rien et je suis certaine qu'Anna a déserté le rez-de-chaussée. Une fois à l'étage, il se retourne pour me faire face et je vois qu'il est vraiment vexé. Avec un corps pareil, c'est un comble. Il est beau à se damner, je ne pensais pas qu'il serait complexé. C'est même l'inverse, je n'ai pas arrêté de le tripoter depuis tout à l'heure et il n'y a pas un gramme de graisse sur ce mec.

– Je n'ai pas dit que tu es gros. J'ai dit que tu es monstrueux et je pèse mes mots, c'est moi qui te porte ! ris-je pour détendre l'atmosphère. Tu pèses combien ? Tu ne me l'as pas dit.

Il grogne dans sa barbe et met quelques secondes à me répondre.

– La dernière fois que j'ai vérifié, il y a plusieurs années, cent seize kilos.

Normal quoi ! Le mec fait plus d'un quintal et il te balance ça comme s'il te disait : « Oh, il neige ! »

– Alors juste pour info, j'en fais cinquante-trois. Tu pèses plus du double de moi. Pas étonnant que je te trouve lourd. Et pas qu'au sens propre, d'ailleurs !

Toujours aucune réaction. Ce mec est hermétique à l'humour.

Sa lèvre supérieure tressaute légèrement avant qu'il ne se passe la main sur le visage. Puis, muni de ses béquilles qui grincent, il fonce droit vers ce qui doit être sa chambre.

– Je reviens, mais personne ne sort avant mon retour ! Tu restes ici, compris ? exige-t-il en me plantant seule en haut des marches.

Je l'entends qui marmonne depuis le couloir dans lequel je patiente, à l'affût d'une miette d'explication qui ne vient pas.

Ce qui est certain, c'est que se déshabiller avec une cheville gonflée comme un ballon de baudruche n'est visiblement pas aussi simple qu'il le pensait. Il se cogne, gémit et je finis par frapper à la porte. Je viens de le vexer et j'ai de la peine pour lui. Et puis bon, soyons honnêtes deux minutes, j'aime bien être avec lui. Même si je ne devrais pas puisque ça ne semble pas réciproque. Son baiser de tout à l'heure était vraiment chouette.

– Besoin d'aide ?

Mais pourquoi est-ce que c'est moi qui suis là en train de jouer les infirmières alors que sa sœur est en bas à cajoler le bébé chien ? Peut-être parce qu'elle a un ventre énorme et que chaque déplacement nous fait prendre le risque d'un accouchement en pleine tempête… Oui, il vaut mieux que ce soit moi. Et puis Clément gère les enfants et ça, ce n'est quand même pas une mince affaire. Ils sont mignons et j'adore les gamins, mais j'en ai largement assez avec les deux miens. Là, ils sont douze, c'est un vrai métier.

– Entre !

Toujours aussi aimable. On dirait que ce mec a un quota de mots par jour et qu'il les économise au cas où il en manquerait.

Je fais un pas dans sa chambre que je découvre pour la première fois. Ça me perturbe. Comme si je pénétrais dans un endroit interdit. Et aussi, un peu excitant, je dois bien l'avouer. Pour un peu, je marcherais sur la pointe des pieds et je surveillerais que personne ne me voie. Alors que… je ne fais rien de mal. Son odeur enchante immédiatement mes narines. Je reconnais les senteurs du bois, du musc et aussi celle que j'imagine être celle de sa peau. C'est grave, si je me rends compte que j'aime beaucoup ? Ici, contrairement au reste du chalet, il y a des bibelots clinquants partout, et compte tenu de la nature de l'homme des cavernes que j'ai eu l'occasion de découvrir, c'est pour le moins surprenant. Je l'entends qui grogne derrière une porte située dans un coin de la vaste pièce. Je me dirige vers le bruit et le découvre dans une salle de bains plutôt bien conçue, assis sur un petit banc à lutter pour faire descendre son jean sur ses cuisses sans poser son pied au sol.

– Je vais t'aider.

Je me penche sur lui, fais glisser le tissu tout en posant d'autorité son mollet sur ma cuisse afin de soulager ses muscles. Purée, même une jambe de cet homme pèse plus qu'Andréas qui s'est endormi sur le canapé devant la télé et que je dois ramener dans sa chambre.

Je fais glisser son jean et découvre, sans surprise, des cuisses musclées et recouvertes d'une fine pellicule de poils. Il n'est pas du genre très poilu, je l'avais déjà remarqué sur son torse, hier soir, quand il a débarqué chemise ouverte dans ma chambre à coucher. Il est du genre canon en fait. Pire encore que ce à quoi je m'attendais quand je suis entrée ici, il retire son pull, sa chemise et son tee-shirt d'un seul mouvement alors que je jongle pour lui ôter ce pantalon sans blesser davantage sa cheville gonflée. Mes yeux s'attardent sur son ventre plat, son torse large et délicat qui donne envie de le caresser, ses épaules fermes qui doivent être douces et je termine ma course par ses yeux qui me glacent le sang en une seconde. Ses lèvres sont brillantes et il mord dedans. Son regard roule sur mon corps comme je viens de le faire sur le sien. J'avale ma salive et malgré l'envie, la curiosité et toute cette tension, je me redresse, prête à quitter la pièce. Nous avons été intimes, ce matin dans la cuisine, mais ce qui se joue ici est bien plus terrifiant, bien plus charnel. Si ce baiser était spontané et totalement imprévu, maintenant les choses ont changé et l'urgence a laissé place à quelque chose de plus profond. L'attraction n'a fait que croître en moi pour former une boule de chaleur au fond de mon ventre. Je fais demi-tour pour m'éloigner de lui quand j'entends enfin un mot.

– Merci.

Un seul mot, le premier qui soit réellement gentil, alors il me fait chaud au cœur. Et je peux vous dire que ce n'est pas qu'au cœur que j'ai le feu actuellement. Mes jambes tremblent légèrement et je sens un frisson qui me parcourt. J'aimerais en être au même stade que ce matin, à savoir lui témoigner un profond dédain, mais ce n'est pas le cas. J'ai goûté à ses baisers, à sa douce folie et j'ai eu l'occasion de découvrir le feu qui brûle au fond de ses prunelles de glace. Maintenant, je suis à l'affût et tout mon corps est en attente de ses caresses. C'est grisant et ça met mes nerfs à rude épreuve.

De retour dans la chambre, j'entends l'eau de la douche et presque aussitôt un gémissement rauque, entre plaisir et douleur. Ce son déclenche en moi une envie de le rejoindre que j'ai bien du mal à museler. Je devine à son grognement que sa cheville, qui va devoir rester au repos, lui fait atrocement mal et je le plains sincèrement.

Il faut que je me reprenne, que je domine un peu l'excitation que je ressens à son contact. Il est nu à quelques mètres de moi et tous les atomes de mon corps en ont bien conscience. Pour m'aider à reprendre mes esprits, je me concentre sur mon environnement.

Il y a une lampe absolument affreuse en forme de phallus, un truc de designer connu pour lequel je ne comprends pas l'engouement. Près de son lit, un cadre photo en rotin dans lequel il n'y a aucun cliché. Sur sa commode en bois, une série de petites poupées russes aux visages bariolés, et plus généralement, un tas de babioles qui donnent l'impression que je suis entrée dans la caverne d'Ali Baba. Non vraiment, je note une réelle différence entre cette pièce et les autres qui composent ce chalet. La seule chose qui me paraisse cohérente ici, c'est la grande bibliothèque conçue sur mesure qui occupe tout un pan de mur autour de la fenêtre et qui contient tous les classiques de la littérature et une bonne partie des polars les plus actuels. Je suis surprise de découvrir que Joshua est un lecteur aux goûts avisés.

Quand l'eau se coupe, je me demande si je devrais aller lui prêter main-forte. Finalement, je ne bouge pas. Il doit être nu et bien que nous nous soyons embrassés, je ne suis pas certaine qu'il apprécierait ma présence. Je n'ai d'ailleurs aucune indication sur la signification de ce baiser, après tout. La seule chose dont je suis certaine, c'est que nous nous tutoyons, à présent.

Bref, c'est le foutoir dans ma tête et, comme la plupart du temps face à une situation qui m'échappe, je reste immobile et je patiente. Les béquilles qui grincent et cliquettent à chaque nouveau pas de Joshua m'indiquent qu'il revient, alors que je fais toujours face à la fenêtre, hypnotisée par la tempête qui fait rage au-dehors. Il ne semble pas s'offusquer de ma présence tandis qu'il revient fouiller dans son tiroir pour en extraire un caleçon.

J'ai très envie de me retourner et d'observer Joshua, qui doit encore être à demi nu et dont le corps me donne terriblement envie. Pire encore, j'aimerais qu'il me regarde, moi, avec ses yeux si profonds. Si j'osais, j'irais jusqu'à souhaiter qu'il me dise d'approcher pour me donner un autre baiser. Oui, je crois que j'ai terriblement envie de recommencer.

J'entends Josh qui sautille dans mon dos et me décide enfin à sortir de mon mutisme. Je crois que son aphasie devient contagieuse.

– Tu as besoin d'aide ?

Joshua a revêtu son costume d'abominable homme des neiges, il plisse le front et arrive à faire éclater la bulle de douceur et le piteux délire romantique que j'étais en train de créer pour nous. C'est efficace, je me sens mal à l'aise et carrément inutile, tout à coup.

– Non, ça va. On va redescendre. Il faut qu'on parle. Je ne veux pas qu'Anna y aille. Toi non plus, mais elle, dans son état, c'est de la folie.

Oui, on est très loin de mes divagations selon lesquelles il aurait pu s'appuyer sur moi pour finir par river ses yeux aux miens avant de m'embrasser à m'en faire tourner la tête.

– Je sais. Je vais le faire, moi. J'y suis déjà allée et ça a l'air de se calmer un peu, mens-je pour qu'il ne remarque pas que je suis rouge de honte et de déception face à ce rapprochement qui n'aura pas lieu.

Il lorgne par la fenêtre. Il a passé un jogging gris foncé sur ses magnifiques cuisses et un tee-shirt blanc recouvre désormais ses pectoraux dans lesquels j'ai envie de mordre.

On a dit mollo sur les délires romanesques, Clara, on se calme. On laisse les pectoraux du monsieur tranquilles, compris ?

– OK, mais je vais te guider et je veux savoir ce que tu fais à chaque minute.

Je souris. Il fait le gros dur, le mec qui se fout de tout et qui ne ressent rien, mais ce n'est pas vrai. Peut-être qu'il s'inquiète un peu pour moi, après tout. Il aime le calme et je comprends que nous devons le perturber quelque peu, entre les enfants qui jouent et moi qui le soûle de paroles. Pourtant, il veille sur sa meute et ce que je lui propose est une prise de risque nécessaire. Cette pauvre chienne et ses petits ont besoin de reprendre des forces. Lui aussi car il semble épuisé. Un dernier coup d'œil vers cette pièce à la décoration si étrange me fait comprendre en un éclair ce qui me perturbe. Tous ces objets ne lui ressemblent pas et je parierais qu'ils ne sont pas à lui. Il y a, à y regarder de plus près, une présence féminine ici. Une présence féminine que je trouve hostile et que je n'apprécie pas du tout.

– Bon, on descend ?

Il semble surpris de ma réaction mais je dois sortir de cet endroit ; et vite. Ce commencement de début de sentiment ressemblant étrangement à de la possessivité ne me plaît pas du tout. J'avais demandé un mec sexy aux alentours d'un chalet, pas une succession d'embrouilles à quelques jours de Noël. Encore une fois, le vieux barbu ne m'a pas écoutée !

Le temps que Josh me suive, je suis déjà en bas, j'enfile mon pantalon de ski, mon manteau assorti et Anna me glisse en plus une chapka sur la tête.

– Elle te tiendra chaud. Il faut que tu fasses attention au chef de meute. Il ne va pas t'accueillir facilement, surtout que tu lui as pris un petit, tu comprends ?

– Oui, oui, mais il grogne plus qu'il n'agit. Quand je suis partie, il n'a pas bougé, tout à l'heure.

Anna semble surprise. J'ai encore fait une bêtise ?

C'est Joshua qui me donne l'explication, tandis que je ferme mon blouson et enfile mes Moon Boot.

– Ce n'est pas bon signe. S'il t'a laissée faire, c'est que sa femelle ne va pas bien du tout.

Mon sang se glace avant même que je ne brave ce foutu blizzard. Je sentais bien que quelque chose n'allait pas. J'ai toujours aimé les animaux et mon sixième sens me dit que je dois absolument venir en aide à ceux-là.

– Il n'y a pas une minute à perdre.

– Et toi, pourquoi tu ne vas pas avec Maman ?

Lucas, en colère et probablement effrayé, s'en prend à Clément qui reste dans un coin, très éloigné de nous tous. Ce qui ne semble pas lui donner envie de s'étendre sur ses raisons. Au contraire, il se renfrogne encore un peu plus.

– Je ne peux pas.

OK, donc lui aussi est en passe de devenir muet. Je lui trouve une excuse, contrairement à Joshua. Cela dit, s'il en profite pour préparer le repas et gérer les enfants dont nous ne nous occupons plus du tout, c'est déjà ça de pris.

– Les garçons, je reviens vite, les rassuré-je.

Josh respire plusieurs fois bruyamment, se retenant probablement d'envoyer paître mes fils, et s'approche de moi en claudiquant. Il accroche son talkie-walkie à mon blouson et le ferme jusqu'à mes lèvres qu'il observe quelques secondes. Je suis certaine que je n'ai pas rêvé, il a maté ma bouche, et je l'imite, juste pour me donner du courage.

– Je vais te guider. Toi tu y vas, tu ramènes les petits et la mère, si elle est en état de marcher, compris ?

Andréas enfile son manteau et s'accroche à moi.

– Je viens avec toi, Maman. Pas question de te laisser y aller toute seule.

Mon bébé est effrayé, et son frère qui serre les poings l'est tout autant.

– Les garçons, je suis la seule à pouvoir y aller. Je connais le chemin, et cette famille a besoin de nous, vous comprenez ? Je compte sur vous deux pour être bien sages, vraiment sages… Et vous veillez sur le bébé chien jusqu'à ce que je revienne avec ses frères et sœurs. OK ?

Ils hochent la tête et je m'équipe du petit sac dans lequel je vais glisser les bébés chiots pour le transport. Contre moi, blottis dans mon manteau, ils seront bien au chaud.

Alors que je fais un pas dehors, abandonnant mes fils à ces gens qui étaient encore de parfaits inconnus hier matin, j'entends le yéti qui apostrophe Lucas.

– Toi, obéis à ta mère et ne traîne pas dans mes pattes !

– Me cherche pas sinon tu vas finir par devoir ramper au sol ! répond mon effronté de fils, visiblement aussi amical que le yéti.

Comportement aussi exécrable de l'un et de l'autre, il n'y a pas à dire. Soudain, je comprends… Josh est en train de détourner leur attention. Ça fonctionne. Moi en tout cas, ça me réconforte et me donne du courage. Parce que dehors, ce n'est toujours pas la joie. Cela dit, c'est mieux que quelques minutes plus tôt. Et comme je n'ai pas un géant sur une patte à porter, c'est quand même bien plus simple. Plus de cent kilos, l'abominable homme des neiges, hein. Je ne sais pas si c'est l'air de la montagne, mais je commence à m'habituer à ce climat hostile. En chemin, je m'aperçois surtout que le premier enclos n'est qu'à quelques centaines de mètres du chalet. C'est un peu plus haut dans la montagne mais quand le temps est dégagé, on doit les voir depuis la maison. Je parviens à l'enclos en quelques minutes et j'entre. La grille a du mal à s'ouvrir car la neige a continué à s'entasser sur le sol. Si cette tempête ne se calme pas bientôt, on ne pourra plus du tout y entrer dans les prochains jours. Le mâle est toujours là mais je crois qu'il me reconnaît car il ne grogne plus. Il me suit jusqu'à leur niche et je retrouve la femelle sur ses pattes. Ses petits gémissent mais elle vient vers moi, la queue remuante. Elle est faible, ses oreilles sont en arrière et elle tremble. Je la caresse. C'est comme si elle m'attendait. Son poil épais est trempé à cause des flaques qui recouvrent le sol de cet abri de fortune et je sens bien qu'elle ne se fera pas prier pour trouver du réconfort.

– Tu vas pouvoir me suivre, ma jolie ?

Un regard, une caresse et je sais qu'elle a compris que je suis là pour les sauver. Je récupère les quatre petits, je les emmitoufle dans mon grand sac et je referme mon manteau. Ceux-là sont plus vigoureux que le premier et ils bougent, ça me chatouille un peu mais l'heure n'est pas à la blague. Alors que je tente de sortir, une rafale s'engouffre et une énorme branche de sapin s'écrase au sol à quelques mètres de nous.

– *Crrr*. Bon, tu en es où ?

Je ne risque pas de l'oublier. Il me harcèle toutes les deux secondes depuis que je suis partie et il m'agace un peu à sous-entendre que je lambine sur le chemin… J'aimerais l'y voir, tiens.

– Je repars. Mais la chienne est faible. On va prendre du temps.

Elle avance lentement et, quand je sors, elle hésite une seconde. Je vais devoir la porter, je le sens.

Seulement je sais aussi que je n'en aurai pas la force. Bien qu'affaiblie par son accouchement, cette bête est énorme et ma carrure ne me permettra pas cet exploit. Heureusement, une fois dehors, l'animal reprend son instinct et, très vite, c'est elle qui me guide dans la neige. Elle avance, puis revient vers moi, me motivant à accélérer par la même occasion.

– *Crrr.* Ne traîne pas, c'est de plus en plus déchaîné dehors.

– Sans blague, je n'avais pas remarqué !

Non mais il croit quoi ? Que je m'amuse à faire un bonhomme de neige ? Les petits sont en train de me mordre. Ils cherchent probablement de quoi se nourrir et je ne suis pas équipée pour, malheureusement. À la place, ils me griffent et me mordent alors que je m'enfonce jusqu'aux genoux dans cette saleté de poudreuse. La chienne aboie et je la repère grâce au son, car son pelage couvert de neige disparaît peu à peu.

– *Crrr.* Ton humour est à chier.

– Mieux vaut ça qu'en être dépourvu !

– *Crrr.* C'est toi qui le dis !

Très agaçant. Mais enfin, je vois le chalet, j'accélère et lorsque j'entends une nouvelle rafale, je fonce droit devant moi car mon instinct me dit de me dépêcher.

– Clara, attention !

Joshua est sorti du chalet, il se jette sur moi et me tire à l'intérieur juste avant qu'un énorme craquement retentisse derrière moi. Le temps de m'apercevoir que je suis à moitié couchée sur lui qui me retient de ses bras, je tourne la tête et découvre un arbre échoué au sol ; une putain de saloperie de sapin a failli s'écraser sur moi. Les gémissements des chiots me rappellent que je dois les libérer et je sens le regard de Joshua qui ne me quitte pas un instant. Là, j'ai vraiment eu chaud, merde !

CHAPITRE 26

JOSH

– Clara, ça va ?

Je la tiens encore fermement contre moi, nous sommes tous les deux vautrés contre le comptoir et nous nous laissons glisser sur le sol, trempés par la neige fondue qui stagne ici durant toute la saison. J'ai tellement mal à la cheville que le reste de mon corps semble comme engourdi. Malgré tout, je sens ses mains qui me griffent le torse et cherchent à se libérer de nombreuses couches de vêtement.

– Les chiots. Les chiots ! Merde ! Je dois les libérer.

Je ne comprends pas tout de suite ce qu'elle me dit mais quand elle ôte enfin son manteau et que je vois quatre petites têtes qui dépassent de son sac, un sourire m'échappe. Le bonhomme Michelin n'avait rien à lui envier. Ils étaient protégés par au moins cinq couches de vêtements, pas étonnant qu'ils veuillent se libérer. Quatre bébés chiens se faufilent entre nous. Baïka vient à leur rescousse et les transporte les uns après les autres auprès de la cheminée pendant que nous restons immobiles, reprenant notre souffle.

– Je n'en reviens pas que ce sapin ait failli s'abattre sur moi ! Vraiment, je déteste cette tempête.

Puis elle se redresse, et tout en tendant sa main pour m'aider à me relever, se renfrogne. Elle agit comme si tout allait bien mais une tension nouvelle naît entre nous. Et son silence…

Il y a quelque chose de perturbant dans le fait que quelqu'un qui parle toute la journée se taise. Moi, je suis du genre peu bavard, je sais pourquoi et ça me convient bien. Mais elle, depuis qu'elle a mis un pied ici, n'a pas arrêté de me soûler avec ses idées, ses rires, ses colères. Son silence ne me dit rien qui vaille. Andréas se jette contre elle alors qu'elle se débarrasse de son pantalon. Elle l'accueille sans un mot et le gosse semble aussi surpris que moi. Il la couve du regard et fait un signe à son frère pour qu'il les rejoigne.

– Ça va aller, Maman, ça va aller. Tu es en sécurité.

Anna se pointe et, après avoir vérifié mon état moteur qui ne s'est pas arrangé, me jette une poche de glace avant d'aller réconforter Clara, qui vient visiblement de devenir notre sauveuse.

– Viens ma belle, regarde ce que tu as réussi à préserver.

Cette dernière entre dans le salon et, bien que je tente de suivre cette scène des yeux, il m'est difficile de ne pas grimacer durant mon avancée. J'ai abandonné mes béquilles quand j'ai cru apercevoir le sapin qui se rapprochait dangereusement de Clara. Comme le reste de toute cette joyeuse troupe, je m'extasie devant Baïka nourrissant ses petits au coin du feu. Même le plus petit semble avoir désormais suffisamment de force pour téter sa maman ; il est plus chétif que les autres, mais il s'accroche et je crois que cet animal a gagné l'affection de tous les enfants.

Le brouhaha ambiant me perturbe moins que le silence de celle qui devrait avoir mille choses à nous raconter.

– Tu as pensé à bien refermer l'enclos de la meute ? demandé-je dans l'espoir que cette question relance la machine.

Pour seule réponse, je n'ai droit qu'à un hochement de tête et un regard fuyant qui semble empli de larmes.

Pourquoi pleure-t-elle ?

Est-ce que je lui ai fait mal en la plaquant contre moi ?

A-t-elle fait une mauvaise rencontre ?

Ou est-ce juste la peur qui l'envahit tout à coup ?

– Maman, ça va ?

La seule chose que je vois, c'est sa fuite à toute vitesse dans l'escalier et les regards des deux sales têtes de cochon qui semblent pris de panique eux aussi. La dernière chose dont nous ayons besoin, c'est d'une crise d'hystérie collective. D'autant que le reste du groupe est déjà affairé à mettre la table et à ranger les jeux de société qui ont été sortis. Avec toutes ces péripéties, la journée est passée à une vitesse folle.

– Vous, restez ici avec les chiots. Je vais voir votre mère, OK ?

Depuis quand je leur demande leur avis, à ces deux-là ?

Andréas semble d'accord mais s'approche pour me prendre la main.

– Je crois qu'elle a eu peur toute seule dehors. Sois gentil avec elle.

Gentil ? Moi ? Je ne saurais même pas comment faire ! Je suis juste… moi.

Finalement, c'est presque plus facile de monter les marches que de marcher avec ces saloperies de béquilles. Je glisse sur le tapis devant la porte de sa chambre et me rattrape au chambranle, frappant involontairement à sa porte. Elle ne répond pas mais je sens encore son parfum si frais et si féminin, elle est donc là, aucun doute. Abaissant la poignée, je pénètre dans cette pièce plus petite que celle que j'occupe mais tout aussi précieuse à mes yeux, avant de refermer derrière moi. Elle est dans la petite salle de bains qui longe la chambre, j'entends l'eau de la douche qui coule. Je suis clairement en train de dépasser les bornes. Il y a une femme nue qui se douche à quelques mètres de moi et je ne devrais pas être ici. Pourtant, à la façon dont les vêtements ont été abandonnés sur le sol, à la tension qui émanait d'elle après son expédition, je sais qu'elle ne va pas bien. Sa serviette soigneusement pliée sur le bord de son lit, sa valise parfaitement rangée, sans rien qui dépasse, et ses produits de beauté disposés sur l'étagère, me donnent la certitude que laisser traîner ses affaires au sol ne fait pas partie de ses habitudes. Je ne veux pas qu'elle soit seule dans un moment pareil.

Les minutes défilent et j'espère que l'eau chaude pourra laver ses peurs et la réconforter. Lorsque le jet d'eau se coupe, je m'aperçois subitement que quelque chose cloche. Si la serviette est bien pliée ici, alors, elle n'est pas dans la salle de bains, ce qui veut dire qu'elle va sortir nue. Et que je suis planté là, immobile depuis un bon moment. Que va-t-elle en penser ?

Merde, je vais passer pour un pervers. Je n'ai plus le temps de battre en retraite, je suis handicapé de la cheville et me voilà pris au piège.

Dans un geste désespéré, je me tourne vers la fenêtre et je contemple la neige et le vent qui balaient le paysage que je devine plus que je ne le vois. J'entends ses pas qui approchent, son souffle qui se coupe quand elle me découvre là, la serviette qui s'enroule autour de son minuscule corps, sa respiration qui semble erratique et son raclement de gorge que je prends comme un signal pour enfin me retourner.

– Je voulais voir si tu allais bien.

Elle me tourne le dos à présent, encore dégoulinante d'eau, ses longs cheveux bruns retombant sur ses épaules.

– Parle-moi, Clara.

La dernière fois que j'ai dit ça, c'était à... Gabrielle... elle faisait sa valise, sans un mot, je la regardais foutre en l'air toute notre vie, sans rien comprendre, et j'étais aussi empoté que je le suis actuellement.

– Je croyais que tu préférais quand je me taisais.

Elle arrive à me faire sourire, c'est bon signe, non ?

– Oui, c'est vrai. Mais je vois bien que ça ne va pas, je n'aime pas ça.

Sans aucun maquillage, aucun fard et surtout aucune fringue violette, je la trouve encore plus jolie que d'habitude.

– Un putain de sapin a failli s'écraser sur moi. Une saloperie d'arbre, planté en plein milieu d'une horrible montagne, a bien failli me tuer. Merde quoi ! Moi, je voulais juste me payer une semaine de vacances dans une thalasso. Je voulais que le connard qui sert de père à mes deux merveilleux garçons s'occupe d'eux pour une fois. Qu'il le fasse parce qu'il en a envie et qu'il les aime, et pas parce que c'est prévu par le jugement. Mais non, il a fallu que je passe au plan B, et vous êtes entrés en jeu. Là aussi, ça a été une horreur. Mes garçons ont fait des bêtises et je peux comprendre pourquoi tu les détestes mais, merde, ce sont des enfants ! Ils manquent d'une figure masculine et moi je les envoie ici, dans un endroit aussi hostile à l'extérieur qu'à l'intérieur. Malgré tout ça, je fais des efforts, je me dis que ça va finir par rentrer dans l'ordre. Je tente d'aider, de mettre de la bonne humeur. Et le karma m'envoie un putain d'arbre dans la gueule ! Merde ! Si je n'avais pas été assez rapide, si tu n'avais pas été là, je serais probablement morte à l'heure qu'il est… et qui se serait occupé de Lucas et d'Andréas ?

Elle tremble comme une feuille et je suis désolé d'entendre ce qu'elle me dit. D'en être en partie la cause, en grosse partie d'ailleurs… Mais cette crise de panique, cette angoisse qui la transcende, je les connais malheureusement, et j'ai même appris à les apprivoiser. Aussi, je pose mes mains sur les siennes qui tirent sur ses cheveux et ont du mal à rester en place. Elles sont froides, contrairement à ce que j'avais imaginé, et ma chaleur la fige un instant.

– Respire… Prends le temps d'inspirer et d'expirer.

Au bout de quelques secondes, ses yeux rivés aux miens, ses larmes ruisselant sur ses joues et ses mains dans les miennes, je vois ses épaules qui commencent à s'affaisser.

– Tu…

Elle fait un pas vers moi, s'agrippe à mon tee-shirt mouillé et, sans réfléchir davantage, je la serre dans mes bras. Elle sanglote et déverse sur moi sa peur et sa colère. Son chagrin surtout. J'accueille tout comme si c'était naturel. Je ne connaissais pas cette femme il y a deux jours et pourtant, c'est comme si je savais exactement de quoi elle est faite. Et qu'est-ce que ça me fout la trouille !

– Je suis désolé… pour les garçons… pour aujourd'hui… pour tout ça.

Elle lâche un rire sonore puis relève vers moi ses grands yeux verts dans lesquels j'ai envie de plonger.

– Tu sais ce que j'avais demandé d'autre au Père Noël ?

Je ne bouge pas, évidemment que je veux le savoir.

– Je voulais un mec aux alentours d'un chalet. Un peu comme toi. Mais plus disponible…

Plus disponible ? Mais disponible pour quoi ?

CHAPITRE 27

CLARA

Je suis fatiguée, vraiment épuisée, et j'en ai ras le bol de faire semblant qu'il ne me plaît pas. Ce mec n'est pas pour moi, il est même le contraire de ce que je voulais pour Noël. Mais il est tout ce que je désire pourtant et, pour une fois, je n'ai plus envie, plus la force de… de résister.

Je fais ce que j'ai envie de faire depuis ce matin, depuis la première fois que je l'ai vu, je crois. Je me hisse sur la pointe des pieds et je pose mes lèvres sur les siennes. J'ai le cœur qui tambourine et qui résonne dans mes tempes. Mes mains s'accrochent à lui et mon souffle meurt, collé au sien.

Un instant, je ferme les yeux, attendant qu'il me rejette. Puis je sens ses mains qui me caressent, qui me pressent et enfin sa langue qui m'accueille. Un son rauque s'échappe de ses lèvres alors que je me hisse sur la pointe des pieds jusqu'à ses épaules pour entourer sa nuque et ébouriffer enfin ses cheveux châtains qui semblent toujours en bataille.

Nos lèvres se découvrent, se dévorent, se mordillent et prennent le temps de faire connaissance. Contrairement à ce matin, il n'y a aucune urgence, c'est doux, intense et réconfortant. Comme si nous avions toute notre vie pour en découvrir plus. Comme si rien ne nous entourait. Comme si nous étions seuls au monde.

Oh ! Comme j'aimerais que ce soit le cas.

Je suis nue, lui encore habillé mais je n'ai pas peur. J'ai envie de lui. Je presse mon corps tout entier contre le sien, oubliant au passage le fait que mon embrasseur de fortune est blessé à la cheville et qu'il ne tient actuellement que sur un pied.

Mon assaut nous déséquilibre et il referme ses immenses mains sur moi au moment où nous basculons sur mon lit. Heureusement qu'il est là, car je m'écrase sur lui de tout mon long. Je me retiens à l'immense buste de Josh, que je découvre moelleux malgré sa masse musculaire, et je crains un instant de l'avoir blessé davantage.

– Je t'ai fait mal ?

– Tais-toi !

S'emparant à nouveau de mes lèvres, il ne me donne pas l'occasion de m'excuser. Ce qui ne fait pas passer mon envie de le taquiner. Je pince ses flancs et souris contre sa bouche.

– Je croyais que tu voulais que je te parle ?

– Plus maintenant.

Il me rend ma caresse en me chatouillant à travers ma serviette et mon rire est interrompu par mes gémissements. Le nœud retenant l'éponge qui fait barrage entre nous ne tient plus. Ma poitrine s'offre à lui sans aucune pudeur. Ses yeux descendent lentement sur ma peau et ils tracent un signal de chaleur sur leur passage, me faisant frissonner de plaisir, d'attente et de promesses. Parce que je devine dans son souffle, dans ses caresses et dans l'emballement de son rythme cardiaque, que ce qu'il voit lui plaît.

Je n'ai pas honte de mon corps, je l'entretiens et je suis plutôt sportive. Il faut dire que mes journées sont rythmées par la course folle que je mène quotidiennement contre la montre. En cet instant, dans cette chambre calme, j'arrête le temps et je savoure l'attention d'un homme sur ma petite personne.

– Tu es très jolie.

Jolie ? Qui dit ça ? J'entends des « fraîches », des « sexy », des « sensuelles », des « bonnes ». Mais « jolie » ? Je ne me souviens pas de la dernière fois que l'on m'a dit ça. C'est dire si ça fait un moment. Ça m'avait manqué. Ou alors j'avais juste besoin que ce mot provienne de sa bouche à lui. Je me sens incroyablement apaisée tout à coup. Presque comme si mon coup de stress dû au fait d'être passée à deux doigts de la mort avait disparu quand il a commencé à me toucher.

– Tu n'es pas mal non plus.

Il lève un sourcil sceptique.

– Ça t'étonne que je te trouve beau ?

– Tu m’as déjà traité d’homme des cavernes, de yéti et d’abominable homme des neiges, alors…

– Oui, ben toi, t’as dit que je jacassais, que j’étais pénible et tu m’as même traitée d’intruse.

Il plaque ses lèvres aux miennes et s’installe entre mes cuisses, me faisant rouler sur mon matelas.

– Tu es tout ça à la fois ; mais tu es aussi incroyablement attirante dans ta tenue de *Cat’s Eyes*.

De *Cat’s Eyes* ? Mais de quoi il parle ? Ah mais oui… mon ensemble violet. Il a les mêmes références de dessins animés que moi. C’est drôle quand on y pense. Et je trouve son humour sexy.

Sentir son corps lourd envelopper le mien me fait un bien fou. Son bassin appuie contre le mien et je peux sentir son sexe qui semble très intéressé par ce que nous sommes en train de faire. Des frissons gagnent peu à peu tout mon épiderme et j’ai du mal à garder un rythme cardiaque régulier tellement j’aime ce qu’il me fait ressentir. C’est comme si je m’éveillais après un long sommeil, un très long sommeil. Comme si mon corps reprenait vie à son contact. Ses mains sont partout et sa bouche ne cesse de parsemer des baisers sur ma peau. C’est délicieux.

– Eh bien toi aussi, tu es tout ça et tu es aussi l’homme que je désire ardemment depuis le premier jour.

Je ne devrais pas lui avouer ça. Pourtant j’en ai envie, c’est comme une évidence pour moi. Nous n’avons aucun avenir ensemble mais quand je suis dans ses bras, tout se mélange et seul le désir gronde en moi.

– Maman, tu es là ? Tu vas bien ?

Mes fils frappent à la porte et je sursaute presque aussi vite que Josh qui en oublie même sa cheville. Il ravale son cri de douleur dans son poing quand il se relève d'un bond. Moi, je cours enfiler une tenue aussi vite que possible. Je me dandine sans aucune grâce, dos à mon ex-futur amant, de peur de voir l'un des garçons entrer.

– Oui, oui, je m'habille, je descends. Ça va mieux.

Lucas tente d'ouvrir mais Joshua bloque la porte de son corps. Mon cœur bat si fort que je l'entends cogner contre ma cage thoracique.

– J'arrive mes chéris, laissez-moi une minute.

Leurs pas résonnent dans le couloir alors que j'enfile mon pull sous le regard furieux de Josh.

– Ce n'est que partie remise. Ce soir ? demandé-je, hésitante, en voyant sa mine renfrognée.

Il hoche la tête et avale sa salive. Aucun doute, maintenant, il a réellement envie d'égorger mes enfants. Je peux le comprendre même si je ne peux pas envisager cette éventualité. Moi, je les aime bien plus que tout le reste, et ma frustration, je la relègue au second plan.

Ce qui n'était pas prévu en revanche, c'est de croiser Anna sur le pas de ma porte. Appuyée contre la rampe de l'escalier, bras croisés sur son ventre arrondi, elle n'a pas raté une miette de la tentative d'intrusion de mes fils ni de nos têtes coupables lorsque nous sortons pour nous retrouver face à son petit sourire en coin. Elle rive ses yeux sur la main que je pose sur le bras de Josh. Il est trop tard. Il sait aussi bien que moi que nous avons clairement l'air de deux ados qui se bécotaient dans un coin du lycée et que la surveillante générale vient de gauler en pleine tentative d'évasion. Pour la discrétion, on repassera !

CHAPITRE 28

JOSH

Ça la fait rire. Je tiens un barreau de l'enfer et elle rigole.

Elle ne perd rien pour attendre. Et les deux affreux qui sont en bas en train de se marrer ont bien réussi leur coup, on dirait. À croire qu'ils ne sont là que pour pourrir mon existence.

Pour un peu, je claquerais la porte de ma chambre. Je suis en rogne et je sens une frustration immense qui menace de se déverser sur le premier être vivant que je vais avoir sous la main. Si je m'habitue à la présence des dix autres enfants ici, j'ai beaucoup de mal avec les deux terreurs. Pourtant, je ne les ai pas beaucoup vus aujourd'hui, puisque j'ai passé mon temps à embrasser Clara, à me tordre une cheville et à gérer mes chiens. D'ailleurs, si j'en crois les soupirs de béatitude que j'entends depuis le rez-de-chaussée, toute cette portée va être fichue. Après avoir passé des heures à se faire caresser par tous ces bambins, ils ne vont jamais supporter la vie à la dure au sein de la meute. Cela dit, ça occupe nos pensionnaires et Dieu sait que j'aurais bien aimé que ça canalise aussi les deux affreux.

Mais un problème à la fois, Joshua. Pour l'heure, il faut faire redescendre la pression.

La sentir sous mes doigts, voir son désir au fond de ses yeux magnifiques, caresser ses longs cheveux soyeux, c'était tellement bon que je n'arrive pas à redescendre. Je suis solitaire mais j'aime quand même le corps des femmes. Enfin pas de toutes les femmes. Mais le sien putain, ce qu'il me fait envie…

Depuis plusieurs mois, je me suis fait une raison et je vis bien mon isolement, mon repli sur moi-même. Je trouve même que la présence d'Anna, enceinte de surcroît, est une véritable corvée parfois. C'est un peu comme tout, moins on fait d'effort, moins on a envie d'en faire. Moi, je fonctionne comme ça avec les gens.

Sauf qu'elle…

Pourquoi est-ce que je suis aussi attiré par cette peste qui met la pagaille dans ma tête ?

Et surtout, comment je fais pour arrêter de bander ?

– Tiens, tiens, tiens… On dirait qu'il y en a un qui s'amuse finalement pendant cette tempête…

Anna, évidemment. Elle ne pouvait pas être en train de dormir ou de caresser son ventre ? Il a fallu qu'elle se trouve dans ce couloir au moment où je quitte la chambre de Clara, une érection monstrueuse entre les jambes. Et en sa compagnie de surcroît, ce qui ôte tout potentiel doute sur ce que ce que nous faisions là-dedans.

– Qu'est-ce que tu veux ?

Elle entre dans ma chambre à ma suite et s'installe sur mon lit. Puis elle inspecte la pièce et grimace. Moi, je sautille jusqu'à ma salle de bains pour aller me passer un coup d'eau sur le visage. J'ai la sensation que mon corps tout entier va prendre feu si je ne fais pas redescendre la température. Cette femme m'a rendu fou. J'en viens à me demander si elle ne m'aurait pas jeté un sort. Jamais je n'aurais dû m'intéresser à elle et pourtant, je suis d'ores et déjà accro à ses lèvres, à ses gémissements, à ses seins. Oh mon Dieu, ses seins… Je veux bien avouer que cela fait un moment que je n'en avais plus vu, mais quand même. Les siens sont lourds, pleins et rebondis, pile poil à la bonne taille pour mes énormes paluches. Ils sont plus volumineux que la moyenne mais ce n'est pas pour me déplaire. Loin de là.

Arrête de penser à ça sinon tu ne tiendras pas la soirée.

– Rien. Je remarque juste que tu sembles finalement avoir trouvé de quoi t'occuper. Je croyais que tu la détestais.

Elle a raison et si je suis complètement honnête, j'aimerais encore la détester. Mais ce n'est pas le cas. Et les deux affreux non plus. Ils me font chier, ils ne font que des conneries et je sens bien qu'ils vont tout faire pour me casser mon coup. Pourtant j'ai appris à les connaître en les observant et ce que j'ai vu m'a plu. Quand leur mère est partie chercher les chiens, ils étaient morts d'inquiétude. Ils se sont tenu la main, ils ont fait front et, pour une fois, ils ne nous ont pas cassé les pieds. Et puis il y a aussi leurs regards, ceux qui leur permettent de communiquer en silence sans que personne se doute de rien. J'échangeais les mêmes avec Anna quand on était petits et que je ne disais jamais rien. Analysant leur attitude depuis hier, je commence à comprendre pourquoi ils font des conneries et comment ils attirent l'attention. Je crois que Clara a raison. Ils sont en recherche de cadre, d'attention et aussi certainement d'un peu d'amour. Leur mère semble bienveillante et à l'écoute mais ce dont ils ont aussi besoin, c'est de leur père, et je me demande où est cet abruti qui a laissé filer une femme comme elle et ses deux fils. Aussi insupportables soient-ils par moments, j'ai du mal à comprendre cet homme. Eh oui, je sais, c'est surprenant. Mais je crois que cette tempête me tape bien plus sur le système que je ne l'avais prévu.

– Je ne sais pas trop… elle est gentille.

Ma sœur explose de rire.

– Gentille ? Non mais t'es timbré ou quoi ? Clara n'est pas seulement gentille, elle est canon, courageuse et elle semble loyale. Ce qui, à mon sens, te ferait un sacré changement.

La rancœur de ma sœur me pèse. Même si elle tente de me le cacher, je sais au fond de moi qu'elle me tient en partie pour responsable de sa situation actuelle. Elle n'a peut-être pas tort, mais j'en ai marre de me sentir coupable.

– Anna. Je suis désolé.

Elle chasse mes mots d'un revers de la main.

– Non, c'est moi qui suis désolée. Tu n'y es pour rien, si ta copine s'est tirée avec mon mec, me laissant enceinte de surcroît. Et tu n'es pas plus responsable du fait que j'ai décidé de garder ce bébé. Alors, profite. Clara, c'est le genre de femme que tu mérites. Fais juste… attention à toi.

Je crois que c'est la première fois qu'elle me dit ces mots, ça me fend le cœur. Parce que mettre des mots sur la trahison de cette perfide de Gabrielle et ce sale con de Ron, c'est leur donner plus d'importance qu'ils n'en méritent. Je crois que le pire pour ma sœur, c'est de savoir qu'avec ce bébé, elle gardera un souvenir à vie de cette immonde trahison.

Je m'en suis tellement voulu d'avoir été celui qui a fait entrer Gabrielle dans nos vies… Quand je l'ai rencontrée, elle semblait un peu paumée, elle a tout de suite accepté mon mode de vie solitaire et loin de la ville. J'ai bêtement cru qu'elle était faite pour moi. Je l'ai amenée ici, je lui ai offert mon cœur, ma vie, ma famille. Elle a tout piétiné, emportant avec elle le futur mari de ma sœur à qui elle a fait du charme sous nos yeux. C'était tellement dingue comme scénario qu'évidemment nous n'y avons vu que du feu. Et cet enfoiré de Ron qui jouait sur les deux tableaux… Les trois même, car il faisait aussi semblant avec moi. Lui, je lui ai collé un poing dans la gueule et ça m'a fait un bien fou. J'aurais bien aimé le faire sur Gabrielle aussi parce qu'elle l'aurait mérité, mais il paraît qu'on ne doit pas taper les femmes.

Quand j'ai appris qu'Anna était enceinte et qu'elle avait l'intention de garder le bébé, j'ai angoissé. Je crois que les quelques minutes que je viens de passer avec Clara ont été les seuls moments de réconfort et d'accalmie depuis lors.

– Je ne sais pas trop. Je crois que je suis en train de faire une connerie avec elle.

L'avis de ma sœur a toujours été important pour moi ; et elle sait très bien que je ne lui parle pas de sexe mais bel et bien de laisser entrer une femme dans mon intimité. Ce n'est pas aussi simple que ça, quand on y pense.

– Moi, je crois que tu te lâches un peu et que ça ne te fera pas de mal. Mais fais gaffe de ne pas la mettre enceinte quand même. Ça arrive vite, ces choses-là.

Elle se caresse le ventre et moi, je tire sur mes cheveux et je me laisse tomber sur mon lit. J'ai mal dans toute la jambe, la bite en feu, le cœur en miettes et le cerveau en surchauffe. Je dois absolument faire redescendre la pression avant de tout foutre en l'air. Il faut que je me calme et que je procède par étapes.

Que veux-tu en priorité, Josh ?

Je veux passer un moment avec elle. Je veux qu'elle m'embrasse avec ses lèvres, avec son visage, avec ses mains, qu'elle ne soit rien qu'à moi pendant quelques heures.

Je sens au plus profond de moi que c'est le seul moyen d'y voir plus clair.

– Tiens, t'as mis le bain nordique à chauffer ?

Ma sœur passe devant la baie vitrée donnant sur la terrasse et observe la grande cuve en bois nichée dans une demi-véranda d'un œil curieux. Je ne réponds pas, mais mon plan est en marche.

Clara regrette sa thalasso, je vais lui en offrir un échantillon, *made in* le mont Rose. On va bien voir si ça lui plaît. Moi, en tout cas, je vais m'assurer que les deux emmerdeurs ne nous dérangent pas cette fois.

– Dis Anna, c'est quoi la veillée de ce soir, déjà ?

Je n'ai aucune envie de descendre pour manger et encore moins de jouer au parfait encadrant mais il y a quand même douze enfants à assumer. Ma sœur s'apprête à quitter ma chambre, un sourire aux lèvres.

– Clément et moi, on va leur faire faire des décos de Noël, qu'ils pourront emporter en partant. Ça va les occuper un moment. Comme ça, tu pourras te coucher tôt et être en forme demain matin, ajoute-t-elle dans un clin d'œil.

– Merci…

Je ne me relève pas avant d'entendre les cris de joie des bambins à qui elle annonce le programme du soir. Visiblement, faire du découpage et coller du papier mâché, c'est le truc le plus fun de la journée. Enfin, ils ont quand même passé leur journée enfermés, ces pauvres gosses. Cette colonie est vraiment un fiasco.

CHAPITRE 29

CLARA

Je ne l'ai pas vu de la fin de journée et je me suis dit que ma proposition de se retrouver le soir allait tomber à l'eau. Nous avons eu le temps de faire cuire trois kilos de pâtes et de découper huit oignons pour faire des pâtes à la carbonara. Clément a pleuré, je lui ai essuyé les yeux avec un torchon et Anna a fini par se moquer de nous deux quand nous avons enfilé nos masques de ski pour finir notre besogne. Juste avant le dîner, Josh est descendu et il est venu m'effleurer le bras.

J'en ai des frissons rien que d'y repenser. Il est tellement brut, viril et imposant que lorsqu'il s'approche de moi, c'est comme s'il aspirait tout l'air de la pièce pour ne laisser que le vide, l'attente et l'émotion. J'ai envie de me blottir dans ses bras, de goûter à nouveau ses lèvres, de décoiffer ses cheveux, de planter mes ongles dans son torse… Vous avez saisi l'idée, il me plaît beaucoup trop.

– Ce soir, pendant la veillée, rejoins-moi là-haut. J'ai quelque chose à te montrer.

Inutile de préciser que les explications au compte-gouttes sont de retour. Si je suis vraiment honnête, ce n'est pas pour une dissertation sur le climat que je vais aller le rejoindre dans quelques heures.

Mes fils ne se doutent de rien et commencent déjà à découper, plier et coller toutes sortes de papiers afin de créer la plus jolie décoration possible selon le guide des travaux manuels qu'Anna leur a proposé. Ce qui est loin d'être le cas de la responsable de l'activité : elle ne perd pas une miette de nos rapprochements. Quand elle nous a surpris, sortant de ma chambre, j'étais bien contente qu'elle suive son frère plutôt que moi qui tentais de fuir en allant rejoindre les petits chiots trop mignons.

Sans surprise, après un appel au vétérinaire de la station, nous avons appris que la jeune maman est trop faible pour allaiter tous ses petits. Nous sommes donc de biberonnage intensif les uns après les autres et je devine déjà que l'heure de la séparation sera douloureuse. Les enfants s'organisent et font un roulement pour que chacun puisse en profiter pleinement. Quant aux plus jeunes garçons qui sont dans le dortoir collé à celui de mes fils, ils se sont mis en tête de leur construire une maison en Lego. Ce qui les occupe depuis déjà plusieurs heures et qui va nous assurer une matinée calme pour demain, si la tempête perdure. Selon les prévisions de ce soir, ça risque fort d'être le cas. J'avoue que moi aussi, je commence à m'attacher à tout ce petit monde. Antoine et Étienne, les copains de chambre de mes fils, attisent le feu, sous le regard appréciateur de Clément qui leur donne des instructions. Les chiots sont devenus nos mascottes et je les adore. Le premier que j'ai sauvé commence à peine à marcher et chaque fois que je le prends dans mes bras, il se niche au creux de mon cou et s'endort en soupirant de plaisir contre ma peau. Celui-là est de loin mon préféré. Si tant est qu'on puisse ne pas craquer devant leurs magnifiques bouilles aux museaux encore imberbes.

– Alors, tu t'en sors avec ce petit bout ?

La maîtresse de maison s'installe sur le canapé à mes côtés, me faisant presque rebondir.

– Oui, il est tellement mignon.

Elle l'observe qui ronfle dans mon cou et repousse la mèche de cheveux qui le protégeait.

– Il est foutu pour la meute celui-là. Il va tenir compagnie à Otis.

Surprise, je l'interroge d'un regard.

– Nos chiens de meute sont quasiment sauvages. Ils sont nés dehors, ont grandi dans la meute et vivent exclusivement au grand air. Ces petits que nous sommes en train de sauver vont avoir beaucoup de mal à réintégrer leur clan quand ils seront plus grands. Si nous les remettons dehors maintenant, ils mourront. Je pense que cette portée va être une déception.

Quelle cruauté… On parle de la vie de cinq chiots et de leur mère !

– Une déception ? Mais qu'aurions-nous pu faire ? Les laisser mourir ?

– Non, justement, tu as fait ce qu'il fallait. Mais lui, je ne l'imagine pas du tout aller vivre dehors après avoir passé des heures et des heures blotti contre toi à gémir de plaisir.

Vu comme ça, en effet…

– Mais j'en connais un autre qui voudrait bien passer des heures blotti contre toi à gémir de plaisir…

– Anna !

Alors elle, c'est le contraire de son frère. Elle parle même quand on a envie qu'elle la ferme. Les enfants sont tout près et si je veux avoir une chance de m'envoyer en l'air avant le Nouvel An, je n'ai pas intérêt à trop me faire remarquer. Ils me collent aux basques depuis que je suis arrivée et, bien que j'adore ça en temps normal, j'ai très, très envie de passer un moment seule avec Josh. Après tout, c'est bientôt Noël !

– Oh ça va. Si tu savais depuis combien de temps je fais ceinture moi…

– À vue de nez je dirais huit mois environ. Et puis sans rire, on parle de ton frère, c'est dégueu !

Elle explose de rire et caresse son bébé qui semble bien décidé à effectuer quelques exercices dans son utérus, la faisant grimacer à chaque secousse.

– Pas faux. Beurk ! Mais les hormones… que veux-tu ?

Je me souviens, en effet. Sauf que moi, pour mes deux grossesses, je passais mon temps seule à la maison pendant que mon mari partait en déplacements un peu partout sans moi. Je ne me suis donc jamais vraiment posé la question.

– Je compatis. Mais sois plus discrète s'il te plaît. Mes fils n'ont pas besoin de se douter de quoi que ce soit, chuchoté-je car il ne servirait à rien de nier mon attirance pour notre hôte.

Je n'ai jamais eu à leur cacher qui que ce soit jusqu'à maintenant car les rares amants que j'ai eus sont entrés dans ma vie un week-end où ils étaient chez leur père et en sont ressortis aussi vite que dans un tour de manège à sensations. Mais là, quelque chose me dit que ça ne leur plairait pas du tout d'apprendre que Josh et moi nous sommes embrassés.

Ce repas a été interminable. Josh a tout fait pour que la troupe en termine au plus vite, allant même jusqu'à aller chercher la tournée de crème dessert sur ses béquilles pour que les enfants n'aient pas à se lever pour se servir. Autant dire que tout le monde a eu l'air surpris par cette marque d'attention. Moi, je savais, Anna aussi je crois. Mais les autres, ils ont tous été surpris. Les petites filles qui lui mangeaient déjà dans la main quand il était râleur sont à présent totalement sous le charme. Je ne suis pas sûre que ça soit tout à fait normal d'ailleurs, à leur âge. Mais qu'est-ce que j'en sais, moi ? Je n'ai que deux garçons.

J'évacue les lieux avec une bonne partie de cette joyeuse troupe et me replie vers l'étage. Là, je vérifie le brossage des dents, et je mets au lit la chambre des plus jeunes qui sont déjà tous prêts à rejoindre les bras de Morphée. Il faut dire que les émotions de la journée les ont tous un peu épuisés. Puis, j'embrasse mes fils, leur faisant promettre de ne pas se coucher trop tard. Personne ne semble surpris de mon extrême fatigue, ce qui m'arrange bien, je dois être honnête.

Une heure plus tard, je frappe à la porte de Joshua, le cœur tambourinant dans ma poitrine, les mains moites et les jambes légèrement tremblantes. J'ai beau savoir parfaitement dans quelle tanière je mets les pieds, j'ai quand même un peu d'appréhension. D'abord parce que je ne le connais pas et ensuite parce que je le connais quand même assez pour savoir qu'il est parfois brutal. Et même si j'ai très envie de lui, je ne suis pas forcément prête à endosser le rôle du petit coup vite fait qu'il malmène avant de le renvoyer chez lui. Serait-il ce genre d'homme ?

Quand je pénètre dans sa chambre, je le découvre une brosse à dents dans la bouche, torse nu, et beau à couper le souffle. Il me fait signe de regarder par la fenêtre sans un mot.

Je ne l'avais encore jamais vu marcher dos à moi sans tee-shirt, et je peux vous dire que ses épaules, ses dorsaux et ses fesses, c'est quelque chose. Le spectacle de ses muscles est hypnotisant. Lorsqu'il revient, côté face, je m'aperçois qu'il porte une serviette autour de la taille. Son regard perçant me fait frissonner d'avance. Je ne sais pas ce qu'il a l'intention de me faire, mais une chose est sûre, j'en ai très envie.

– Toi qui aimes les thalassos, tu veux prendre un bain nordique ? demande-t-il d'une voix rauque qui me perturbe encore davantage.

Il s'approche de la baie virée et l'entrouvre. Une bourrasque souffle au loin et je l'observe sans aucune retenue. Il est tellement beau, presque nu, dans sa chambre, la neige en toile de fond… J'entends une douce musique relaxante qui résonne dehors et je n'arrive plus à penser de façon cohérente. Tous mes désirs, mes angoisses, mes doutes, mes besoins, ne convergent plus que vers lui. Comme si cet homme était la réponse à tout ce qui me questionne actuellement.

– Oui, je veux bien.

Mais attends, tu n'as pas de maillot de bain sur toi Clara, réfléchis un peu.

– OK, tu me rejoins alors ?

Il m'attend. Moi, je reste plantée là et je n'arrive plus à commander à mon cerveau de réfléchir correctement. Alors que lui, il laisse tomber sa serviette, et il avance nu, dans la neige…

Meilleure vision de toute ma vie. Aucune comparaison possible.

Je m'approche d'un pas et le découvre sur une terrasse couverte et en grande partie protégée du vent. De la neige s'est déposée dans chaque recoin. Malgré la tempête, l'endroit semble accueillant. Au milieu de cette terrasse trône un immense bassin laissant s'échapper une vapeur d'eau que je devine bouillante. Il met un pied dans l'eau, le corps en flexion, les muscles fessiers contractés. Même nu, après avoir claudiqué jusqu'au bassin, il est beau, élégant et il se dégage de lui une majesté qui me bouleverse.

– Je n'ai pas de maillot sur moi.

Il s'installe dans le bain et me sourit.

– Moi non plus. Mais ici, tu n'en as pas besoin.

Sa voix terriblement envoûtante prend le contrôle de mon corps qui décide de réagir alors que je suis encore en train d'analyser ce qui se déroule devant mes yeux. L'air est glacial tandis que je traverse nue cette terrasse, après avoir abandonné ma chemise de nuit sur le seuil de sa chambre, comme il l'a fait avec sa serviette. Sous son œil aiguisé, je me sens épiée et étrangement sereine. Je rive mes prunelles aux siennes et je sais que ce qu'il voit en ce moment lui plaît beaucoup. Aucune place à la gêne, j'aime sentir ses yeux qui se posent sur moi, qui me découvrent et qui me promettent tout ce que lui ne dit pas. Mon cœur bat à tout rompre alors que j'entre dans le bain bouillonnant. Je devrais être gelée mais je meurs de chaud. Joshua a de l'eau jusqu'aux pectoraux et ses épaules carrées sont assorties à une mâchoire parfaitement taillée qui fait de lui le plus beau de Vikings.

L'eau est chaude, presque trop, lorsque je m'installe face à lui.

– Tu es très belle.

Après « jolie », vient l'heure de « belle ». Cet homme est d'un autre temps. Mais qu'est-ce que j'aime ce temps-là ! Un temps où il semble se délecter de me rendre folle de désir pour lui, où j'admire les quelques flocons qui arrivent à voler jusqu'à nous. Je sens mon corps qui s'abandonne à la simple caresse de son genou venant frôler le mien.

– Viens, approche.

Il sait ce qu'il fait. Parce qu'au moment où je décide d'agir, ses mains puissantes viennent se refermer sur mes hanches qu'il ramène contre les siennes. Je sens son sexe tendu avant même de poser mes mains sur lui. Et quand enfin, mes lèvres retrouvent les siennes, il y a urgence dans tout mon corps. Guidée par je ne sais quel instinct, je m'agrippe à lui, je le dévore, je le griffe, je me frotte contre lui. Sa main droite vient pincer mon téton, me faisant crier sous l'effet de la pointe de douleur, la chaleur décuplant mes sensations.

Pour rien au monde je ne remettrais un pied dans le spa grand luxe que j'avais prévu de squatter il y a quelques jours. Sans même le vouloir, je me suis retrouvée pile poil là où je devais être. Parce que je ne sais pas quelle force m'a menée jusqu'à lui, mais elle avait raison.

Totalement raison.

CHAPITRE 30

JOSH

Quand elle se tait, cette femme est absolument délicieuse. Les petits sons qu'elle laisse échapper entre deux baisers endiablés sont tout bonnement divins. Et que dire de ses mains qui explorent, qui tâtent, qui griffent, qui exigent… Un bonheur.

Je sais que ça fait un moment que je n'en ai pas fréquenté, mais je n'ai pas le souvenir d'avoir à ce point perdu la raison pour le corps d'une femme.

Je tiens fermement ses hanches et la rapproche encore un peu de moi. Mon érection bute contre elle et elle gémit plus fort mais stoppe net son baiser. Je découvre alors ses lèvres rouges et pleines suite à notre bataille délicieuse.

– Tu as un préservatif ?

Ah oui, mince.

– Parce que je ne voudrais pas…

Je ne sais absolument pas ce qui m'a pris d'oublier un truc aussi important. Une grossesse surprise, non merci. Même Anna m'a mis en garde. La prudence est de mise. C'est même carrément en train de faire chuter ma libido.

– Bouge pas.

Je l'éloigne de moi, non sans regret, et je me lève d'un bond, oubliant que je suis encore handicapé à cause de cette saleté de cheville. Je vacille et elle rigole en me soutenant.

– Reste là, où sont tes provisions ?

Mes provisions carrément ? Non mais elle me prend pour qui, un serial queutard qui stocke des quantités de capotes en attendant l'hiver ? Je ne suis pas du genre à baiser à droite et à gauche. Je pensais aller taper dans un paquet qui date certainement d'un autre siècle.

– Dans ma salle de bains, dans un tiroir.

À vrai dire, je n'en ai aucune idée. Elle va devoir chercher un peu mais je ne le lui dis pas et m'immerge à nouveau en la regardant sautiller pour regagner ma chambre. On dirait vraiment une des héroïnes de *Cat's Eyes*. Toujours en train de se faufiler partout avec sa longue crinière brune et ses grands yeux à l'affût du moindre bruit. Et ce cul. Je ne veux pas passer pour un macho mais avec des fesses pareilles à portée de main, tu n'as qu'une envie, c'est de les empoigner vigoureusement. Ce que je compte bien tenter de faire d'ici quelques minutes. Enfin, si elle trouve ce qu'elle cherche. Parce que dans mon plan de base, j'avoue que je n'avais absolument pas pensé à un préservatif.

Quel abruti !

– J'ai !

Elle revient toujours en sautillant, trempée et laissant se balancer ses seins de façon hypnotique. Moi qui rêvais de ses fesses, voilà que maintenant, je ne sais plus où donner de la tête. Cela n'est pas un problème car ma délicieuse amazone décide pour moi : elle avance dans l'eau jusqu'à moi, jette l'emballage de la capote par-dessus bord et me fait signe de me lever afin de lui dévoiler mon mât dressé. Quand elle l'empoigne, un son rauque m'échappe et son petit sourire m'informe qu'elle est satisfaite de l'effet qu'elle produit sur moi.

Puis les choses s'accélèrent, je me rassois, elle se rapproche, mon gland est à la lisière de son sexe, elle prend appui sur mes épaules et écarte les cuisses autour de moi. Lentement, elle m'accueille, me délivrant d'une douce torture, c'est un pur bonheur. Ses lèvres mordent les miennes et son corps semble fait pour moi, pour nos étreintes. Prenant notre temps, nous nous découvrons, nous apprivoisons. Quand elle mord dans sa lèvre inférieure, j'ai besoin de lécher sa bouche gonflée. Nous ondulons en rythme et je sais précisément à quel moment elle s'abandonne à son plaisir.

Soumis à une pulsion terrible, j'empoigne alors ses hanches et accélère son rythme lent et profond. Elle se presse contre moi, m'encerclant de ses longues jambes avant de murmurer à mon oreille.

– Doucement, nous avons tout le temps.

Son souffle me calme immédiatement et je la laisse donner le tempo car il est évident que même si j'ai envie de plus, je pense avant tout à son plaisir. C'est fou comme cette petite femme arrive à contrôler et à guider mon instinct, juste pour elle, en elle.

C'est délicieux.

Son souffle se fait plus rapide, ses cheveux trempés encerclent mon visage quand elle revient à mes lèvres et ses bras me serrent toujours plus fort. Tout son corps me chevauche avec de plus en plus d'enthousiasme. Quand elle s'empale entièrement sur moi, me recevant pleinement, je sens ses muscles qui commencent à se contracter autour de moi. Ses cuisses m'emprisonnent, ses bras se figent et son vagin ne fait plus qu'un avec ma queue bien trop réceptive à la vague de plaisir qui la submerge. C'est fort, c'est rapide et c'est surtout incontrôlable.

La passion nous aspire et détruit absolument tout sur son passage. C'est aussi beau que désespérant. Parce que je sais à cet instant, alors que je suis près de jouir, que j'en veux encore.

Sa tête retombe sur mon torse, son souffle caresse ma peau et brusquement, un frisson me parcourt alors que je me déverse en elle avant de quitter cette Terre pour quelques secondes de pure jouissance. Le temps semble s'étirer mais je ne saurais dire si nous restons là une seconde, une minute ou une heure. Ce que je sais, c'est que j'aime cette sensation.

Enfin, elle grelotte dans mes bras, se retire et s'immerge totalement dans le bain chaud. Plus aucune trace de ses seins, de ses fesses, je n'ai droit qu'à ses iris verts qui m'épient sans la moindre gêne. On dirait qu'elle attend de voir comment je vais régir pour décider de la suite de notre relation.

Sauf que nous savons tous les deux que rien n'est possible en dehors de ce moment.

Putain, ce que c'était bon. C'est même incroyable que ça soit aussi parfait quand on pense que l'on ne se connaît pas vraiment.

Je n'ouvre pas les lèvres, je l'observe et je crois que nous créons ensemble notre propre communication muette. Mais ce que je lis dans ses yeux me promet bien plus que ce que je suis prêt à recevoir. Elle doit le comprendre car, sans ajouter quoi que ce soit, elle sort de l'eau et me quitte sans se retourner.

Le temps de me débarrasser de cette saleté de préservatif, d'enjamber le rebord du bassin et de clopiner jusqu'à ma chambre, je la découvre étendue dans mes draps, toujours nue et la tête sur mon oreiller.

Rien n'est logique, rien n'a de sens… pourtant je suis soulagé de la savoir encore ici, avec moi. Et je la rejoins sous l'épaisse couverture pour me blottir contre elle. Je l'entends gémir contre ma peau, s'enrouler autour de moi telle une liane et très vite, nous plongeons tous les deux vers l'inconnu et bien au-delà.

Ce soir, elle est dans mes bras.

CHAPITRE 31

CLARA

Vous connaissez cette sensation étrange, quand on sent qu'on est sur le point de se réveiller mais que pas vraiment ? On est bien, on est au chaud et pourtant, il y a un détail dans ce rêve qui fait qu'on sait que c'est bientôt la fin.

Eh bien ce matin, pour moi, c'est cet affreux téléphone qui balance la mélodie que j'utilise comme réveil. Chaque fois que j'entends les premières notes, je sais que cela signifie que ma courte nuit est terminée. Parfois je suis encore sur le canapé où je me suis écroulée de fatigue après une longue journée, parfois je suis dans mon lit et je sens les jambes d'Andréas qui s'entortillent aux miennes. Ce matin, je suis dans les bras de Josh qui semble dormir paisiblement. Son rythme cardiaque est lent, régulier et son torse me sert d'oreiller. C'est la première fois que je dors avec lui mais je sais déjà que je ferai tout pour que cela se reproduise.

Il ne ronfle pas, il ne bouge pas, il est chaud, il est fort, il sent bon et ses mains exercent sur ma hanche un poids rassurant. Moi qui suis du genre à aimer quand la couette pèse lourd pour me sentir en sécurité, je crois que je suis au paradis.

Sauf qu'il y a ce foutu réveil qui pourrit le moment.

Cela dit, il est là dans un but précis, celui de me rappeler à l'ordre pour que je sois dans mon lit, à savoir de l'autre côté du couloir, quand mes enfants vont se réveiller et venir me chercher pour aller prendre le petit déjeuner.

– Grrrrrr… C'est quoi ce bordel ?

Je tente de me dégager pour aller éteindre mon téléphone mais il resserre sa prise sur moi et me rapproche de lui.

– C'est mon réveil. Désolée.

Il me tient toujours contre lui et le volume augmente petit à petit.

– Tu es en vacances, non ?

– Oui mais je suis maman, alors je dois retourner dans ma chambre.

Il ouvre immédiatement les yeux et m'observe. Il se redresse, me dévoilant son torse et ses bras croisés pendant que je me faufile à la recherche de l'appareil maudit. Je suis nue, mais ça ne semble pas le gêner. J'éteins vite l'engin de malheur et je remonte sur le lit, rampant au-dessus de lui avant d'aller planter un baiser sur ses lèvres. Léger, on fait gaffe à l'haleine du réveil quand même.

– Tu t'en vas ?

Il ne semble pas content mais avec lui, difficile de savoir. Il a de toute façon enfilé son masque et je n'ai pas le temps de tenter une nouvelle fois de l'analyser. Josh est d'une beauté brute, de celle qui donne l'impression qu'on l'a taillé dans une pierre précieuse, sans vraiment chercher à le polir. Son côté bourru et un peu froid prend toujours le dessus ; surtout quand il est déstabilisé, et je devine sans mal qu'à l'heure actuelle, il l'est. Moi aussi du reste.

– On se croise au petit dej, Yéti ?

Je tente quand même de le dérider mais ses mains me retiennent et caressent déjà mes hanches.

– J'ai envie de toi.

C'est ce que je disais. Il ne parle pas beaucoup, mais c'est toujours pour dire exactement ce qu'il faut.

– Moi aussi, mais Lucas va me chercher et…

Un remue-ménage retentit derrière sa porte et nous savons tous les deux que cela ne signifie qu'une chose : Otis dévale les marches pour descendre au rez-de-chaussée. Il a donc dormi dans un dortoir et s'il descend, c'est qu'il pense que quelqu'un va lui donner quelque chose à manger en bas. Des enfants sont de la partie.

– OK file. Mais ce soir, tu reviens ?

– Si tu es très gentil, pourquoi pas ?

Sans un regard pour moi et ma danse ridicule alors que je suis en train de tenter de me rhabiller aussi vite que possible, il ajoute :

– J'ai très envie de te faire l'amour dans mon lit. Et contre cette commode. Oh, et dans ma douche aussi. À toi de voir si tu en as également envie.

Puis il s'enferme dans sa salle de bains et me plante là, les hormones au bord du suicide collectif et la culotte en pleine éruption volcanique. Merci le yéti !

Évidemment, je scrute le couloir avant de sortir de sa chambre, évidemment je tombe sur Anna, évidemment, elle me sauve les miches en retenant mes garçons dans leur dortoir le temps que je regagne ma chambre. Et évidemment elle sourit et m'apostrophe alors que je les rejoins dans la cuisine quelques minutes plus tard. Otis est en train d'engloutir ses croquettes à une vitesse telle que je doute qu'il en sente réellement le goût et le vacarme de l'écuelle en inox la fait grimacer.

– Tu as bien dormi Clara ? Remise de tes émotions ?

Quelles émotions ? Elle se fiche de moi ? Ah oui, la tempête, les chiots, la neige, le yéti !

– Oui ça va. J'ai passé une bonne nuit.

Josh, qui déboule à cet instant, lève un sourcil interrogateur tout en m'ignorant copieusement. Il passe sa main sur la tête du plus jeune des garçons qui vient le saluer et s'installe à table alors que les demoiselles lui proposent déjà une tartine avec du beurre et de la confiture. On dira ce qu'on veut des enfants, ils sont hyper serviables, quand même. Mon thé en main, je rejoins tout notre petit groupe et m'installe dans un coin pour commencer à couper des quartiers d'orange pour tout le monde. Lucas, Andréas, Antoine et Étienne nous font un récit détaillé de l'état de santé de Baïka que nous écoutons attentivement. Seul Joshua ne prononce pas un mot durant plusieurs minutes. J'ai dans l'idée qu'il n'apprécie pas que je qualifie notre nuit de « bonne », préférant sans doute « exceptionnelle » ou même « fantastique ». Mais on est censés avoir dormi depuis vingt et une heures hier soir, je vais plutôt la jouer sobre.

Quand les petits montent se préparer sous la surveillance de Josh et de Clément, Anna et moi remettons de l'ordre dans la cuisine.

– Bon alors, tu me racontes ou je te tire les vers du nez ?

– Te raconter quoi ?

Je ne sais plus à quel moment nous l'avons décidé mais ça y est, c'est officiel, nous sommes proches. Cela dit, la vie dans un chalet à seize pendant une tempête, ça aide pas mal.

– Ce que tu fricotes avec mon frère. Il avait l'air très satisfait, ce matin.

– T'es vraiment bizarre comme fille toi. Je ne connais personne qui demanderait des détails sur la vie sexuelle de son frère.

– Mais je m'emmerde, moi ; et puis j'ai envie qu'il soit heureux mon Jojo. Il le mérite. Il a tellement supporté depuis qu'il est petit.

Comme j'ai envie d'en apprendre plus sur lui !

– Vas-y, raconte !

Elle pince les lèvres.

– Je te l'ai déjà dit, ici, on ne révèle pas les vilains petits secrets. Tu n'as qu'à le lui demander.

– Je le ferai. Mais en attendant, considère que ce que Josh et moi avons fait sera notre petit secret à tous les deux.

Je souris en repensant à ses mains sur mon corps, à ses lèvres dans mon cou, à son sexe qui me remplit et à ses yeux quand il a perdu le contrôle. Je ne crois pas avoir déjà vu aussi beau spectacle de ma vie. Tout ça sur fond de rafales de vent, de neige et d'un je-ne-sais-quoi d'interdit. Bref, c'était juste parfait. Mais je le garde pour moi.

CHAPITRE 32

JOSH

Mais comment voulez-vous que je me concentre si elle n'arrête pas de me regarder comme si elle avait envie de me bouffer ? Elle se mord la lèvre inférieure, exactement comme elle le faisait hier soir quand elle ondulait sur moi en gémissant de plaisir.

– T'as encore perdu ! Décidément, tu n'es pas en forme mon Jojo.

Anna me tape sur la cuisse, me faisant sursauter au passage. Je ne suis absolument pas concentré et pourtant, je connais chacune des questions de ce jeu par cœur depuis que je suis gosse. Il fut un temps où je passais mes soirées à m'entraîner afin de battre mon père. Ici, les veillées d'hiver sont longues et nous avons peu de distractions. Et c'est loin d'être notre première tempête. C'est d'ailleurs pour cette raison que nous avons autant de jeux de société. Le Trivial Pursuit, c'est mon domaine. Mais là, je prends une raclée et ma sœur jubile. Ce n'est sûrement pas parce que je ne suis pas en forme, au contraire. J'ai des tremblements dans tout le corps et une envie de sexe qui crève le plafond depuis la fin du dîner.

La journée a été rythmée par les repas, la séance de cinéma et les appels aux parents car nous sommes encore coincés ici. Si les familles semblent confiantes, elles manifestent quand même un profond désir de récupérer leurs enfants. Il auraient dû rentrer demain pour passer Noël en famille, mais on dirait bien que les vingt-quatre heures vont se transformer en plusieurs jours et je suis maintenant sûr que nous allons passer le 24 au chalet. Ce n'est pas vraiment une déception pour nos pensionnaires qui se régalent de prendre soin de nos chiens. Même Lucas et Andréas ont pris plaisir à faire un gâteau pour le goûter. Un délicieux marbré au chocolat qui a embaumé la maison. J'avoue que de mon côté, j'ai aussi adoré faire monter la température chaque fois que j'ai croisé Clara.

Si je résume, je suis un homme de trente ans entouré de douze gosses qui a passé la journée avec une érection monumentale. Tout ça dans un chalet perdu en pleine montagne par temps de tempête. Je pourrais finir en taule, bordel !

– Oui, Jojo, qu'est-ce qui t'arrive ?

En plus Clara en rajoute. Elle entortille une mèche de ses cheveux autour de son majeur avec un air innocent que je rêverais de faire disparaître. Même ses garçons commencent à se rendre compte qu'elle abuse. Ils font la gueule depuis un moment. Déjà parce qu'ils sont dans mon équipe et que nous perdons, et aussi et surtout parce que leur mère est en train de m'aguicher. Enfin, ça, je le comprends avec mon esprit de mâle adulte, eux, ils doivent percevoir qu'elle me charrie. Et même ça, ça les gonfle. En fait, je commence vraiment à comprendre ces deux-là. La peste de la famille, c'est elle en réalité.

– Je vous laisse gagner, réponds-je avec sarcasme.

Les filles, qui ont décidé que la *girl team* était la meilleure, ricanent et se tapent dans la main face à mon air renfrogné. Elles sont en train de nous mettre une sacrée raclée. Quatre camemberts contre un et elles gagnent encore.

Ça suffit. Je déteste perdre, alors on arrête de se laisser distraire par une paire de seins et on se creuse le ciboulot.

– Temps mort ! Les mecs, suivez-moi.

Comme nous avons fait garçons contre filles, ils se lèvent tous d'un bloc pour venir me rejoindre dans la cuisine. Les filles se mettent à piailler et moi, je ferme la porte derrière eux. Même Clément semble en colère.

– À partir de maintenant, on arrête de répondre n'importe comment. On se concentre et on décide tous ensemble avant de répondre. OK ?

Ils semblent tous d'accord et, quelques mises au point plus tard, parce que je vois que je suis loin d'être le seul qui a envie de les écraser, nous voilà repartis.

La partie commence à basculer assez rapidement. Nous remontons la pente, mon cerveau reprend du service.

Lorsque nous arrivons à égalité, je tombe sur une question d'histoire et j'ai la réponse sur le bout de la langue… jusqu'au moment où je sens que Clara pose son pied pile entre mes jambes sous la table. Elle me caresse alors que nous sommes seize autour de la table et moi, j'en oublie mes mots. Suffisamment pour que je perde une fois de plus mes moyens et, par répercussion, la partie.

Évidemment, le triomphe des femmes n'est pas modeste et tous mes petits mecs partent se coucher dépités et, pour une fois, sans bruit.

Au moment du coucher, je me demande si je ne vais pas aller faire un saut dans sa chambre, parce qu'elle m'a carrément allumé et que j'ai envie d'elle depuis… ben depuis que je ne suis plus en elle… le calcul est assez simple à faire, finalement. C'est comme si elle avait une chatte magique qui m'avait envoûté dès la première visite. Tu parles d'une malédiction !

Une fois du mauvais côté du couloir, je m'aperçois que la chambre que je m'apprêtais à prendre d'assaut semble déjà surpeuplée. J'entends les rires des deux bambins qui résonnent de concert avec celui de leur mère et je les imagine tous les trois se bidonnant sur leur lit. Une seconde, je les envie.

Juste une. Je ne m'autorise rien de plus car je n'en ai pas le droit. Tout ça, ce n'est pas ce que je souhaite. Otis et moi dans ma tanière, voilà ce qui constitue la soirée idéale. Et j'ai intérêt à profiter du calme et de la solitude car je sens bien qu'Anna va avoir besoin de moi quand le bébé sera là.

Rien que d'y penser, j'ai mal à la tête.

Même une longue douche brûlante n'a pas suffi à évacuer mes tensions. Je n'ai pas du tout envie de dormir et j'entreprends, comme chaque fois que cela m'arrive, un comptage minutieux des lattes de bois couvrant le plafond de ma chambre. Je connais déjà leur nombre exact puisque j'effectue cet exercice d'endormissement depuis de nombreuses années. Mais, méthodiquement, en commençant par le coin gauche tout au-dessus de mon lit, je me lance. J'arrive parfois à sauter une rangée entière car j'en connais le nombre précis. J'ai grandi dans cette chambre, elle n'a aucun secret pour moi. Et c'est à la sept cent quatre-vingt-sixième latte que j'entends la porte de ma chambre grincer légèrement. Je me redresse sur les coudes et vois Clara qui se faufile dans mon espace. La lumière faible de la pièce l'éclaire à peine, pourtant je distingue très nettement l'éclat de son regard qui me dévore déjà. Elle ferme à clé, puis avance jusqu'à moi.

– J'ai cru qu'ils n'allaient jamais s'endormir…

Je n'ai aucune envie de parler. Je sais que je ne devrais pas être avec elle en ce moment, et je suis en colère contre ce désir si puissant qui me pousse vers elle. Dans le silence absolu, je pose mes mains sur ses bras et la couche pour l'emprisonner sous mon corps lourd et déjà au garde-à-vous. J'ai besoin d'elle, plus encore qu'envie. Je prends la seule chose que je peux envisager d'avoir d'elle, à savoir du plaisir, de la douceur et ce je-ne-sais-quoi qui me fait l'effet d'un baume apaisant sur mes blessures

– Josh, fais-moi l'amour.

Je suis un connard, je suis un solitaire et je n'ai rien à lui offrir mais je suis incapable de la laisser filer. Alors je la libère de ses vêtements, je fais glisser mon pantalon de jogging sur mes jambes, j'enfile un préservatif et, sans préliminaires, je m'enfouis en elle. Comme si ma vie en dépendait.

Elle soupire comme si c'était, pour elle autant que pour moi, un véritable soulagement. Sa respiration se coupe, ses mains se baladent dans mes cheveux qu'elle décoiffe et ses lèvres viennent se poser sur les miennes. Puis ses gémissements viennent emplir la pièce à mesure que j'ondule entre ses cuisses. Les battements de mon cœur accélèrent toujours plus, je la sens qui s'abandonne à moi. Ses cuisses enserrent ma taille alors que nos corps butent l'un contre l'autre dans un rythme effréné. Lorsqu'elle commence à miauler et m'offre son cou, se libérant d'un orgasme qui la fait se contracter autour de moi, j'exulte dans un râle profond et animal, libérant tout ce que je ne lui dirai jamais.

Ses lèvres viennent appuyer sur les miennes, comme si, après la tempête, elle voulait à présent apaiser mon âme. C'est à cet instant que les souvenirs affluent, tel un retour de boomerang qui me percute de plein fouet. Combien de nuits ai-je passées ici avec Gaby, persuadé que cela durerait toujours ? Lorsque j'ai compris qu'elle et le copain de ma sœur s'étaient joués de nous durant des semaines et des semaines, je me suis promis que jamais plus je ne ferais confiance à personne. Laisser entrer Clara dans mon antre me renvoie au constat que je me suis montré vulnérable, une fois de plus. Je ne veux plus prendre ce risque. Je ne veux plus vivre ça.

Perdu dans mon passé, dans mon désespoir et dans la certitude qu'elle ne devrait pas être là, que je n'ai pas le droit de ressentir ce que je ressens pour elle, j'éprouve alors le besoin de la faire disparaître. De trouver n'importe quelle excuse pour la faire fuir.

Il faut qu'elle sorte de mon lit, de ma vie, et surtout de ma tête. Immédiatement. Je ne laisserai plus aucune femme me retourner le cerveau. Gabrielle m'a eu et avant elle, pas mal d'autres femmes. Maintenant, fini les conneries. Clara ne sera pas mon exception, elle doit s'en aller.

– Tu devrais retourner dans ta chambre, dis-je bien trop durement.

Je bascule sur le côté, me retire et fais disparaître ma capote que je balance au sol. Je n'ai ni l'envie ni la force de m'occuper de ça maintenant. Clara vient se coller contre mon torse et presse sa joue contre mon cœur qui tambourine encore à vive allure. Pas étonnant, je ne me sens pas très fier de ma réaction, après tout.

– Hum, encore un peu…

Non, je ne veux pas que tu restes. Ce n'est pas contre toi mais je ne peux pas jouer à ce petit jeu. Voilà ce que je devrais lui dire. Sans agressivité, sans douleur. Mais à la place, ne sachant comment faire, je la repousse physiquement, et tout en m'enfouissant dans mon énorme couette, je lui balance :

– Si. Vas-y. Je ne veux pas être réveillé par tes enfants.

Ce qui est relativement efficace car, après un regard furieux, j'entends ma porte qui se referme.

Son odeur et le fantôme de sa présence m'accompagnent durant toute la nuit.

CHAPITRE 33

CLARA

Non, non, non, il n'y a aucun doute possible, il m'a bel et bien prise pour une conne.

Telle est la seule et unique conclusion à tirer de cette histoire.

Moi qui pensais vivre une aventure sympa, on peut dire que ça aura été bref. Cela dit, ça m'apprendra à écrire des lettres au Père Noël. On ne m'y reprendra plus.

Lucas prend toute la place et Andréas ronfle comme un camionneur de huit ans. Impossible de fermer un œil. Je pensais prendre mon pied et m'endormir blottie dans les bras de mon homme des cavernes, me voilà en pleine crise d'insomnie à lutter contre les coups de pied et les ronrons de mes deux petits hommes préférés. Je ne devrais pas me plaindre, je gagne au change, aucun doute. Mais bon… ce n'est pas exactement ce que j'avais commandé.

Oh et puis merde, je me lève. Il est quatre heures quarante-trois, quitte à faire une nuit blanche, autant aller nourrir les chiots. Anna pourra rester au lit et je ferai une bonne action. Mais avant, je vais enfiler ma doudoune de *Cat's Eyes*, comme dirait l'autre abruti, et mes grosses chaussettes en pilou.

Le vent souffle dehors, j'ai l'impression que cette tempête n'en finira jamais. Je commence même à m'habituer à ce bruit de fond qui provient de l'extérieur. Je crois même que je vais finir avec des cuisses fuselées à force de sortir nourrir la meute. Si je n'étais pas venue récupérer mes enfants, ils auraient été sacrément emmerdés : entre la femme enceinte, l'animateur terrifié qui semble sur le point de craquer à tout bout de champ et l'autre abominable homme des neiges estropié, ils ne servent plus à grand-chose dans cette baraque.

Heureusement, le chalet est confortable et très agréable. Même au beau milieu de la nuit, alors que le salon est plongé dans la pénombre, il flotte dans l'air une douce odeur de chocolat et de bois. Je m'emmitoufle dans un plaid avant de raviver le feu puis pars à la cuisine préparer les biberons. Baïka m'observe alors que je reviens, prête à nourrir ses petits. Je lui caresse la tête et ses yeux parlent pour elle. Comme quoi, nous n'avons pas besoin d'être doués de parole pour faire passer les émotions. L'autre rustre du premier étage aurait beaucoup à apprendre de ses bêtes.

– Viens là mon joli, regarde ce que je t'apporte.

Le lait chaud coule lentement dans la gueule du plus petit de la portée qui tète goulûment tout contre moi. Je le caresse et ses yeux se ferment dès qu'il commence à se nourrir. Un bébé, que ça soit un animal ou un humain, c'est toujours si mignon, si fort et en même temps si fragile.

– Allez, on se réveille, ce n'est pas l'heure de la sieste là. Il faut manger.

Je le stimule histoire qu'il aspire un peu plus avant de passer au suivant mais au bout de quelques minutes, ses soupirs m'indiquent qu'il est temps de passer le relais. Je l'installe tout contre moi sur le canapé et il se blottit, le nez sous mon pull, comme s'il avait besoin d'un refuge.

– À nous deux, la terreur.

Le second est plus intéressé et plus vif. Lui, il ne rigole pas quand c'est l'heure de la bouffe. Il va retourner dehors avec sa meute vite fait avec cette vigueur, sous peine de tout casser dans ce chalet. C'est quand même assez drôle de voir que si vite après leur naissance, les caractères sont déjà bien tranchés.

Lorsque j'arrive au dernier chiot, Baïka dort paisiblement depuis un moment et toute la troupe roupille sur moi. On dirait que je suis ensevelie sous les petits êtres tout chauds et tout doux. Passer du temps avec eux plaît énormément aux enfants qui les veillent toute la journée et je crois que c'est ce qui restera le plus joli souvenir de notre séjour ici.

– Ah ça oui, vous, je ne regretterai jamais de vous avoir rencontrés. Jamais.

Je frotte le petit museau du dernier morfal contre mon nez avant de lui trouver une place au chaud sur mes genoux. Après quelques caresses, ses grands yeux déjà bien bleus se ferment et sa petite bouille me fait craquer une fois de plus. Si j'osais, je crois que j'en emporterais un avec moi à la maison. Ça ferait un joli cadeau pour les garçons. Ils ont toujours voulu en avoir un et j'ai refusé par manque de temps, mais j'avoue que je suis à deux doigts de céder. Cela dit, peu de chance qu'ils me laissent en glisser un dans mon sac en partant. Ces chiens, c'est leur gagne-pain quand même.

La maison. Le simple fait d'y penser me rend nostalgique et triste à la fois. Malgré les contretemps, les emmerdes et tout ce qui est parti en sucette, c'est un plaisir d'être ici. Je vois que les garçons sont heureux depuis que je suis arrivée. Ils semblent s'entendre à merveille avec leurs copains de chambrée et participent de bon cœur aux tâches ménagères que nous leur demandons d'effectuer. Peut-être que nous avions besoin de ça, de nous couper du monde, entourés d'une bande d'étrangers complètement loufoques. De mettre nos vies sur pause en quelque sorte.

– Celui dont je me serais bien passé, c'est l'abominable yéti des montagnes qui crèche là-haut. Lui, beurk, beurk beurk !

Oui, il est à présent six heures douze du matin et je parle à cinq chiots endormis. Et alors ? Au moins ils sont d'accord avec moi et personne ne me contrarie.

– Je suis monté en grade on dirait. Je suis passé d'homme des cavernes à yéti, puis abominable homme des neiges et me voilà abominable yéti des montagnes maintenant ?

Merde, prise en flagrant délit de grossièreté.

Cela dit, vu son attitude d'hier soir, j'ai le droit d'être en colère. Il ne m'a rien promis, et je savais bien que lui et moi, ça ne fonctionnerait pas, mais j'attendais un minimum de respect et surtout un peu de considération. Me virer comme une malpropre après avoir tiré son coup tout en me faisant bien comprendre que mes enfants lui cassaient les pieds, c'est pas limite, c'est dégueulasse. Voilà tout !

Et s'il n'est pas content, je n'en ai rien à foutre. Double voilà !

– Clara je… je… voulais te… te… Je voulais te dire…

Je le dévisage avec toute la condescendance que j'ai en stock tandis qu'il tente de s'approcher de moi. Je ne compte pas m'arrêter là. Il a été odieux, il m'a blessée et il ne mérite pas que je prenne de gants avec lui. Il va donc recevoir la monnaie de sa pièce. Et encore, il s'en sort bien, je suis coincée sous cinq adorables petites bêtes à poils.

– Tu… Tu… Tu… quoi ? Tu n'es même pas foutu de faire une phrase sans dire une méchanceté, alors te fatigue pas. Va te recoucher et fous-moi la paix.

Le regard glacial qu'il me lance est si méchant qu'il est superflu d'ajouter quoi que ce soit. Sa rancœur me fait frissonner.

– Connasse !

J'ai bien compris qu'il n'était pas content, mais c'est amplement mérité. Quant à son insulte, on en reparlera. Personne ne s'adresse à moi de cette façon. Personne.

J'entends une porte claquer ; cet abruti va réveiller tout le chalet avec sa susceptibilité. Tu parles d'un 24 décembre qui s'annonce bien !

CHAPITRE 34

JOSH

J'ai envie de cogner dans un truc. Chaque fois que ça m'arrive, je prends ma hache et je vais couper du bois. Mais là, impossible. Mon abri est sous la neige et je n'arrive même pas à marcher correctement ; ma cheville a un peu dégonflé mais ce n'est pas encore l'idéal. Je préfère garder des forces pour aller nourrir mes bêtes, maintenant que je sais que Clara n'y retournera pas. D'ailleurs, elle va se tirer d'ici en vitesse. Dès que la route est accessible, je la vire, elle et ses affreux enfants.

Pourquoi a-t-il fallu que je me mette à bégayer ? Quel con aussi. Je me déteste. Des années à tenter de lutter contre cette tare qui me rendait si minable que je n'osais même plus tenter de dire un mot. Et tout ça pour quoi ? Pour qu'elle se foute de ma gueule comme les nanas de l'école primaire, il y a plus de vingt ans ?

C'était réconfortant d'avoir mon père qui me soutenait jusque-là. Il me répétait tout le temps que j'étais fort et que je pouvais tout surmonter. Il ne voulait pas que je m'enferme dans le mutisme et il espérait aussi que je m'ouvre aux autres. Il m'a fait lire à voix haute des milliers de notices, de recettes de cuisine, de questions du Trivial Pursuit et de romans policiers. Des heures et des heures à m'écouter sans jamais me reprendre quand je butais sur les mots.

Cette pimbêche a, sans le savoir, ravivé des souvenirs malheureux qui me hantent à présent

– Merde !

Après la trahison de nos amants, Anna et moi avons tout simplement mis sous le tapis tous nos sentiments. Elle s'est accrochée à son bébé, moi, à ma solitude. Nous arrivons aujourd'hui au point où je craque. J'ai envie de tout casser et je ne peux rien faire. Je suis prisonnier dans ma propre maison. Et évidemment, on vient me casser les pieds alors que je suis à deux doigts de vriller.

– Tu devrais venir, ils ont failli mettre le feu.

Euh, le feu ? Dans un chalet en bois ? Non mais, c'est quoi encore que ce bordel ?

Clément, qui était resté sur le pas de ma porte, m'indique le salon et lorsque j'arrive, les deux emmerdeurs de l'autre emmerdeuse sont devant la cheminée, tout penauds alors que leur génitrice éclabousse mon tapis d'un seau d'eau. Une odeur de cramé me monte aux narines et la fumée inonde la pièce. Impossible d'aérer avec ce temps sans risquer de casser une fenêtre. Heureusement, Anna est encore à l'étage avec les deux autres dortoirs en train de surveiller les rangements des chambres du matin. Il n'y a qu'Étienne et Antoine, fidèles acolytes des deux terreurs, qui se planquent dans un coin de la pièce. Je vais les BUTER.

– C'est quoi ce bordel ? Qu'est-ce que vous avez encore foutu ?

Je m'approche des deux et ils reculent d'un pas. Clara me barre le chemin.

– Un accident, un stupide accident ! Tu sais, ça arrive parfois, quand certaines personnes commettent une grossière erreur qu'elles regrettent immédiatement. Tu connais ça, non ?

Son sous-entendu qui n'est pas du tout voilé a le mérite de me faire redescendre. Elle déplore ce que nous avons vécu. Je devrais n'en avoir rien à cirer et ressentir la même chose, mais je me prends un coup de poignard dans le cœur, un de plus. Merde !

Je roule le tapis trempé et vais le stocker dans la réserve derrière la cuisine. L'insert est remis en place devant la cheminée afin de parer un nouveau danger et je rallume le feu afin que sa chaleur sèche les lattes en bois. Puis je lance un regard lourd de reproche aux deux démons ainsi qu'à leur mère qui les embarque dans sa chambre après avoir reposé tous les chiots dans le panier. Je l'entends qui leur passe un savon tout en tentant de chuchoter. Elle ne devrait pas se gêner, j'adore les entendre se faire enguirlander, ces deux-là. Quand elle revient vers nous, je comprends que sa nouvelle approche est de m'ignorer royalement puisqu'elle discute avec Anna, range les plaids sur le canapé et passe à côté de moi comme si je n'étais pas là.

Se faire ghoster dans sa propre maison, ça fait mal.

– Ce n'est pas toi, ça, mon Jojo. T'es plus fort que ça, hein ?

La douce voix d'Anna qui vient s'affaler près de moi sur le canapé me ramène au présent. Je n'ai pas besoin de dire quoi que ce soit. Ma sœur a compris sans un mot que j'étais en plein désarroi et elle me serre dans ses bras comme elle le peut avec son bidon. Puis, sa tête vient reposer sur mon épaule et j'observe les flammes qui s'épanouissent dans la cheminée. En silence, je profite du réconfort que m'offre la seule femme en qui j'ai confiance et je chasse mes démons. Quand je sens qu'il est temps d'aller filer un coup de main à Clément pour installer l'activité Kapla de la matinée, ma sœur se redresse avant de se diriger vers Clara pour aller s'enfermer dans la cuisine avec elle. Je sais qu'elle ne lui dira rien. Anna ne ferait jamais ça. Et tant mieux, personne n'a besoin de savoir que je suis plus sensible que je ne le voudrais, et certainement pas elle. Mais je crois que Clara n'a pas marqué de points en s'attaquant à moi. Alors, si ma frangine lui mène un peu la vie dure, ça sera tant mieux pour elle.

CHAPITRE 35

CLARA

– Tout va bien ? demandé-je à une Anna bien silencieuse ce matin.

Elle ferme la porte derrière elle et hausse les épaules en guise de réponse. Je ne la connais pas depuis longtemps mais il est évident que quelque chose cloche. Elle, si lumineuse et volubile, je la trouve tout à coup renfermée.

– Anna ?

– Oui, ça va. C'est juste que…

Je m'affaire à sortir le chocolat en poudre de l'armoire et à faire chauffer le lait sur le feu. Les enfants vont commencer leur petit déjeuner et, avec l'énorme bêtise des garçons, nous avons traîné ce matin. Ils ont bêtement voulu attiser le feu et nous avons bien failli mettre tout le chalet en péril. Ce n'est pas faute de leur avoir appris à être prudents avec la cheminée…

– Que ?

Je tente de l'inciter à me parler. Dans son état, il n'est pas bon de se faire du souci.

– C'est juste que Josh est un mec génial et qu'il ne mérite pas de… Je ne sais pas ce qui se passe entre vous mais je n'aime pas le voir comme ça…

OK, donc changement de plan, elle veut défendre son frère, ben tiens !

– Justement, tu ne sais pas, Anna. Je ne veux pas me fâcher avec toi, mais il s'est comporté comme un connard, alors, qu'il ne s'attende pas à ce que je…

Elle s'approche et pose sa main sur mon bras en se collant contre moi, me coupant la chique. J'ai beau voir de la douceur dans son regard, je ne me laisse pas attendrir. C'est comme ça que son frère m'a eue. Pas question de me faire aussi avoir par la frangine.

– Je le connais. Il est plus fragile que tu ne le penses.

– Et moi ? On se demande si je suis fragile ? Si je n'en ai pas ma claque de me faire marcher dessus par tous les hommes que je croise ? Si j'aurais pas un peu besoin de me reposer sur quelqu'un, pour une fois ?

Je me couvre la bouche de la main tellement je suis choquée de mes propres paroles. Je n'ai jamais avoué ça à quiconque. C'est une faille que je ne veux pas creuser. Depuis mon divorce, je ne me suis jamais laissée aller, je me gère toute seule et je pourvois aux besoins de mes enfants. Je suis forte comme un roc. Jamais malade, jamais fatiguée, toujours en forme, prête à vivre de nouvelles aventures.

– Tu sais Clara, tu devrais vraiment aller parler avec lui. Je crois qu'il t'aime beaucoup. Il essaie juste de se protéger. Et parfois, il est un peu…

Alors là, je ne vois pas quelle excuse elle va pouvoir lui trouver. Pas que cela soit nécessaire, cette histoire ne la regarde pas. Mais j'aime bien la voir se creuser la tête. Comme je suis gentille, je l'aide même un peu.

– Con ?

Elle rigole et je sens son bébé qui bouge contre moi.

– Un peu oui. Mais je te jure que si tu perces la carapace, tu n'auras plus jamais envie de partir. Ou alors, c'est toi qui es con. Parce que mon frère, c'est le plus merveilleux des hommes.

Il y a dans sa voix une sorte de mélancolie qui me pousse à lui faire confiance. Comme si elle cachait un secret qui pesait encore plus lourd que son bidon.

– Si c'est le cas, il le cache très très très profondément alors…

Elle rigole et revient face à moi. Plongeant ses grands yeux bleus dans les miens, elle soupire.

– Parfois, quand on est blessé au plus profond de soi-même, on est obligé de porter une armure pour se protéger.

Il y a des regards qui en disent plus que tous les mots qui existent dans notre belle langue française. Et quand, en plus, ils sont chargés de larmes qui débordent aux coins des yeux, mon humanité est mise à rude épreuve. Soudain, je n'arrive plus à savoir pour quelle raison lui et moi nous sommes disputés.

– Tu peux surveiller le lait ? lui demandé-je.

Je n'attends pas sa réponse, je sens que je dois aller demander une explication au yéti qui grommelle à l'étage. Les enfants jouent sur la table du salon avec un Clément qui orchestre la construction d'un pont géant en bois, et chacun apporte un peu à l'édifice. Moi, je monte les marches deux par deux, au pas de course.

Je ne frappe pas à sa porte, j'entre et referme derrière moi. Il est debout face à sa fenêtre et il ne bouge pas. Les yeux perdus dans le vide, je ne sais pas s'il m'entend ou s'il est réellement ailleurs.

Comment est-ce possible que je sois furieuse contre lui une seconde et irrésistiblement attirée par lui la seconde suivante ?

Cet homme est en train de me rendre dingue.

– Josh, je suis désolée.

Et c'est la vérité, je ne sais même pas exactement pourquoi, mais je suis sincèrement triste de le voir aussi mal.

– Moi aussi.

Alors ça, c'est une première. Il reconnaît qu'il n'a pas été sympa. J'avoue que ce constat me perturbe. Je m'approche encore et au moment où je veux le serrer dans mes bras, ne sachant même pas pourquoi je fais ça alors qu'il a été odieux durant nos derniers échanges, il se retourne et m'attire contre son torse. Il sent le bois, la lessive et cette odeur qui n'appartient qu'à lui et qui réveille mes hormones. Je me sens immédiatement en sécurité. Comme la nuit dernière juste avant qu'il ne me chasse de son lit alors que je n'avais qu'une envie, celle de me perdre en lui.

– Mon ex-copine s'est barrée avec le mec de ma sœur. Comme ça, un matin, ils se sont levés et ils nous ont annoncé qu'ils étaient amoureux. Ils ont quitté notre domaine le jour même et n'y ont plus jamais été les bienvenus. Anna ne savait pas qu'elle était enceinte, et comme nous avions perdu notre père subitement quelques semaines plus tôt, elle était effondrée par le chagrin et a mis de longs mois avant de s'en rendre compte. Je me sens terriblement coupable d'avoir ramené cette… dans notre famille. Alors toi, avec tes enfants, tes tenues violettes, tes discours enflammés et tes seins. Mon Dieu, tes seins…

Il se passe la main sur le visage, visiblement hanté par… ben par mes seins. Je ris. Un peu nerveusement, je l'avoue. Mais je ris quand même.

– Ravie que tu les aimes autant.

J'avoue que cette note permet de relever un peu le niveau de la discussion. Parce que ce qu'il vient de me dire est d'une tristesse et d'une injustice de dingue. Une pulsion de colère me vrille l'estomac. Je veux qu'il continue de se livrer à moi, alors je l'y encourage.

– Tu formes un super duo avec ta sœur. Vous vous soutenez, vous vous épaulez et vous pouvez compter l'un sur l'autre. Comme les garçons et moi. Ils ne sont pas si terribles tu sais… un peu comme toi, à vrai dire.

– C'est toi qui le dis, Otis ne serait pas de ton avis. Je crois qu'ils l'emmerdent pas mal.

Il n'a pas tort mais il ne voit qu'un seul côté de la montagne.

– Peut-être, mais regarde avec qui il dort chaque nuit, et à côté de qui il reste allongé quand on joue à un jeu. Otis aime mes garçons, justement parce qu'ils s'occupent de lui. Pas toujours de la bonne façon, mais ils lui portent de l'intérêt. Avec toi, c'est à peu près la même chose. Ton image d'homme fort doit un peu les fasciner, alors ils cherchent à attirer ton attention. Depuis le début.

Il resserre son étreinte et dépose un baiser délicat sur mon front.

– Toi aussi, tu essaies d'attirer mon attention ?

– Au moins, je tente quelque chose. Chaque fois que je crois que tu vas me dire les choses, que nous allons échanger, pouf, tout retombe, et finalement tu ne dis rien. Je n'arrive pas à te suivre Josh.

C'est la vérité. Je ne comprends pas cet homme, parfois si tendre, parfois si brutal. Il est comme sa montagne, un mélange entre la neige moelleuse et la glace. Je peux comprendre que son histoire a sérieusement contribué à le rendre méfiant, mais ce n'est pas une raison pour me traiter comme il le fait.

Non, vraiment, il me manque une pièce du puzzle. J'entends les battements de son cœur qui accélèrent dans sa poitrine contre laquelle ma tête s'est lovée.

– Je n'arrivais pas à m'excuser parce que je suis bègue, Clara.

Son regard au moment où il m'avoue ça me brise le cœur. Je me suis moquée de lui sans même le savoir alors qu'il essayait de faire un pas vers moi. Au vu de son histoire, je comprends que son comportement de la veille avait pour unique but de le protéger.

Je suis une connasse, je m'en veux terriblement.

– Je me soigne, j'ai beaucoup travaillé. Mais parfois, quand il y a trop de pression, les mots ne sortent pas comme je le voudrais. Alors tu vois, je suis loin d'être parfait. Je n'ai pas grand-chose à offrir. Mais pour ce que ça vaut, je serais prêt à tout te donner.

Personne, et je dis bien personne, ne m'a jamais dit un truc pareil. Pour un homme qui a des difficultés à s'exprimer, il a su taper dans le mille. À cet instant, mon cœur tout entier ne bat plus que pour lui.

– Josh, pardonne-moi.

Il pose ses lèvres contre les miennes. Il y a une douceur infinie dans ce baiser qui répare des fragments de mon cœur que je ne savais pas brisés.

– Mais Maman ! Qu'est-ce que tu… ?

Sursautant à l'unisson, Josh et moi nous séparons et je découvre mes fils sur le seuil de la chambre de mon amant, le regard blessé. Je sens que la tempête vient de pénétrer dans ce chalet. Parce que la seconde qui suit, je vois mes fils fuir en courant et je sais pertinemment qu'ils vont faire une très grosse bêtise.

CHAPITRE 36

JOSH

Ils viennent encore de me casser mon coup. Je ne compte plus les fois où j'ai voulu aller la voir, lui parler, lui expliquer que j'avais agi comme un con. Et puis il y a eu la colère et encore une fois du désir. Je n'en peux plus de ce yoyo incessant entre elle et moi. Elle m'agace autant que je la veux.

Mais eux…

Nous étions en train de partager tellement plus qu'un simple moment d'intimité. Je lui ai ouvert mon cœur et je balisais à mort de la façon dont elle allait réagir. Il y a comme un cadenas qui saute en moi quand elle me tourne autour. Comme si elle était la clé qui pourrait me libérer de cet enfermement que je m'impose. Manque de bol, elle n'arrive pas seule, elle forme un trio avec les deux gamins les plus pénibles qu'il m'ait été donné de rencontrer.

J'entends des cris et les marches de l'escalier qui grincent. Après leur avoir couru après en vain,

Clara remonte. Je m'avance dans le couloir, sur mes gardes et passablement perturbé par tout ce qui vient de se passer. Ma cheville me fait encore un mal de chien mais j'arrive désormais à marcher en boitillant. Je n'ai pas pris le temps de me raser à nouveau la barbe de près, et je porte mon jogging habituel. Lorsque j'intercepte Clara, je la découvre en train de fermer la fermeture de son blouson violet. Une horreur visuelle. Un violet qui pique les yeux mais qui ne signifie qu'une seule chose : elle a l'intention de sortir.

– Ne me dis pas qu'ils se sont échappés.

– Alors je ne le dis pas, Josh. Ils sont tout seuls dehors.

Là, il est temps de commencer à s'affoler. J'imagine que ces deux idiots sont toujours en pyjama. Je vous jure, ces deux-là, ils pourraient être une pub pour la contraception à eux seuls. Qui voudrait enfanter des emmerdeurs pareils ?

– Je vais y aller. Tu ne connais pas le coin et eux non plus.

Résigné, je fais une croix sur les câlins que j'étais sur le point de réclamer, sur le sexe dont j'ai carrément besoin, et sur le rétablissement de ma pauvre cheville qui venait enfin de dégonfler.

– Ta cheville ?

– Elle va tenir le coup. Elle va même me permettre de leur mettre un coup de pied au cul quand on va les retrouver. Crois-moi.

Clara ne sourit pas, ne cille pas et continue sa descente des marches. Je la double assez rapidement et j'enfile mes bottes avant qu'elle ne dise un mot. Je lui colle un talkie-walkie dans les mains et dépose un baiser sur son front.

– Reste au chaud et va prévenir Anna. Moi, je sais où aller les chercher, ils ont eu le temps de faire quelques conneries dehors avant la tempête. Ils doivent être avec la meute.

Enfin, je l'espère !

À peine ai-je mis le nez dehors que l'urgence de la situation me saute aux yeux. La tempête qui s'est quelque peu calmée reste très violente et, sans rien sur le dos, ils doivent déjà être proches de l'hypothermie. Il n'y a pas une minute à perdre. Mes grosses bottes s'enfoncent dans la neige et je ravale un grognement de douleur. Je suis loin d'être guéri et je les déteste, ces deux petits cons. Le vent siffle autour de moi et mon masque est recouvert de neige.

– Lucas, Andréas ! Vous êtes là ?

Crier ne sert pas à grand-chose mais s'ils n'ont pas réussi à rejoindre l'enclos de leur meute préférée, ils peuvent être n'importe où en train de mourir de froid. Il faut vraiment être sacrément bête pour s'aventurer dehors par ce temps.

Heureusement que je connais bien le coin, j'arrive sur place en quelques minutes et, quand je pénètre dans la cabane qui accueille nos chiens, je tombe sur eux. Grelottant l'un contre l'autre, ils me foudroient de leurs regards si semblables à celui de leur mère. Sur elle, c'est sexy, sur eux, c'est juste chiant.

– Vous êtes vraiment des abrutis tous les deux. Vous allez mourir congelés.

– Dégage sale con !

Et insolents, avec ça.

– À mon avis t'es plus con que moi.

– T'as pas le droit de toucher à ma mère !

Oh que si mon coco. Et t'as pas idée de ce que je lui fais en plus. Moi, immature ? Naaann.

– Si ça ne vous dérange pas, on reparlera de ça quand on sera au chaud. Parce que votre mère est morte d'inquiétude. Alors enfilez ça et suivez-moi.

Heureusement que je garde toujours des vêtements de rechange dans cet abri. Cela m'évite de devoir retourner au chalet si jamais il m'arrive de déchirer un pull ou d'oublier mon bonnet. Ils ne sont pas en très bon état mais entre ça et mourir de froid, quelque chose me dit que les gosses vont vite faire un choix. En pyjama. Ces deux… je n'ai même plus les mots pour les décrire tiens… ils sont sortis en bottes et en pyjama de Noël assortis. On dirait des jumeaux dont l'un aurait poussé plus vite que l'autre. Avec les écharpes et bonnets que je leur refile, c'est une version enfantine de *Où est Charlie ?* qui se trouve devant mes yeux. Pour un peu j'en rirais, si le petit ne tremblait pas autant.

– Allez, on y va et suivez-moi sinon vous êtes morts.

– *Crrr.* Tu les as trouvés ?

Clara est dans un état de stress avancé.

– Oui, on revient. Ils vont…

Évidemment le plus grand me coupe la parole.

– Il nous a menacés de nous tuer…

– … mais non, pas du tout !

– Bon, ramène-les s'il te plaît et vous, écoutez-le, bordel !

Après un duel de regard et beaucoup de tremblements, les deux têtes de pioche finissent par capituler et acceptent de me suivre. Bon, il faut dire que le cri de désespoir de leur mère a un peu aidé aussi. Me voilà donc reparti sur le chemin du retour avec un gamin de chaque côté, ils sont collés contre mes flancs. Nous avançons d'un seul bloc et chacun de mes pas les guide. Je porte Andréas à bout de bras et son frère se cramponne à moi comme si sa vie en dépendait. Ce qui est littéralement le cas. Nous sommes à quelques mètres de la maison quand Anna et Clara, équipées de doudounes, viennent nous rejoindre et entourent les garçons de chaleur. Le soulagement de nous savoir tous sains et saufs me submerge.

Une fois à l'intérieur, mon masque rejeté en arrière, je m'écroule sur le banc avant d'inspecter ma cheville. Si le repos m'avait fait du bien, l'hématome a de nouveau doublé de volume et j'ai tellement mal que je n'arrive plus à poser le pied au sol. Clément vient m'escorter jusqu'au canapé et j'entends la voix de Clara.

– Mais qu'est-ce qui vous a pris, vous êtes fous ? Je ne veux plus jamais que vous vous mettiez en danger ! Ce que vous avez vu… c'est pas vraiment… enfin je veux dire… c'est des histoires de grands… pas pour vous…

Ils ne se donnent même pas la peine de répondre, grelottant dans les bras de leur mère.

Alors que j'ai clairement envie de leur coller mon poing dans la gueule avant de les enfermer dans leur chambre jusqu'à la fin du séjour.

Seuls les yeux de Clara qui se posent sur moi peuvent me remonter le moral. Et ils le font avec tellement de panache que je serais prêt à retourner dehors, rien que pour revivre ça. Parce qu'au moment où les deux petits remontent à l'étage pour se changer, alors qu'elle se love contre moi et glisse son visage dans mon cou, je suis son héros. Les gloussements des gamines qui nous surveillent depuis la porte de la cuisine, dans laquelle elles ont pour mission de concocter un dessert, ne nous échappent pas. Mais peu importe, je savoure.

– Merci.

C'est tout, mais c'est déjà plus que je n'en attendais.

CHAPITRE 37

CLARA

Mille sentiments se mélangent en moi ; la peur, le soulagement, la colère, le désir aussi. Mais pour l'heure, je dois surtout gérer mes fils. Trempés, frigorifiés, effrayés et si fragiles. Je les rejoins à l'étage, alors qu'ils viennent d'entrer dans ma chambre. Comme tous les autres occupants du chalet sont en plein petit déjeuner, nous sommes seuls à l'étage.

– Venez, je vais vous faire couler un bain chaud.

Je ferme la porte derrière eux et les aide à se débarrasser de leurs vêtements mouillés. Ils sont livides tellement ils ont eu froid. De mon côté, j'agis mécaniquement alors que mon cerveau est en pleine panique. Je laisse le bain moussant faire une masse de bulles chaudes et j'aide Andréas à s'installer. Puis Lucas. Enfin, leurs visages reprennent quelques couleurs.

– Vous m'avez fait la peur de ma vie, les sermonné-je enfin.

– Maman, on l'aime pas ! s'exclame Lucas avec un regard noir.

OK, alors on va remettre l'église au centre du village. Parce que les conneries, ça va bien.

– Tu as huit ans, toi dix, et moi je suis une adulte. Je suis donc en droit de prendre un certain nombre de décisions me concernant sans avoir à demander l'avis de qui que ce soit. Ce qui n'est pas votre cas. Mais comme je suis votre maman, je vais quand même vous expliquer mon point de vue, bien que je n'y sois pas obligée.

– On aurait préféré être avec Papa ! me coupe Andréas.

Typique. Quand ça ne va pas avec moi, ils se servent de leur père et j'imagine bien que quand ils sont avec lui, c'est l'inverse. Mais, malheureusement pour eux, s'ils ne sont pas avec lui, ce n'est pas de ma responsabilité, et je crois qu'ils ont bien mérité un rappel des faits.

– Justement, vous devriez y être. Mais vous n'y êtes pas. Et vous savez pourquoi ? Parce qu'il avait encore une fois mieux à faire.

Le regard de Lucas me fait beaucoup de peine, mais il est temps qu'ils comprennent. Cela fait des années que je couvre chacune de ses excuses bidon et je commence à en avoir ras le bol. Même si je veux que mes fils gardent contact avec leur père, je ne ferai plus comme si tout est normal, alors que ça n'est clairement pas le cas.

– Je sais que vous n'y êtes pour rien s'il travaille et s'il est absent. Mais moi non plus. Et j'ai quand même tenté de vous faire plaisir. Vous auriez dû vous régaler ici.

– On ne t'avait rien demandé.

– Oui, mais moi, j'avais besoin de vacances. À cause de vous, de vos bêtises et de votre mauvais caractère, il a fallu que je vienne vous chercher. Puis il y a eu cette tempête et…

– Et tu as laissé Josh te faire un bisou sur la bouche…

Là, je ne peux plus reculer.

– Oui, je l'ai laissé m'embrasser. Je crois que je l'aime bien. Alors si vous, vous ne l'aimez pas, eh bien, il va falloir que vous gardiez ça pour vous. Pour une fois que je fais quelque chose pour moi, que je fréquente quelqu'un qui s'intéresse à moi, qui est gentil avec moi…

– Il n'est gentil avec personne.

Ce n'est pas totalement faux. Mais pas totalement vrai non plus.

– Si, avec moi, il l'est, et ça me fait du bien. C'est toujours moi qui gère tout pour tout le monde. Juste une fois, j'ai envie de profiter. Je me doute que vous ne comprenez pas tout, et c'est normal, vous êtes des enfants. Donc je vais vous simplifier les choses : à partir de maintenant, vous allez rester à votre place d'enfants et vous mêler de vos affaires d'enfants.

Les deux se renfrognent mais au ton de ma voix, ils comprennent que je ne plaisante pas et que je ne vais pas laisser passer leur dernière connerie.

– Vous allez donc terminer votre bain, vous irez vous habiller et ensuite, vous viendrez rejoindre Clément à la cuisine pour vous occuper des chiots, cuisiner avec lui puis vous mettrez et débarrasserez la table jusqu'à la fin du séjour. Et pas un mot ! Je verrai la suite à donner à cette sanction quand nous retournerons à la maison, parce que croyez-moi, ce n'est pas fini !

– Mais Maman…

Toujours un truc à redire ! Ils me fatiguent. Je suis heureuse de les savoir en sécurité, mais ils me gonflent.

– Vous vous êtes mis en danger volontairement et maintenant je ne veux plus rien entendre, sinon je vous prive de la soirée.

Étant donné que nous sommes en train d'organiser le dîner de Noël, ils ne prennent pas le risque que je les en prive. Quant à moi, il est temps d'aller remercier à nouveau celui qui a retrouvé mes enfants et les a protégés d'eux-mêmes. Aussi, je plante mes enfants seuls dans la salle de bains et je pars en refermant derrière moi. Méditer un peu sur leurs bêtises ne leur fera pas de mal. Lorsque je redescends, je découvre Josh, sa jambe appuyée sur la table basse devant la cheminée. Je ne résiste pas à l'envie de venir m'asseoir près de lui.

La chaleur de ses bras, la force de son étreinte, la douceur de son souffle contre ma peau. Je ne sais pas si nous sommes seuls et pourtant, je m'en fiche.

– Encore merci.

Il respire dans mes cheveux, il me laisse me lover contre lui et je me sens bien. Comme si ce simple mot suffisait. Comme s'il savait ce que je ne dis pas parce qu'il le ressent aussi.

– Attends, laisse-moi juste éloigner cet intrus.

Il se redresse sur le canapé sur lequel je viens de le rejoindre et son énorme main me révèle ce qu'il cachait tout près de lui. Le minuscule chiot que j'ai sauvé hier couine et lorsqu'il me le met sous le nez, j'en profite pour déposer un bisou sur son museau. Je le lui prends des mains et caresse la petite boule de poils avant de l'installer pour une tétée. Sa maman semble épuisée mais elle se laisse faire malgré l'assaut des plus voraces.

Quant à moi, je retrouve les bras de mon géant et je le laisse caresser mes cheveux.

– Comment ça s'est passé là-haut ? m'interroge-t-il.

– Si je te dis qu'ils ne te portent pas dans leur cœur, tu seras surpris ?

Je plaisante même si, au fond, ça ne m'amuse pas vraiment.

– Non. Si tu me le demandais à moi, je dirais la même chose, s'amuse-t-il en entortillant une mèche de mes cheveux autour de son doigt. La vérité, c'est que je les comprends un peu. Si j'avais une mère comme toi, je n'aurais pas envie de la partager non plus.

Les mots me manquent. C'est un vrai compliment et il me va droit au cœur.

– Il va pourtant falloir…

– Ouais, il va falloir, je crois, chuchote-t-il.

Il sourit tout contre ma tempe et je sens ses lèvres pleines et généreuses qui retrouvent rapidement les miennes, prolongeant ce moment de calme et de douceur au milieu de la tempête qui nous bloque ici depuis des jours.

Son baiser est lent, appuyé et il a un goût de chocolat qui me réconforte encore plus que ses mains qui me maintiennent. L'ambiance change quand sa langue vient caresser la mienne, exprimant tous les mots qu'il est incapable de prononcer.

Le vacarme de notre joyeuse troupe se fait entendre, mes fils nous rejoignent en dévalant l'escalier tels deux éléphants. J'ai juste le temps de me redresser avant qu'ils ne nous surprennent.

– Je vous préviens, on a du pain sur la planche, alors pas question de créer encore un esclandre. On va vous avoir à l'œil tous les deux. N'est-ce pas les filles ? ricane Anna en débarquant avec du renfort.

Anna et toutes les nouvelles groupies du héros du jour envahissent le salon et, immédiatement, notre bulle éclate. Mais pour la première fois depuis que nous avons commencé notre aventure, ce n’est pas douloureux. Je sais au fond de moi que je vais le retrouver et que tout cela n’est qu’un interlude obligatoire à quelque chose de beaucoup plus grand.

Je passe les trente minutes suivantes à hocher la tête sans réellement écouter ce que la maîtresse de maison attend de moi, bien trop concentrée sur la brûlure que laisse le regard de Josh sur ma peau chaque fois qu’il m’observe à la dérobée alors que je feins de ne pas le remarquer.

Il fait chaud dans ce chalet tout à coup, très très chaud même.

Nous devons faire l’inventaire de nos vivres, programmer le reste des jeux de la journée et joindre à nouveau les familles afin de rassurer tout le monde avant le réveillon. Et évidemment, nous croisons tous les doigts pour que cette météo capricieuse cesse enfin. Le miracle de Noël, peut-être ! Moi, je commence à me dire que je resterais bien encore quelques jours…

CHAPITRE 38

JOSH

L'année dernière à la même heure, Gabrielle se tenait près du sapin. Cet enfoiré de Ron était juste à côté d'elle, à sourire comme un con. Anna et moi aidions papa à préparer le dîner et à dresser la table. Il n'y avait pas autant de monde, nous avions juste organisé un petit repas avec les locataires de chalets individuels qui le souhaitaient. Les colonies de vacances venaient de nous quitter pour rentrer dans leurs familles pour Noël. Nous appréciions un repos bien mérité, comme chaque année.

Quand j'y pense, il y a toujours eu du passage ici. Enfin, beaucoup moins depuis quelques mois. D'abord parce que Papa n'est plus et que son absence a fait perdre une bonne partie de son âme à ce lieu. Anna et moi n'avons pas trouvé le courage de rouvrir au printemps, après ses obsèques. Nous avons profité de la belle saison pour faire notre deuil et force est de constater que nous n'avons pas vraiment progressé. Cela dit, avec la découverte de sa grossesse et l'automne qui se pointait, nous avons quand même ouvert les réservations. La vie reprend toujours son cours. Et puis, sans l'argent que nous rapporte notre activité, nous ne pourrions pas faire vivre ce domaine bien longtemps.

En revanche, nous n'avions pas prévu cette tempête et nous voilà au soir de Noël encore en plein travail. Tous les parents espèrent que, dès demain, les enfants pourront rentrer chez eux afin de passer le 25 en famille. Mais rien n'est moins sûr. Les prévisions ne sont pas bonnes, et Anna a décidé de faire en sorte que nous passions tous un bon Noël au cas où nous serions toujours coincés. Ils devraient être partis depuis ce matin.

Ici, nous n'avons pas de quoi faire un repas gastronomique mais si chacun se remonte les manches, nous devrions pouvoir fêter dignement l'événement avec les moyens du bord. Une douce odeur de pain d'épices et de bûche au chocolat a envahi tout le chalet. Les enfants ont cuisiné tout l'après-midi et le résultat donne l'eau à la bouche. Les chants de Noël, les décorations et la bonne humeur sont revenus après la fugue des deux démons de Clara.

Et si je suis honnête, nous avons passé une super journée.

À présent, place à la fête. Les filles sont en train de se maquiller au premier étage. Quand Clara leur a proposé une petite mise en beauté, j'ai cru qu'elles allaient me faire exploser un tympan tellement elles semblaient heureuses. Même Anna en a profité pour se faire dorloter. Cela fait plus d'une heure qu'elles sont enfermées et que nous les entendons rire. Les garçons se sont prêtés au jeu et reviennent avec les ongles peinturlurés de noir, ça leur va bien le côté gothique. De mon côté, je suis toujours immobilisé à cause de cette satanée cheville et je surveille les huit garçons qui regardent le dessin animé *Klaus* que j'ai lancé pour eux. Je dois bien reconnaître qu'il est sympa, ce film.

– Vous ne trouvez pas que Joshua ressemble à Klaus, le papi qui fait peur ? demande Andréas en suçant son pouce.

Ce qui amuse tout le monde. Il faut dire que le côté peu causant, la mine renfrognée… il y a un truc quand même.

– C'est trop chouette de fêter Noël en pyjama. Moi, quand je suis à la maison, Maman, elle me coiffe et elle me force à porter une chemise qui gratte. Je dois laisser doudou dans mon lit et rester à table pendant toute la soirée. C'est pas aussi drôle qu'avec toi, Jojo, s'exclame le petit qui se colle contre moi pour que je lui fasse un câlin.

Lui, vraiment je crois que c'est mon préféré. Comme quoi, il y en a certains que j'arrive à tolérer.

– Si vous n'écoutez pas le film, je le coupe, dis-je pour les faire taire. Parce que bon, on arrive au moment où…

– Messieurs, en exclusivité mondiale, je vous demande de faire un tonnerre d'applaudissements…

aux plus belles femmes du mont Rose ! hurle Clara depuis le haut de l'escalier en tapant sur la rambarde.

Évidemment, plus personne ne regarde le film, les garçons sont tous suspendus au raffut du premier étage. Nous voyons nos quatre petites pensionnaires débarquer avec un maquillage pas franchement discret et des guirlandes de Noël autour du cou. Tout ce petit monde est en pyjama, avec des sourires édentés jusqu'aux oreilles. Anna les suit de près et enfin, Clara se joint à l'hilarité générale.

Je l'ai tout de suite trouvée belle au naturel et c'est ce que je préfère chez elle. Mais ce soir, avec un rouge à lèvres, de longs cils noirs et sa nuisette en guise de tenue, je la trouve…

– Outch !

– T'arrête de la regarder comme ça !

Heureusement, je peux compter sur Lucas pour me remettre les idées en place. Il me colle un coup de coude dans le bide avant de se ruer sur sa mère. La discrétion du gamin.

Il a de la chance que j'aie une jambe en moins, lui.

Clément s'improvise DJ de Noël avec notre unique CD de Tino Rossi et nous passons à table dans la bonne humeur. Il est vrai que nous formons une drôle de famille. Très différente de celle qui se tenait ici l'année passée, mais j'aime à penser que Papa aurait adoré ce moment ; tous en pyjama, tous détendus et, évidemment, tous en train de parler en même temps. Cette table ne ressemble à aucune autre. Il y a un jeu de cartes, des Barbie que ma sœur a prêtées aux pensionnaires, un demi-pont en Kapla en plein milieu, des Lego qui tentent de monter dessus et tout un tas de plats qui débordent de victuailles.

Nous avons tout apporté sur l'immense table et avons décidé de ne manger que ce qui nous faisait envie. Voilà comment la majorité ont commencé par le dessert, suivi d'une purée de pommes de terre, pour finir par un bout de fromage des montagnes.

En résumé, une excellente soirée.

Certains ont dansé (Anna et Clara s'en sont donné à cœur joie avec les enfants), d'autres ont picolé (Clément va avoir du mal à émerger demain matin). Nous avons surtout tous beaucoup ri. Même moi. J'en suis le premier surpris. Je me suis laissé entraîner dans cette bulle de douceur et de festivités.

Quand les douze coups de minuit ont sonné, Lucas et Andréas se sont jetés au cou de leur mère qui les a enlacés si fort que je n'ai pas pu résister à l'envie d'immortaliser l'instant, ne m'apercevant que trop tard que ma sœur, elle aussi, me prenait en photo. Je lui ai souri et elle s'est blottie dans mes bras, me souhaitant un merveilleux Noël et surtout me promettant qu'elle allait tout faire pour se sentir bien. Elle sait à quel point mon bonheur est conditionné par le sien. Cette année a été plus que rude à bien des égards et nous méritons un peu de bonheur, à présent. Nous en avons bien conscience tous les deux.

Une fois les enfants couchés et endormis, chacun serrant sa peluche préférée entre ses bras, nous avons entrepris de ranger tout le foutoir de la cuisine mais avons vite abandonné. Demain, il fera jour !

Puis la soirée s'est prolongée pour certains, Clément a lancé un film ; et s'est améliorée pour d'autres, Clara m'a rejoint.

Lorsqu'elle est entrée dans ma chambre, en chemise de nuit longue et cheveux lâchés sur ses épaules, c'est bien simple, j'ai cru voir une hallucination ramper jusqu'à moi sur mon lit, telle une prédatrice affamée. Puis les choses sont devenues vraiment, vraiment intéressantes.

Du coup, ce matin, j'angoisse. Parce qu'elle dort contre moi, que je me sens bien mais qu'il y a un truc qui cloche. Je mets un moment avant de découvrir ce qui me perturbe.

Le vent s'est arrêté.

Je ne l'entends plus souffler, et je devrais en être soulagé. Mais je sais que lorsque les routes seront déblayées, je vais devoir lui dire adieu. Plus les minutes, les heures, les jours passent, moins j'en ai envie.

Si je suis raisonnable, et j'aime à croire que je le suis, je sais que nous n'avons aucun avenir et que je ne devrais pas chercher à la retenir. Si je laisse parler mon cœur, et je peux vous garantir que je tente de le faire taire, alors je dirais que je pourrais l'attacher ici, l'enfermer dans ce chalet, et faire en sorte qu'elle reste avec moi. Au moins encore un peu. Peut-être beaucoup plus…

– Je rêve ou on n'entend plus cette saleté de vent ?

Les yeux encore fermés, elle s'étire comme un chat ayant dormi trop longtemps, se blottit contre moi et dépose un baiser sur mon torse.

A-t-elle été réveillée par les battements de mon cœur en panique ?

– Non, tu ne rêves pas. Le cauchemar se termine bientôt. On va appeler la station pour savoir si les routes sont praticables.

Clara fait une moue étrange alors que je roule sur elle pour la garder prisonnière encore quelques secondes.

– Le cauchemar ?

Je lui souris et pose enfin mes lèvres sur les siennes. Je pourrais tenter de lui expliquer que c'est une façon de parler, que j'ai aimé l'avoir près de moi et que je ne veux pas vraiment que ça s'arrête. Mais à la place, je crois que je vais le lui montrer. C'est bien plus amusant et je suis sûr que nous nous accordons parfaitement dans ce domaine.

Hélas, encore une fois, il y a une force supérieure qui ne veut pas que ma vie sexuelle s'épanouisse, puisque j'entends ma sœur qui parle avec la station alors qu'il fait à peine jour. Elle ne perd pas de temps. Je me doute que les parents ont plus que hâte de récupérer leur progéniture. Passer le soir de Noël sans leurs enfants, même si je n'y connais pas grand-chose, j'imagine que ça a dû plomber un peu l'ambiance quand même.

– Le tien se termine, le mien reprend. Il va falloir que je rassure tous les parents des dix gosses qui sont restés coincés ici. On se voit tout à l'heure.

Tu vois, là, si j'étais un mec normal, je prendrais deux minutes pour lui demander de réfléchir à rester quelques jours de plus. Et je lui avouerais aussi que ce n'est pas un cauchemar de les avoir ici. Au contraire. Pourtant je n'en fais rien et vole au secours de ma sœur qui croule sous les messages depuis l'accueil du chalet. Heureusement que les enfants dorment encore, cela va me laisser le temps de déposer au pied du sapin les petits présents que nous avions prévu de leur offrir à la fin de leur stage et qui feront office de cadeau de Noël.

– Josh, un arbre est tombé en travers de la route, il est énorme et il bloque toute la vallée. Ils pensent en avoir pour deux jours de plus. C'est une catastrophe. Tous ces petits qui vont rater l'ouverture des cadeaux le matin de Noël avec leurs familles ! panique ma sœur, désemparée, quand elle me voit débarquer.

Moi, je suis soulagé de savoir que Clara ne pourra pas partir ce matin. Alors je sais, ça fait de moi un être cruel et égoïste, mais je suis heureux, voilà tout !

Et ce n'est qu'en raccrochant de mon dernier appel que je remarque que Clara est à côté de moi et m'observe attentivement. Il n'y a toujours aucun bruit à l'étage et la grasse matinée des enfants est une aubaine car elle nous laisse le temps de ranger un peu le désordre de la veille.

– Tu n'as pas l'air si triste finalement. À croire que ton cauchemar n'est pas si terrible ? ricane-t-elle, pas vraiment dupe de mon état d'esprit.

Elle porte un sac de voyage à la main et je n'aime pas ça. Mon esprit traumatisé se rappelle immédiatement une scène identique dans laquelle ma nana m'annonçait qu'elle me quittait pour s'enfuir avec mon futur beau-frère.

– Qu'est-ce que c'est que ça ?

Elle observe son sac comme si elle avait oublié qu'elle le tenait avant de le ranger dans un casier sous le banc de l'accueil.

– L'équipement de ski des garçons. On commence à se préparer. Vous allez nous mettre dehors d'ici quarante-huit heures si j'ai bien compris. Et les risques d'avalanche sont trop importants pour tenter une piste, non ?

Évidemment, mais ce n'est pas ça qui me dérange. Je n'aime pas la voir sur le départ. Il faut que je tente de lui proposer de rester. Je cherche donc un prétexte, que je tiens juste au creux de ma main.

– Tu devrais rester quelques jours de plus. D'abord parce que tu as payé pour des cours de ski que tes enfants n'ont pas suivis et ensuite parce que cette boule de poils n'a toujours pas de prénom et va encore avoir besoin d'être nourrie au biberon ;

il ne serait pas raisonnable de la renvoyer avec la meute. Un des mâles pourrait le tuer.

Aussitôt elle s'empare du bébé chien et le blottit contre elle.

– Ne dis pas ça devant lui, tu vas lui faire peur. Mais non, mon petit choupinou, on ne va pas te laisser dehors avec les méchants gros chiens qui grognent autant que Joshua, non, non, non.

Ce qu'elle est belle quand elle oublie que je la regarde, quand elle s'enflamme pour ceux qu'elle aime ! J'ai envie de la prendre sur ce comptoir, maintenant. J'envisage même de lui laisser ce caleçon moulant noir et de n'y faire qu'un trou idéalement situé. Jamais je n'aurais cru qu'un collant de sport pourrait me faire cet effet.

Il faut que je tente de la convaincre au lieu de la reluquer. De toute façon, Anna est juste à côté, je ne peux pas réaliser mon fantasme.

– Les gros vilains chiens qui grognent, c'est sa famille. D'ailleurs, Baïka va retourner dehors et emporter avec elle les autres chiots, dès ce matin.

– Que veux-tu, personne n'est parfait !

Et elle me plante là, dandinant ses adorables fesses sous mes yeux pour mon plus grand plaisir.

CHAPITRE 39

CLARA

« Tu devrais rester quelques jours de plus. D'abord parce que tu as payé pour des cours de ski que tes enfants n'ont pas suivis et ensuite parce que… »

Je repasse cette phrase de Josh dans ma tête depuis plusieurs minutes et je ne sais quoi en penser. J'ai évidemment espéré qu'il ait envie que je reste jusqu'à la fin des vacances pour que nous puissions encore vivre des moments comme hier soir, cette nuit et même ce matin. Puis j'ai compris que c'était juste parce que j'avais réglé un séjour dont mes enfants n'ont pas vraiment profité à cause de la tempête. Sauf que si on réfléchit bien, je n'ai payé que pour mes garçons, pas pour moi. Je devrais sûrement leur proposer un dédommagement pour m'avoir hébergée et nourrie durant cette tempête.

Non, je me creuse la tête à la recherche d'un signe m'indiquant que mon amant du moment a encore envie de passer quelques jours avec moi, mais sans succès.

Je crois qu'il est aussi détaché de moi que je devrais l'être de lui. Mais je n'y arrive pas. Il y a ses mains larges et audacieuses, ses pectoraux lisses et tellement tentants, ses cheveux en bataille, ses sourires aussi parfois, son odeur quand il m'attire contre lui avec une infinie tendresse qui contraste avec ses muscles puissants ; mais je crois que le pire, ce sont ses yeux. Chaque fois, alors que je suis déchirée entre l'envie et la peur d'être blessé, il y a cette petite flamme tout au fond de ses yeux qui me laisse entrevoir son âme tourmentée et pourtant si pure. Alors mon cœur chavire et je m'abandonne à ses baisers sans aucune retenue.

Je ne sais jamais sur quel pied danser avec lui, mais j'ai de plus en plus de mal à me retenir d'éprouver ce que j'ai peur de lui avouer.

D'autant que lui ne semble pas du tout perturbé par l'annonce de mon prochain départ.

Cela dit, il a toujours été très clair, il ne supporte pas mes enfants, il vit en solitaire et il doit avoir hâte que nous foutions tous le camp. Même Anna parle déjà de retourner dans son chalet situé plus bas, dans lequel Joshua a refusé qu'elle mette les pieds depuis le jour de mon arrivée.

Bon, Clara, reste calme et profite du moment présent. Il sera toujours temps de dramatiser et de s'apitoyer quand tu seras seule à la maison le soir après le boulot. Je sens que le jour de la reprise, j'aurai bouffé tout mon capital vacances en moins de deux heures, et qu'il me tardera de repartir avant même la pause de midi.

Je ne me suis jamais vraiment posé la question parce que j'aime mon métier et que je suis plutôt douée dans mon domaine, mais je crois que je n'aime plus du tout ce que je fais dans cette boîte. La publicité a toujours été le monde dans lequel je voulais graviter. J'ai été une élève brillante et je n'ai eu aucun mal à décrocher un super job à la fin de mes études. Je commence à en avoir ras le bol de vendre des produits pour lesquels je n'ai aucun intérêt. Avant les enfants, j'avais pensé à monter ma propre boîte de pub, cependant on ne peut pas dire que le père des garçons m'y ait encouragée. Non, lui, c'était plutôt le genre à me conseiller de dépenser mon argent dans l'entretien de ma maison pour être à l'abri et de me contenter d'un job qui paie les factures mais qui ne me fasse pas prendre trop de risque. À l'abri j'y suis, et mes factures, ben je les paie. Pourtant je crois que je m'emmerde. La preuve, une thalasso cinq étoiles n'a pas réussi à me satisfaire.

Debout devant l'évier de la cuisine, en train de laver les derniers verres de la veille, j'observe à travers la fenêtre le paysage, pour la première fois dégagé.

– Tu vas bien Clara ?

Je sursaute quand Clément s'approche de moi par-derrière.

– Oui, pourquoi tu me demandes ça ?

– Parce que ça fait dix minutes que tu frottes le même verre. Je suis sûr qu'il n'a jamais été aussi propre.

Ah oui, mince.

– Désolée.

– Ne t'excuse pas, tu as le droit d'être dans la lune.

Ce garçon est encore une énigme pour moi ; je n'arrive pas à comprendre ce qu'il fait ici s'il est aussi terrifié par la montagne.

– Et toi, ça va ?

Il lorgne par la fenêtre depuis ce matin et je sens qu'il commence à aller mieux.

– Je vais bien, je n'aime pas quand il neige trop fort. Enfin, je suis bien content de pouvoir rentrer chez moi.

Comme je suis du genre à creuser, ben je creuse.

– Pourquoi tu viens travailler ici si tu n'es pas à l'aise en montagne ?

– Parce qu'Anna me l'avait demandé et que mes parents connaissaient bien leur père alors… tu sais, on se connaît tous ici. Joshua et Anna ont toujours fait partie de ma vie.

– Tu n'as pas osé dire non ?

– Voilà !

Clément est un gentil garçon. Il n'a rien à faire ici mais je vois bien qu'il fait tous les efforts possibles. Il encadre les enfants, les accompagne sur les pistes et il se donne du mal pour honorer son contrat.

Je me demande quand même pourquoi il s'impose un tel stress, car visiblement, il serait mieux dans la vallée.

– Tu seras bientôt libéré.

Anna déboule comme une furie dans la pièce. Elle grimace mais affiche un énorme sourire quand elle nous aperçoit.

– Nous allons tous l'être. Le père d'un des gamins a une société d'engins de chantier ; ils sont en train de libérer l'accès. Ça devrait être bon d'ici quelques heures.

Les rares enfants qui sont déjà debout semblent ravis alors que moi, je panique à l'intérieur. Je vais devoir quitter ce lieu auquel je me suis attachée. Et lui…

Je lutte pour ravaler les émotions qui ne demandent qu'à exploser. Il est temps de battre en retraite à mon tour. Au moins le temps de me calmer. Pivotant sur moi-même pour aller me réfugier dans la buanderie, la seule vraie cachette de tout ce chalet, je suis interrompue dans mon élan et je sens deux mains puissantes qui me retiennent avant même que je n'atteigne la porte. Puis, c'est la vague bleue qui me submerge et, alors que Joshua me tient tout contre son cœur qui semble battre aussi vite que le mien, il se penche vers moi et sa voix rauque me parvient.

– Reste !

Le silence résonne autour de nous et je sens que les regards d'Anna et de Clément sont braqués sur nous. De même que celui de mon fils aîné qui vient de débarquer de l'étage. Mais je m'en fous. Ce qui est en train de se passer entre Josh et moi, en plein milieu de ce chalet, sur cette foutue montagne, c'est incroyable. Il n'y a aucun mot pour décrire ce que je lis dans ses yeux. Rien ne peut justifier mon choix, pourtant j'acquiesce d'un simple hochement de tête et il relâche sa prise, me laissant pantelante et terrifiée à la fois. La vérité, c'est que j'adore être ici et que j'ai très envie de découvrir les chiens de traîneau et toutes les aventures qu'offre cet endroit.

Qu'est-ce que je vais faire maintenant ? J'ai la sensation que le champ des possibles est tout à coup à portée de main. Et je meurs d'envie de l'explorer de fond en comble. Pour la première fois depuis très longtemps, j'ai envie de croquer la vie à pleines dents. Ils avaient raison, les publicistes des années 1990, la montagne, ça vous gagne !

CHAPITRE 40

JOSH

Depuis mon lit, je contemple le soleil qui se lève sur ma montagne. C'est la première fois que nous pouvons l'observer depuis des jours. J'ai encore mal à la cheville mais il me tarde de retourner faire un tour dehors. J'ai l'impression que cela fait des mois que je n'ai plus respiré l'air frais. Je ferme les yeux, laisse le calme de l'extérieur apaiser la tempête qui fait désormais rage à l'intérieur de ma tête. La neige recouvre absolument tout ce qui entoure mon chalet mais on distingue à présent le ciel bleu qui n'est plus parasité de nuages. Les immenses sapins croulent sous le poids de leur duvet blanc et je jurerais entendre le craquement de la neige sous mes énormes chaussures.

Je ne sais pas comment j'aurais réagi si elle avait refusé. Je ne me voyais pas la suivre jusque chez elle, quand même. Ma place est ici, auprès de ma sœur. Pourtant… me réveiller auprès d'elle, comme je suis en train de le faire, c'est tout ce que je désire.

Clara gémit dans son sommeil et se pelotonne contre moi. Son nez vient chatouiller mon torse et son souffle me déclenche un frisson.

Pourquoi est-ce que cette femme me fait un tel effet ? À m'en provoquer des crises d'insomnie. Je n'en ai jamais eu de ma vie et si je continue à la regarder comme ça, je vais être obligé de la réveiller pour assouvir une fois de plus mon désir insatiable. Le drap a un peu glissé entre nous et sa poitrine s'offre à moi. Ses tétons rosés se dressent et me donnent envie de mordre dedans.

Mais elle dort, fous-lui la paix, bordel !

Le silence qui règne désormais sur ce chalet me créerait presque des angoisses. Hier, nous avons pu recevoir la visite des familles de tous nos pensionnaires. Elles ont fait le chemin dès que la route a été praticable afin de passer le jour de Noël avec leurs enfants. J'ai aidé à fermer leurs énormes sacs, à charger les voitures et je les ai laissés me faire des câlins avant de les regarder partir. C'était un moment difficile, jamais ça n'avait été comme ça. Mais Clara a pris toutes les adresses et elle a promis d'écrire à chacun des enfants. Ils sont tous repartis avec une peluche à l'effigie de nos chiens, et nous avons entrepris de déblayer la neige pour pouvoir reprendre notre activité. Andréas et Lucas sont allés nourrir les chiens avec Clément, juste avant que lui aussi ne regagne son domicile. Les garçons ont même versé une larme en le voyant rentrer chez lui.

Tout est revenu à la normale. À un détail près : j'ai réussi à retenir la magnifique femme qui dort paisiblement à mes côtés.

Anna est encore dans le chalet. J'ai lourdement insisté pour qu'elle reste, car elle était très fatiguée hier soir. Je l'ai vue grimacer à de nombreuses reprises et je n'aime pas la savoir seule. Moi qui suis un ermite, me voilà en train de tout faire pour garder du monde autour de moi.

Un bruit me parvient depuis le rez-de-chaussée et, à moins que ça ne soit Anna, je peux logiquement imaginer que Lucas et Andréas sont encore en train de faire une connerie. Ces deux-là, je les enverrais bien en aller simple chez leur père. Mais d'après Clara, il ne faut pas compter sur lui et ça m'effraie un peu. Pas que je sache clairement ce que je souhaiterais pour notre relation, mais deux enfants à temps plein… Merde. Il a fallu que ça tombe sur moi. D'abord, ma sœur qui va devenir mère et maintenant, Clara qui se pointe avec deux trublions.

Est-ce que la vie essaie de me faire comprendre quelque chose ?

Décalant légèrement Clara, je quitte mon lit, enfile un caleçon et décide d'aller tirer cette histoire au clair. Je descends les marches et constate que c'est bien ma sœur qui est dans le salon. Elle est assise sur le canapé et mon cœur fait un bond quand je parviens à voir son visage. Elle est livide et semble souffrir atrocement.

– Jojo, je crois que je suis dans la merde. Vraiment.

Je me jette à genoux devant elle et elle enfonce aussitôt ses ongles dans mes épaules en serrant aussi fort que possible. Son cri est rauque et je n'ai jamais entendu pareil son sortir de sa bouche.

– Qu'est-ce qui se passe ? paniqué-je.

C'est la voix de Clara que je n'avais même pas vue arriver qui me répond.

– Elle est en train d'accoucher. Anna, elles sont espacées de combien ? interroge Clara qui me passe devant et me pousse.

Pardon ? Attends, je suis en train de comprendre. Mais nous avions un plan, je devais la conduire tranquillement à l'hôpital et nous devions vivre cette expérience de façon calme et détendue. C'est Anna qui avait expressément insisté sur l'idée du « calme et détendu ». Là, ça ne ressemble pas du tout à un projet de naissance calme et détendu, si ?

– Quoi ? Ici ? Non mais non ! crié-je sous l'effet des ongles de ma sœur qui me déchirent l'épiderme.

Ma sœur souffre et c'est moi qui panique. *Josh, reste calme.*

– Tout va bien se passer Anna. Je vais te conduire à l'hôpital, dis-je pour tenter de me calmer.

Clara me coupe la parole.

– De combien sont espacées tes contractions ?

Anna peine à reprendre son souffle alors Clara se baisse à son niveau, caresse ses épaules et chuchote juste pour elle.

– Inspire en trois temps, et expire en quatre. Voilà, comme ça. Détends-toi, l'encourage Clara alors qu'effectivement, ma sœur semble s'apaiser un peu.

Je vois son corps qui se love contre celui de Clara et ses yeux qui se ferment une seconde.

Voilà, un petit somme et ensuite tout ira mieux.

Clara caresse son dos à présent et l'aide à s'allonger sur le canapé. Soudain, je me rappelle que si elle souffre, c'est que, potentiellement, elle va accoucher et il n'est pas question de faire ça ici. Alors je me lève d'un bond et je marche en faisant les cent pas autour du sofa.

– Non, non, non, on ne s'installe pas ici. On monte dans la voiture et on va à l'hôpital !

Clara me jette un regard noir qui m'indique clairement que c'est le moment de la fermer.

– Anna, on doit savoir si on peut encore envisager que tu partes pour l'hôpital. Tu as eu mal depuis ton réveil ? reprend Clara.

– Je pensais que ça allait passer.

Là, je me souviens de mon père et j'ai bien envie de lâcher que les penseurs, on les laisse à l'église, selon une de ses expressions favorites. Mais quelque chose me dit que ce n'est pas le moment.

– Oui moi aussi je l'espérais mais je crois que nous savons tous ici que ça n'a pas fonctionné. Alors, combien ? insiste Clara.

Ma sœur se crispe soudain et Clara continue de lui parler doucement alors qu'elle gémit de douleur. Puis, tout s'accélère. Clara se relève, court dans le hall à la recherche du talkie-walkie d'urgence qui nous relie à la surveillance de la station. Elle crie, donne des ordres et moi je reste là, pétrifié, et je regarde ma sœur, la seule famille qu'il me reste, souffrir mille douleurs pour un bébé que je déteste déjà. Lorsque Clara revient, elle me secoue les épaules.

– Va t'habiller, l'ambulance arrive. On devrait avoir le temps d'arriver à la clinique.

Je suis statufié. Je n'arrive plus à faire fonctionner ni mon cerveau ni mon corps. Pourtant je sens que c'est le moment de réagir.

La tête commence à me tourner. De plus en plus vite.

Clac !

Je n'ai pas le temps de remettre mes idées en place que je me fige de douleur. Elle vient de me mettre une gifle ou je rêve ?

– Clara, tu m'as frappé ?

– Oui, gros idiot. Enfin, te revoilà. Tu crois vraiment que c'est le moment de faire un malaise ? Bouge-toi, enfile ça et vite, crie-t-elle en me balançant un jogging, un pull et un manteau. Ils sont là, ils embarquent Anna, tu vas devoir aller avec elle. Ressaisis-toi Joshua, elle est terrifiée, elle a besoin de toi…

Je passe ma main sur mon visage, je dois avoir la trace de ses doigts tellement elle m'a frappé fort. Puis je vois les garçons qui se tiennent debout, devant la porte, habillés et enfin j'entends ma sœur qui hurle comme un démon depuis l'extérieur. Clara porte son manteau violet et tout le monde semble sur le départ. Sauf moi qui suis toujours en caleçon dans mon salon. Merde. Vite, je m'équipe des vêtements qu'elle vient de me jeter à la figure.

– Les garçons, vous pouvez monter à l'avant, allez-y ! ordonne Clara qui est en train de faire un numéro de charme aux pompiers qui ne semblent pas ravis de voir les deux gosses monter dans leur véhicule de travail.

Et encore, ils ne les connaissent pas !

Un pompier s'adresse à eux :

– Vous deux, vous ne touchez à rien, je ne devrais pas accorder cette faveur à votre mère.

Je me lève d'un bond, oublie mes chaussettes et les suis. J'enfile mes bottes et nous voilà tous les cinq dans un camion rouge roulant à toute allure dans une montagne encore bien enneigée, avec une Anna qui hurle tous les noms d'oiseau de son répertoire.

– Vous ne pouvez vraiment rien lui donner pour calmer la douleur ? demande Clara au secouriste.

– Non, le bébé pourrait ne pas le supporter, répond-il, visiblement contrarié.

– Quoi, qu'est-ce qu'il a mon bébé ? s'inquiète ma sœur.

La pauvre, elle a le front en sueur et elle semble terrifiée. Heureusement que Clara est là. Parce que même si j'aimerais pouvoir dire que j'ai réussi à prendre sur moi pour la soutenir, c'est totalement faux. C'est elle qui est forte, elle qui commande, elle qui me protège, pas l'inverse. Jamais l'inverse.

J'ai tellement peur à cet instant que je suis incapable de l'aider.

CHAPITRE 41

CLARA

Vous connaissez ce bouquin très plébiscité qui dit que les hommes viennent de Mars et les femmes, de Vénus ? En réalité, on vient tous du ventre d'une mère, et c'est beau. Ça a quelque chose de miraculeux, quand on y pense. Cette femme frêle, aux yeux rougis par les larmes, aux traits déformés par la douleur et aux ongles acérés telles des griffes est en train d'accomplir ce que beaucoup de femmes ont vécu ou vivront un jour, et c'est d'une puissance infinie.

Mon degré de sororité est en train de grimper en flèche. Mais depuis que nous sommes arrivés à l'hôpital, j'avoue que je respire mieux. J'ai laissé mes fils à l'accueil sur des sièges en plastique et j'ai traîné Josh par le bras. Il est en train de faire un AVC ou une crise de panique, je ne sais pas trop, mais il va falloir qu'il se ressaisisse car sa sœur va devenir mère d'un instant à l'autre.

Puisque tout le personnel est occupé à la déshabiller, la perfuser et la brancher à un tas de machines, j'en profite pour le briefer une fois de plus.

– Josh, écoute-moi et regarde-moi. Ta sœur va avoir besoin de toi. Il faut que tu reviennes à toi. Même si tu ne parles pas, cligne des yeux pour me dire que tu m'entends et que tu comprends.

OK, les paupières bougent, il y a donc de la vie à l'intérieur.

– Est-ce que le papa veut rester ? demande une sage-femme qui installe Anna dans la salle d'accouchement.

Nous sommes tous les deux dans le couloir et j'attends qu'il reprenne possession de ses moyens. Il n'y a qu'une seule personne qui pourra entrer avec elle et il faut que ce soit lui. Seulement voilà, il ne réagit toujours pas. Boulet !

– Ce n'est pas le père, c'est le frère de la maman, réponds-je à sa place.

– OK et on appelle le papa ou pas ? Parce que ça ne va pas traîner.

Je secoue la tête et l'infirmière, pas émue pour un sou, me fait signe de la rejoindre.

J'abandonne donc Josh, toujours muet, contre un mur.

– Madame, qui que vous soyez, je crois que vous devriez rester. Elle a peur, elle est seule et lui, vu son état, il ne servira pas à grand-chose, là-dedans.

Je lorgne mon amant en espérant qu'il revienne à lui.

– Croyez-moi, je fais des accouchements tous les jours. Et les hommes, je les connais bien. Ceux-là ne sont d'aucune utilité dans des moments comme celui-ci. Suivez-moi.

Je me retrouve donc avec une charlotte sur la tête, une blouse par-dessus mes fringues, aux côtés d'une Anna épuisée et, en un échange de regards, nous savons, elle et moi, que notre relation va prendre un nouveau tournant. Je vois dans ses yeux l'espoir de ne pas vivre cet accouchement toute seule.

Je me souviens qu'un jour, j'ai aussi été à sa place et que ça avait été dur. J'ai même cru que je n'y arriverais pas et, ce jour-là, une sage-femme a pris ma main et m'a montré comment pousser. Je vais donc être cette main qui va serrer la sienne, lui donner toute ma force pour qu'elle accomplisse ce petit miracle. Le père de Lucas n'avait pas été présent le jour de sa naissance. Je ne me souviens même plus quelle avait été son excuse tellement cela importait peu à mes yeux. La seule chose que je me rappelle, c'est être montée dans ma voiture, avoir enclenché le haut-parleur de mon téléphone et lui avoir laissé un message sur son répondeur car il était trop occupé pour me répondre. Je n'ai eu de ses nouvelles qu'une fois sortie de la salle d'accouchement, alors que je tenais mon adorable bébé dans les bras. J'avais affronté cette épreuve seule, aidée de cette femme dont le visage est à jamais gravé dans ma mémoire. Et l'histoire semble sur le point de se reproduire.

– On va le faire. Toutes les deux. Tu vas y arriver, et moi, je vais t'y aider. OK ?

Anna hoche la tête avant de grimacer quand une nouvelle contraction arrive. Pendant ce temps-là, la sage-femme l'examine et sourit en retirant ses gants.

– Tout se déroule très bien. On va s'installer parce que ce petit bout va arriver. Un peu plus tôt que prévu, mais il est bien là. Vous êtes dilatée à neuf centimètres, c'est bientôt le moment.

Évidemment la future mère ne comprend pas. Mais moi je sais ce que ça veut dire et elle ne va pas tarder à le savoir aussi. Elle a fait tout le travail toute seule. Ce bébé va naître naturellement, sans péridurale car il est trop tard pour envisager de la soulager.

J'ai mal pour elle en vrai. Pour avoir vécu un accouchement avec et un sans péridurale, je peux garantir qu'il n'y a pas photo.

La puissance des femmes. Quand tu assistes à un accouchement, tu sais au fond de toi que les hommes peuvent bien prétendre le contraire, nous ne sommes pas le sexe faible. Anna est héroïque. Elle est épuisée, elle souffre mais elle serre les dents. Et mes petits doigts aussi, c'est assez douloureux. Je respire à l'unisson avec elle, je soutiens sa tête quand elle pousse et j'accompagne son cri bestial au moment où le bébé arrive.

Puis ce petit gémissement, celui de l'être qu'elle vient de mettre au monde, me parvient. Le regard d'Anna croise le mien et, la seconde suivante, une minuscule chose encore un peu visqueuse vient élire domicile au creux de ses bras.

– C'est une fille. Et tout va bien.

Anna écarquille les yeux et Josh entre à ce moment-là.

– Je suis là. Oh mon Dieu, Anna ! Mais c'est toi qui as fait ça ?

Il semble halluciner.

Non mais il pensait qu'on faisait quoi ? Un tennis ? Les hommes !

Il a une tête de gamin qui découvre un cadeau au pied du sapin le matin de Noël. C'est un peu le cas, finalement. Ce n'est certainement pas ce qu'il avait commandé, mais le sourire qui barre son visage donnerait envie à n'importe quelle femme de lui offrir ce cadeau. Si je ne me retenais pas, je lui sauterais au cou.

Il n'était pas là pour la souffrance mais nous étions entre femmes et c'était parfait comme ça. Maintenant, il assure et je lui cède ma place quand il nous rejoint près de la petite crevette qui va inévitablement ébranler leurs vies à tous les deux.

– Où tu vas, Clara ? me demande-t-il alors que je quitte la pièce, me sentant de trop, tout à coup.

– Je vous laisse un moment. Je vais voir les garçons.

Josh a les yeux rivés sur sa nièce et je crois qu'il n'est pas près de s'en décrocher.

– Ils sont en train de faire le tour de la biberonnerie avec l'infirmière en cheffe. Reste avec nous, ajoute-t-il sans détourner le regard.

Anna observe sa fille, dépose un petit baiser sur son front et chuchote.

– Toi, tu es une Marta Clara Joshua ma belle. Aucun doute.

Quoi ?

– Tu vas la prénommer d'après Papa ? s'esclaffe Josh.

Euh...

– Et tu lui donnes mon prénom ? halluciné-je de concert.

– Oui, et le tien aussi, Josh. Comme ça, elle aura un peu de vous trois.

CHAPITRE 42

JOSH

Il fait presque nuit et nous sommes dans cet hôpital depuis ce qui me semble être des heures.

Marta…

Papa s'appelait Martin et jamais je n'aurais pensé qu'Anna donnerait son prénom à son enfant. Mon Dieu, ma sœur a une fille. C'est juste incroyable. Et cette enfant me regarde comme si elle n'avait jamais vu personne d'autre. Ce qui en un sens est un peu le cas. Hormis sa mère, Clara et moi, ce petit être tout chaud n'a jamais rien connu.

J'ai du mal à détacher mes yeux d'elle. Ma sœur a eu besoin de soins et j'ai dû suivre le bébé le temps de la peser, de la nettoyer, de tester ses réflexes et de l'habiller. La facilité avec laquelle le personnel fait ça me paraît incroyable. Moi, on me l'a collée dans les bras et depuis, je ne bouge plus d'un millimètre. Imagine que je la fasse tomber. Ça ne fait pas longtemps que je la connais mais je suis sûr qu'Anna s'y est déjà attachée, alors pas de connerie. Je crois que moi aussi je l'aime bien, cette gosse. Elle a l'air moins pénible que les deux que j'ai laissés avec l'infirmière. Elle est prévenue, s'ils restent sans surveillance, ils peuvent détruire cet hôpital. Je n'exagère pas. Je ne sais pas comment mon chalet a tenu le coup.

Pour la première fois depuis que je les connais, je suis en train de me demander comment je pourrais faire pour limiter la casse, quand ils reviendront.

Clara n'est pas au courant, mais j'ai très envie qu'elle reste encore et qu'elle revienne. Et que nous tentions un truc. Puisque je vais devoir me coltiner les deux autres, il faut que je leur trouve un espace à eux. Sur un site aussi grand que le mien, ça ne devrait pas être si compliqué.

Et si je leur construisais un enclos, comme pour la meute ?

– T'en penses quoi, toi, Marta ? Un enclos avec des croquettes pour les deux envahisseurs ?

J'ai dû dire un truc qu'il ne fallait pas parce que la jolie petite chose se transforme en démon dans la seconde qui suit. Je vois d'abord une grimace sur son visage et la seconde suivante, c'est pire que tout. Son cri résonne en plein milieu de la nuit et me vrille les tympans.

– Au secours. Je ne sais pas pourquoi elle fait ça. Aidez-moi ! paniqué-je pour ce qui me semble être la cinquante-huitième fois de la journée.

Clara s'approche, sourire aux lèvres, elle me prend le bébé des bras et retourne auprès de ma sœur, toujours allongée sur son lit d'hôpital. Elle roupille depuis un bon moment et semble avoir du mal à émerger, la pauvre.

– Je te jure Anna, je ne lui ai rien fait, me justifié-je.

Elle sourit tout en posant sa fille contre son sein. Oh merde, ma sœur a sorti son nichon devant moi.

– Je confirme, plaisante Clara. Mais elle, elle a faim, et elle s'est chargée de te le faire comprendre.

Lorsque je la vois revenir vers moi, un sourire timide sur le visage, je comprends enfin que si je suis resté seul si longtemps, si j'ai fui les gens pendant toute ma vie, c'est juste parce que je l'attendais, elle.

Nouant mes mains derrière ses reins, je la rapproche de moi et dépose mes lèvres sur les siennes.

– Que me vaut ce plaisir ? roucoule-t-elle en frottant son nez contre le mien.

Elle papillonne des cils et, moi, j'ai du mal à me concentrer. Je passe ma main dans ses cheveux, je trace le contour de son visage avec mon pouce et je viens appuyer mon front contre le sien.

– Je ne veux pas que tu t'en ailles. Ni aujourd'hui, ni demain, ni même les autres jours. Et je crois que toi non plus, tu n'en as pas envie. Alors, essayons de voir où ça nous mène tous les deux, non ?

Papa disait toujours que, quand on aime quelqu'un, on doit se battre pour lui. Je n'ai pas lutté pour Gabrielle parce que je ne tenais pas à elle. Pourtant, sur le papier, elle était bien plus en adéquation avec moi ; elle ne voulait pas d'enfant et elle ne parlait pas beaucoup. Alors que la délicieuse créature qui me fait face a deux abominables garçons et ne cesse de communiquer toute la journée. Pourtant, je sais. C'est elle. Celle pour qui tous les sacrifices ne seront pas vains.

Elle fronce les sourcils.

– Tu vas me donner des excuses à la con, et je vais toutes les réfuter. Alors, économise tes mots. Dis-moi juste ce que je dois faire pour te convaincre.

Ses yeux se chargent de larmes et, l'espace d'une seconde, je flippe qu'elle me rejette mais ses mains viennent entourer mon visage. Elle chuchote.

– Tu m'as eue le soir où tu m'as dit pour la première fois de te foutre la paix et de me taire. Parce que j'ai su à cet instant que j'avais envie de continuer à parler juste pour te voir passer la main dans tes cheveux comme tu le fais toujours quand tu es énervé. Et puis tes lèvres brillaient ce soir-là. C'est encore le cas maintenant. Ce sont les plus belles lèvres que je n'ai jamais vues.

Elle attrape ma main et la plaque contre son cœur.

– Mon cœur bat tellement plus fort depuis que je t'ai eu un soir au téléphone alors que j'avais abusé du pinot noir. Tu lui as redonné vie. Maintenant, il est un peu à toi.

Mes lèvres viennent s'écraser contre les siennes ; et je ne sais pas de quoi demain sera fait mais je m'en fous. Si elle est dans le coin, je signe tout de suite.

Ses doigts s'entrelacent aux miens, nos peaux se frôlent et se retrouvent. Quelque part au fond de moi, je crois que j'ai trouvé ma meute.

ÉPILOGUE

CLARA

Novembre, l'année suivante

J'en suis à au moins 45 895 62 584 kilos de neige soulevés. C'est bien simple, ici, même en été, il n'est pas rare d'en trouver un peu partout. Et comme la saison d'hiver commence bientôt, il faut que tout soit prêt. Je prends énormément de plaisir à installer tous ces nouveaux lampions. C'est même moi qui les ai choisis. J'ai eu envie de décorer chacun des chalets depuis l'extérieur. Je me souviens que lorsque j'ai déboulé ici, l'année dernière, j'avais été attirée par les guirlandes lumineuses qui ornaient la fenêtre du rez-de-chaussée depuis l'intérieur du chalet. Alors j'ai eu envie d'en installer sur chacun d'eux, de façon à les repérer à la nuit tombée. Mais cette neige, oh cette neige. Elle commence déjà à me gonfler.

– Fait chier tout ce blanc ! Merde.

Je n'arrive pas à évacuer la gouttière et je galère sur une échelle pour accrocher cette dernière guirlande électrique que je tiens à bout de bras. Cette année, on a mis le paquet. Cet endroit est un lieu magique où il fait bon se réchauffer au coin du feu après une belle balade en chiens de traîneau. Nova, mon plus fidèle compagnon qui a bien grandi depuis l'année dernière, me suit à la trace. Josh avait raison, ce chiot n'a jamais pu retourner vivre dehors mais ce n'est pas grave car je l'ai adopté. Cela fait maintenant plus de huit mois que je vis ici avec les garçons et cette boule de poils au regard presque aussi percutant que celui de mon amant ne me quitte plus. Il a fallu que j'insiste pour que Josh le tolère au pied du lit mais maintenant, on peut dire que tout le monde a trouvé sa place.

J'ai d'abord pensé à quitter mon job pour enfin me lancer et travailler depuis le chalet. Mais Arthur Bross, mon patron, n'a pas voulu me laisser filer. Il paraît que je suis un peu l'âme de sa boîte. Quand on pense que c'est lui le boss, c'est quand même étrange. Cela dit, il m'a filé une très belle augmentation et m'a accordé une dérogation qui fait que je bosse d'où je veux tant qu'il reçoit son projet en temps et en heure sur sa boîte e-mail. Du coup, je gère mon temps comme je le souhaite et j'avoue que j'adore ça.

J'ai lancé un site web pour les réservations des chalets et, avec l'accord d'Anna et de Josh, j'ai fait évoluer leur formule. Ici, plus de colonie cette année, il y aura uniquement des groupes avec guides et des locations à la semaine. Nous avons effectué des travaux pour que chaque chalet soit équipé de son bain nordique et avons augmenté les tarifs en conséquence. Grâce à une campagne de publicité bien ciblée et un partenariat avec les riders les plus en vue, nous affichons complet jusqu'à avril prochain. Anna voulait que Josh pose pour les visuels et ça aurait été une excellente idée. Mais c'est mon amant à moi, pas question qu'il attire les femmes de tout le pays avec son allure de montagnard sexy.

Je tiens à ce que tout soit parfait pour mon premier hiver dans cette montagne, et j'ai mis le paquet. Tout comme mon adorable homme des neiges qui me rejoint à grandes enjambées alors que je redescends de mon échelle. Il porte Marta dans une écharpe de portage et la petite roupille contre son torse. Celle-là, je peux vous dire que j'envie son quotidien.

– Elle n'a pas une mère, cette gamine ?

Je reconnais que ce n'est pas très mature de ma part de feindre la jalousie, mais le voir comme ça, si sexy, avec sa chemise de bûcheron ouverte sur un tee-shirt, son jean foncé et son regard d'acier, je craque. Mes hormones prennent les commandes et je devine à son sourire qu'il en a parfaitement conscience. Et cela semble lui plaire, énormément.

– Si et je l'appelle tout de suite parce que je crois que nous avons une urgence à gérer ! ricane-t-il.

Il passe sa main autour de ma cuisse et remonte lentement. Je m'accroche à mon échelle comme je le peux alors que ses doigts approchent dangereusement de la couture de mon jean. J'ai chaud tout à coup. Très chaud même.

Je ne sais même pas ce qu'il est venu faire ici, alors qu'il est censé gérer le réassort des provisions pour la meute avec le vétérinaire. Mais j'approuve son initiative quand il dépose un baiser à travers mes vêtements, là où j'ai très envie qu'il m'embrasse à nouveau, mais sans pantalon cette fois. Quand il s'éclipse, me laissant pantelante, je décide que ces satanées guirlandes vont devoir attendre, je retourne à notre chalet, sème des fringues sur tout mon chemin jusqu'à notre chambre et m'allonge entièrement nue sur le plaid en tissu à carreaux qui orne notre lit. La sensation de la laine douce sur ma peau me fait frissonner et quand j'entends que mon yéti monte les marches, je commence déjà à gémir. Il ouvre lentement la porte, laisse glisser sa chemise sur ses épaules et me dévore des yeux.

– Ce que tu es belle.

– *Crrr.* Maman, t'es où ?

Josh sourit, puis décroche l'appareil de sa ceinture, il presse le bouton pour communiquer avec les garçons qui en possèdent un chacun. Ici, c'est notre moyen de communication favori. Pas besoin de téléphone portable comme le souhaitait Lucas, ce talkie-walkie semble le satisfaire parfaitement.

Leur petit jeu du chat et des souriceaux ne cessera jamais, je l'ai compris depuis un moment. Leur relation a beaucoup évolué, ils sont complices mais chacun défend son camp avec vigueur. Pour être honnête, je crois que ça les amuse tous les trois. Ils se chamaillent constamment, juste pour le plaisir. Mais les garçons savent qu'ils peuvent compter sur Joshua, qui ne cesse de les encourager à devenir autonomes et à oser. Lucas a énormément pris confiance en lui et Andréas passe de plus en plus de temps avec Josh en tête à tête. Il est devenu une véritable figure paternelle pour mes enfants. Et je sais que même s'il aime râler sur eux, Josh les prend toujours en considération et s'occupe énormément de leur bien-être. Il a passé tout le mois de juillet à leur construire une cabane en bois dans laquelle ils ont dormi pendant tout l'été. Je crois que mes garçons ne l'oublieront jamais. En contrepartie…

– Foutez-nous la paix, allez nourrir les chiens avant que je ne leur ordonne de vous bouffer. Rendez-vous au chalet dans une heure, pas avant !

Joshua est toujours aussi bourru avec mes enfants. Mais je crois que tout le monde a réussi à trouver sa place dans ce joyeux bordel que nous mettons ici en permanence.

Pour l'heure, pas question de traîner. Nous n'avons que soixante minutes pour nous dévorer et je compte ne pas en perdre une seconde.

J'embrasse d'abord sa main, puis son bras, son épaule, son torse, ses abdos, puis je fais disparaître son jean ainsi que son caleçon. Il s'assoit contre la tête de lit, je l'enjambe et lentement, très lentement, je m'empare de lui. C'est doux, c'est intense, c'est parfait. C'est nous.

ÉPILOGUE

JOSH

Fin août

Cette année, on recrute, pas question de se faire avoir comme l'année dernière. Nous avions décidé de tout gérer nous-même, et à la fin de la saison, on était certes bénéficiaires mais on était crevés. Maintenant, on fait les choses bien. Clément est revenu, il gère les transferts en bus, il accueille les clients et, quand la neige commence à tomber, il rentre chez lui. Il lutte contre sa phobie du froid, c'est encore compliqué pour lui.

Nous avons donc fait appel à deux professionnels de la montagne pour encadrer nos groupes et avons prévu de loger tout ce monde loin de notre chalet à nous. Pas question que l'on vienne perturber notre tranquillité. Cette année, je veux profiter de Clara et de personne d'autre. Andréas et Lucas sont de mon avis, nous avons créé une ligue qui s'entend pour ne la partager avec personne. Ras-le-bol de voir tous les clients, tous les fournisseurs lui tourner autour. Je crois que les garçons ont eu assez de mal à admettre que j'entre de leur vie pour ne pas accepter que de nouveaux intrus viennent se taper l'incruste. Cela dit, notre complicité est plutôt chouette aujourd'hui et, même si je ne le reconnaîtrais jamais devant eux, ils sont très marrants et très débrouillards. De parfaits petits montagnards.

– *Crrr.* Alerte intrusion, un sale type emmerde Maman. Josh, reviens vite.

Qu'est-ce que je disais, on en a toujours un qui veille. Surtout en ce moment. Anna a eu des nouvelles de cet abruti de Ron qui a appris que sa fille était née et qui veut rencontrer Marta. Elle l'a envoyé chier et je crois qu'elle a bien fait, même si je doute que ça suffise. Il est tout à fait capable d'être venu emmerder Clara.

– J'y vais.

– *Crrr.* Moi aussi.

Nous formons une belle équipe, je vous avais prévenus. Moi qui étais en train de réparer une mangeoire de l'enclos de la meute, j'abandonne mon travail et je descends vers le chalet d'accueil. Depuis quelque temps, Clara se contente de cette fonction. Elle a beaucoup de travail pour son abruti de patron qu'elle n'a toujours pas quitté. Mais je m'inquiète pour rien. Car avant même d'arriver devant l'accueil, je l'entends qui menace mon ex-beau-frère et le traite de tous les noms.

– Vous croyez qu'on va vous dérouler le tapis rouge ? Foutez le camp avant que Josh ne vous mette une raclée. Ou peut-être que ça sera moi qui m'en occuperai.

L'intrus recule et j'arrive juste à temps pour la rattraper au vol avant qu'elle ne se jette réellement sur lui. Debout sous le porche, elle le toise, prête à bondir s'il tente un geste vers l'intérieur du chalet dans lequel Marta fait sa sieste. Elle a réussi à lui ficher la trouille, je suis fier de ma nana. Pourtant, cela ne semble pas suffisant puisque, lorsque je me retourne, Ron avance vers nous. Celui-là, je me doutais bien qu'il finirait par revenir un jour. Après tout, il est le père de ma nièce et, à ce titre, il a quand même des droits sur cette enfant. Tout cela ne me regarde pas, mais j'imagine que Marta aura un jour envie de savoir qui est son père. Même si je déteste ce sale con, je le plains d'une certaine façon. Ce qui est loin d'être le cas de Clara. Après un regard furieux dans sa direction, elle retourne dans le chalet.

– Je te laisse faire le ménage, je suis fatiguée.

Et moi je ris. Parce que non seulement il va retourner d'où il est venu mais en plus, ça ne me fait ni chaud ni froid. La seule chose dont j'ai envie actuellement, c'est de retrouver ma belle, de dégrafer son haut qui moule beaucoup trop ses seins et de plonger ma tête dedans pour ne plus jamais en sortir. Le reste, je m'en tape. Et je crois qu'il l'a bien compris car il est remonté dans son 4 × 4 et nous allons avoir la paix pour un bon moment. Anna aura bien largement le temps de gérer cet abruti plus tard.

Une fois débarrassé de lui, je me frotte vigoureusement les mains pour en ôter tout résidu de bois et j'entre dans le chalet, contournant la banque d'accueil pour foncer droit sur ma proie. Clara me tourne le dos et, alors que je passe ma main sur son joli ventre rebondi, elle me fait face et me sourit.

– C'est de famille d'avoir mauvais goût ? Ce type a l'air totalement idiot. Je n'ose imaginer à quoi ressemble ton ex.

Elle est jalouse et, pour une fois que ce n'est pas moi qui suis en colère contre tous les mecs qui lui tournent autour, je jubile.

– Tu as tout à fait raison.

Je repasse ma main sur la bosse qui gonfle sous son tee-shirt et elle la presse un peu plus contre elle.

– Il t'écoute. C'est fou comme ta voix le calme.

Oui, vous avez bien lu, Clara et moi allons avoir notre premier enfant et, d'après les médecins, c'est un garçon. Un de plus. Si ça continue, bientôt, on formera une colonie rien qu'à nous. Et, pour de vrai, je crois que j'aime ça. Depuis l'arrivée de Marta et l'emménagement des garçons, ma vie de loup solitaire a pris fin et je prends de plus en plus plaisir à partager avec les enfants. Ils sont bruyants et pénibles, mais ils sont aussi terriblement attachants.

REMERCIEMENTS

Mes mini-Jurius chéris,

ces remerciements sont pour vous.

Si vous ne nous aviez pas fait passer un été riche en émotions avec cette colonie de malheur, jamais je n'aurais eu envie, besoin, d'extérioriser tout ça.

Vous êtes une source d'inspiration au quotidien.

Continuez.

Je vous aime.

Maman.

Composition et mise en pages
Nord Compo à Villeneuve-d'Ascq